翳（かげ）りゆく午後

伊岡 瞬
Ioka Shun

集英社

翳(かげ)りゆく午後

序章

「――ということで、それではさっそく事例をみていきましょうか。カメラさん、中央のパネルに寄ってもらえますか」

メイン司会者である男性フリーアナウンサーをとらえていたカメラの映像から、スタジオ中央やや奥に立てられた巨大なパネルに画面は切り替わった。

「はい。まずはこちらからですね」

司会者が指で示した先には《事例①87歳男性》という見出しがある。その端の少し捲(めく)れた部分をつまんでシールを剝がすと、下から別の文字が現れた。

■わずか50秒間の悪夢
■87歳のドライバー「パニックになった」
■3か月前に免許を更新したばかり
■1人死亡。4人重軽傷の惨事

「ということです。それではＶＴＲでご紹介いたします。まずは監視カメラの映像からですね」

　再び画面が切り替わり、広角に捉えた風景に変わる。監視カメラに録画されたものだとすぐにわかる粗い画質だ。左手にコンビニらしい建物。そちらに尻を向ける形で停められた何台かの車。右手は広い駐車スペースで、その向こうに交通量の多そうな道路が見える。

　画面右下に、丸く切り抜いた出演者たちの顔が入り、短い時間で入れ替わる。

〈それは先月の十六日、午前十一時半に起きた〉

　緊迫した雰囲気の女性のナレーションが流れ、背景について語り始める。これが起きた場所や日付の説明をしている途中から、映像の中で事態は動き出す。

　画面やや下方に、銀色に光る屋根だけが映っていた車が、突然猛烈な勢いでバックする。そのまま左手の店舗らしい建物に突っ込み、ガラスが粉々に砕ける。車は半分ほど突っ込んで一旦停止する。出入口の自動ドアから数人が飛び出してきたところで、映像は一度ストップモーションになる。ナレーションが説明を加える。

〈これは、現場に設置された監視カメラが捉えた映像だ。コンビニの駐車場に停まっていたシルバーの乗用車が、いきなりバックし、店内に突っ込んだ。粉々に砕け散るガラス。驚いて店内から飛び出してくる客の姿も見える。しかし、このあとさらに驚くべき光景が続く――〉

　画面はいきなりＣＭに切り替わる。洗濯洗剤、清涼飲料水、求人情報サイト、旅行代理店などの明るく賑（にぎ）やかな広告が流れ、番組に戻る。

　ＣＭ前の数秒間とまったく同じ映像とナレーションを繰り返したあと、映像は先へ進む。

〈たまたま近くにいた人が、事故を起こしたシルバーの車の運転席に近寄ろうとするが、運転手は

降りてくることもなく、今度は前方へ急発進する〉

店内に後部座席あたりまで突っ込んでいた車が、突如猛スピードで前進する。取り囲むようにしていた人々が驚いて散る。

画面が切り替わる。今までとは違う角度から撮られた映像だ。縦長で、いかにも手持ち風に揺れている。駐車場の別の位置からスマートフォンで撮影したものらしい。ナレーションがその説明をする。

〈これは、偶然そのコンビニの駐車場にいた人が撮影した映像だ〉

画面左上に《視聴者提供映像》というテロップが入る。ぐらぐらしていた画面の揺れが収まり、シルバーの暴走車を捉える。

〈急発進した乗用車は一時停止することもなく車道に飛び出す〉

その説明どおりの映像が流れる。

〈うわー。うわー。やばい、やばい〉

スマートフォンで撮影している人物が発したらしい声が聞こえ、画像が激しく上下に揺れるが、どうにか暴走車の姿は捉えている。

〈シルバーの乗用車は、片側二車線、交通量の多い道路に飛び出し、右方向からやってきた黒っぽいミニバンの脇腹に突っ込む。ミニバンはつんのめるようにして停車、そこへ後続車が追突する。問題の車はそれでもまだ停まることなく、さらに一度バックし、今度は急ハンドルで左方向へ発進する。まるで、アクセルを力いっぱい踏み込んだかのようにスピードを上げながら歩道をつっ走り、そこへ通りかかった歩行者たちを撥ね飛ばす〉

撮影者のものと思われる声が、再び入る。

〈うわ。まじか。ひでえ、ひでえ。うわーまじか。救急車、救急車――〉

上下にテロップが入る。

《わずか50秒間の悪夢》

《87歳のドライバー「買い物に来た」「パニックになった」》

シルバーの車は数人の歩行者を撥ね飛ばしたあと、電柱に激突し、ようやく停まった。車に駆け寄る人々。

短い空白のあと、ややトーンを落としたナレーションが説明する。

〈このとき、たまたま歩道を歩いていた親子が巻き込まれ、三歳の女の子が病院に搬送されたが、やがて死亡が確認された。そのほかに、この女の子の母親を含め、四人が腰の骨を折るなどの重軽傷を負った。警察はこの車を運転していた市内に住む八十七歳の男性を、過失運転致死傷の疑いで現行犯逮捕した。

――警察の調べに対して男は「コンビニに食料などを買いに来たところ、この事故を起こした。最初に前進とバックを間違えて、パニックになった。ブレーキを踏んだつもりだった。道路に飛び出したあとのことはよく覚えていない」などと答えているという〉

録画映像が終わり、画面はやや引いたスタジオの風景に戻る。

メイン司会者、アシスタント役の局アナのほか、コメンテーター席に三人座っている。いずれも、沈痛な表情だ。

司会者が沈黙を破る。

「またしても、悲惨な事故が起きてしまいました」間をとりながら、ふだんよりゆっくりと喋(しゃべ)る。「――このような悲劇はいつまで繰り返されるのでしょうか。――今日は、高齢ドライバー問題に詳しい、専門家のかたにもおいでいただいております。何が問題なのか、どうすれば無くすことができるのか。そのあたりを検証する前に、もう少し実例を見ましょう。カメラさん、パネルのほう、お願いします」

再び画面が巨大なパネルに寄る。

司会者が《事例②98歳男性、小学生の列に突っ込む》と書かれたシールをめくる。下からは《98歳男性、杖(つえ)をついて入廷。裁判で「免許を返納しなければいけないとは思っていた。でも、車がなければ生活できない」などと発言》と書かれた文字と、裁判の様子をイラストにしたものが現れた。

「これも、世間に衝撃を与えた事件でした。九十八歳のドライバーが集団下校途中の小学生の列に突っ込んで、うち二人が亡くなるという悲しい結果になりました。現在、一審の裁判中とのことです。それでは、あらためてこの事件を――」

パネルには《事例③》の枠もある。めくる前のシールに簡潔な紹介文が書かれている――。

■79歳男性、元公立中学の校長が起こした轢(ひ)き逃げ事件

1

大槻敏明は、妻と息子の三人で、東京都の西のはずれに位置している七峰市に暮らしている。

同市は人口増加のカーブが二年ほど前から頭打ちになったとはいえ、五十三万余の市民を抱え、歴史も古い。

今は城址公園となっている場所に本丸があった七峰城は、天正年間に北条氏が築いたといわれている。土地の人間は、郷土に対する矜持と愛を込めて、七峰を「東京都下の雄」と呼んだりもする。

大槻一家は、ＪＲ七峰駅から歩いて十五分ほどの距離にある、都市再生機構――略称ＵＲの賃貸物件に居を構える。いわゆる「団地」と呼ばれる建物群の五階建て三階部分にあり、エレベーターなし、間取りは３ＬＤＫで、家賃は十二万円にわずかに欠ける。物件紹介などにおける建て前は「バス利用」となっているが、徒歩や自転車で通勤通学する住人も多い。

この立地条件にある民間の物件に比べれば、割安感がある。ＵＲがまだ「住宅公団」と呼ばれていたころに建ったので、築年数は三十年以上あり、エレベーターもないというのも低額の理由だろう。

今年四十七歳になる敏明が勤務するのは、『白葉高校』という名の私立高校だ。

大学の付属ではない中高一貫の男子校で、来年開校百周年の記念行事を控えている。

「偏差値」だけをみれば特筆するほどの進学校ではないが、自由度の高いカリキュラム制を導入していることで知られている。

また、歴史が古いこともあって、卒業生の多くが企業で要職についたり、文化人、政治家も輩出しており、名門私大への推薦枠が多いことでも有名だ。

敏明は、この学校で現代国語を教えている。ここ数年は、三年生の『文系特進コース』、通称『文特コース』のクラス担任と、学年主任を兼任している。公立高校とでは、出世やヒエラルキーの構図はやや違うが、そこそこ順調な立場にあると思っている。

公共交通機関を使った学校までの通勤方法は、徒歩十五分の七峰駅からJR中央線で上り方面へ四駅、そこからさらにバスで十五分ほど揺られることになる。

このコースなら一時間ほどかかるが、車を使えば——混み具合にもよるが——半分以下で済む。だから、会食などのある日以外は、自家用車で通勤している。もちろん学校公認だ。乗っている車は国産のいわゆるコンパクトカーで、もう二十年以上、無事故無違反を貫いている。

妻の香苗（かなえ）とは、公立高校の教師をしている大学時代の友人の紹介で知り合い、十八年前に結婚した。敏明より三歳年下で、今はパートとして進学塾の事務系の仕事についている。

一人息子の幹人（みきと）は、四月から中学三年生になる。普段からあまり顔を合わせる機会はないし、言葉を交わす回数はもっと少ない。部活が忙しいからではない。ひとことでいえば〝反抗期〟だ。

小学校六年生になるころから、絵に描いたように反抗的になった。親と一緒に出掛けることはしないし、食事の際も会話がない。そもそも、敏明が家にいる時間帯はほとんど部屋から出てこない。このところその傾向がますます強くなったように感じている。

多少年齢は異なるが、思春期の男子を毎日うんざりするほど見ている敏明としては、そんなものかとあきらめの気持ちもある。被害者としても加害者としても、事故や犯罪に巻き込まれなければそれでいいと。

そうは思っても、顔を見るとあれこれ細かい説教をしたくなるので、敏明のほうでも必要以上に顔を合わせないようにしている。


七峰市内にはもう一人、敏明の親族が住んでいる。父親の武（たけし）だ。

武はあと二か月余りで八十歳の誕生日を迎える。敏明の母親である妻を七年前に亡くし、それ以来、敏明にとっては実家にあたる家で一人暮らしをしている。

この実家は、七峰市の現在の中心地からはやや離れた、旧城下町のエリアに建っている。もちろん、新興住宅地でもないし分譲販売の戸建てでもない。

大槻家は江戸時代から続く旧家で、ほとんどが農地とはいえ、そこそこの広さの土地も所有している。しかし、デベロッパーが進んで食指を動かすような立地ではなく、売り払えばあとは悠々と遊んで暮らせるほどの資産価値でもないようだ。かといって、相続を無視できるほどささやかでもない。

その中途半端な資産と、もともとの頑迷な性格がこのところますます強くなってきた感のある武の存在が、この先、敏明やその家族を巻き込んだ頭痛の種となりそうな気がしている。

いや、ことは〝がんこじじい〟で済まされない可能性が出て来た。半年ほど前から、気になるあの症状が現れだしたのだ。

2

「わたしこれ、ひとごとじゃないと思うの」

妻の香苗の声に、敏明は読んでいた朝刊から視線を上げて、テレビに目を向けた。

三月最後の金曜日の出勤前、いつもと変わらない朝食を終えようかというときだった。

この時間帯は、BGM代わりに音量を控えめにしてテレビをつけている。グルメやトレンドものにはあまり興味がないので、ニュースコーナーを渡り歩く。いわゆる〝ザッピング〟というやつだ。

香苗が「これ」と言ったのは高齢ドライバーによる交通事故の問題だ。今週も二件ほどあったらしい。

「最近、多いよな。それとまあ、この話題をやればある程度視聴率を稼げるという、テレビ局側の事情もあるんじゃないか」

裏も表もない率直な意見を口にした。香苗の眉のあたりが曇る。

「でも、切実な問題よね。たとえば、幹人が朝は元気に学校へ行って、次に顔を見たときは冷たくなっていたとか想像すると、どうなっちゃうだろうって思う」

「まあ、あいつにも可愛いときはあったしな」

「茶化さないでよ」

番組の中では、違反歴のある高齢者に義務付けられた講習や検査について解説している。講習の様子を取材した映像が流れ、コースから脱輪したり一時停止せずに優先道路の車に危うくぶつかりそうになっても、結局そのドライバーは運転免許を更新できたという趣旨の解説がなされる。

〈これじゃ意味がないでしょ。受からせるための講習って〉

コメンテーターたちが、それぞれ思いついたまま喋る。ほぼ全員が批判的だ。

〈あとさあ、何かといえば踏み間違えましたって、いつまで同じこと言ってんのよ。踏み間違えない構造にできないの〉

〈自動ブレーキってどうなってんの？〉

〈早く自動運転技術を実用化させてもらうしかないでしょ〉

敏明はリモコンを摑(つか)んで、少しボリュームを下げた。

「香苗が言いたいのは、幹人のことより、うちの親父のことだろう」

「まあ、それもある」

香苗は気まずそうにうなずいて、カップに残っているハーブティーに口をつけた。

香苗はこのところ、敏明の父親、武の免許返納についてなんどか話題に出した。知り合いの知り合いぐらいの人が、まだ七十代なのに人身事故を起こして、たいへんな目にあったという話を聞いたらしい。

物損だけならともかく、生身の人間に傷を負わせたり、まして死亡させたりすれば、たんに「弁償します」では済まない問題になる。社会的な制裁も受けるし、刑務所に入る可能性もある。

まさに、香苗のいうように「他人事(ひとごと)ではない」のだ。ただ、その話は夫婦のあいだですでに何度かしたし、ここでぼやいてみても解決はしない。

「もちろん、おれだって考えているよ。でも、親父もまだ七十九歳だし、免許は去年の六月に更新したばっかりだ。そのとき認知機能の検査も受けてパスしたんだから、大丈夫だろう。二年後には次の更新だから、そのときに考えればいいよ」

その考え方に香苗は納得がいかないのだ。

「でもね、今もテレビでやってたけど、検査をパスして免許更新した一週間後に、事故を起こした人もいるじゃない。こんなこと言ったらなんだけど、この前乗せてもらったときちょっと危なかったでしょ。わたし、怖かった」

二週間ほど前、武の家をたずねたとき、武の運転する車で買い物に出ることになった。その際、片側二車線の道路でウインカーを出さずに車線変更し、しかもすぐ後方に車がいたので激しくクラクションを鳴らされた。

車体の接触もなかったし、絡まれたり嫌がらせをされることもなかった。ただ、香苗にはそのクラクションの音がショックだったらしく、その後も何度か話題にした。

香苗の言い分としては、これが初めてではなく以前にも危険だと思ったことがある。

「まあ、こんどそれとなく話題に出してみるよ」

敏明は、わざと新聞をばさばさいわせてから再び紙面に目を落とした。それが「この話題はもう終わりにしたい」の意思表示だ。

読みかけの新聞のページをおおげさにめくる、席を立ってドリッパーでコーヒーを淹れる、テレビのチャンネルを次々変える、など打ち切りのサインはいくつか種類がある。もう十八年も夫婦をやっているので、香苗もわかっている。

皮肉なことに、視線を落とした新聞の社会面に、自動運転に関する囲み記事があった。

ハード、ソフト両面の課題が山積で、実用化には早くてあと五年。この記事はそんなふうにまとめている。だとすれば、武の返納問題には間に合わない。

「それに、あのこともあるし」と、まだ続けたそうな香苗に、「だからわかってるって」とつい声を荒くしてしまった。

武の運転に不安があるのは、単純に「高齢による運動機能の低化」のせいだけではないかもしれないと、敏明も感じている。武の認知機能が下がっているのではないかと思うことがたまにあるからだ。

どれも些細なことだが、たとえば一か月ほど前のことだ。武が布団を買い替えたいと言い出して、その場の流れで「来週、一緒に見に行こう」という話にまとまった。翌週武の家をたずねてこの話題を出すと「布団なんて買い替える気はない」ときっぱり言い放った。

似たようなことが、頻繁ではないが何度かあった。買い物やちょっとしたイベントを忘れる程度で目くじらを立てるつもりはないが、これが認知症の始まりかと思うと、また気分は変わってくる。

しかし、とも思う。歳をとれば、その程度の物忘れは普通にするのではないか。多少認知機能が下がったかもしれないからという理由で、武から免許を、つまり車の運転を取り上げることができるだろうか。

武が車のない生活をどう送るのか想像ができない。性向の問題もあるが、住環境の面も無視はできない。「車がないと生活できない」という、お定まりの問題だ。

実家のあたりで、急に路線バスの本数や市の巡回バス便が増えるとも思えない。期待としては一日も早く完全自動運転が現実になることだが、目の前の記事で現実をつきつけられた。

「それより――」

敏明は、廊下のほうへ顔を振った。新聞をばささせただけでなく、強引に話題を変える。

「ちゃんと行ってるのか？」

息子の幹人のことだ。香苗がすぐに返事をしないので、繰り返す。

「春期講習には行ってるのか」

香苗が少し困ったような表情を浮かべてうなずく。

「たぶん、行ってると思うわよ」

なんとなく歯切れが悪い。

「たぶんってなんだよ。高い金払ってるのに」

敏明は、香苗のこのどこか他人事のような物言いに、いまだに腹を立てることが多い。「真剣に考えろよ」「考えてるわよ」という小さな諍いが、月に一度か二度は起きる。

「だって、午後からのコースだから、わたしが出かけるときはまだ家にいるし、帰ってきたときはいないし、見張ってるわけじゃないもの」

「まさかとは思うけど、変なことはしてないだろうな。春休みは夏休み以上に危ないという統計もあるんだ」

春休みは、クラスという帰属先を一時的に失うし、宿題もない。自由というよりは足元がしっかりしない浮遊感とでもいえば近いのだろうか。

香苗が、少しあきれたような表情を浮かべた。

「もう、いいかげんにあのことは忘れてあげて」

「もちろん、過去を蒸し返すつもりはない。だけど事実は事実だ。なかったことにはできないだろ。また同じことを繰り返さないという保証はない。中学校なんて小学校の延長だからな。せめて……」

「それも、もう何回も説明したけど、あの子が一方的に悪いわけじゃなくて……」

敏明は自分からその話題を持ち出しておきながら、もう何度繰り返したかわからないやりとりにうんざりしてきた。

「わかったわかった。とにかくさ、母親のほうが角を立てずに探れると思うんだよ。たとえばさ、さりげなく『調子はどうだ』とか訊いてみるとかさ」

「だったらあなたがそう訊いてよ」

香苗は小さく首を左右に振り、キッチンへ行ってしまった。会話の途中で台所仕事を始める、洗濯物を畳む、風呂の湯を見に行く、それが香苗にとって「この話題はもう終わり」の意思表示だ。だが、これで終わったので今日はまだましだ。前回のときはもう少し白熱してしまい、売り言葉に買い言葉で「あなたは幹人に対する愛情が薄いんじゃないかって感じるときがある」などと責められた。人の気も知らないで、とはこのことだ。

そのとき、リビングのドアの向こうで床がみしっと鳴った気がした。幹人か、と一瞬思ったが、会話を立ち聞きするほど親に関心があるとも思えない。気のせいだろう。

そういえば、この前書店で幹人を見かけたが、バイクの雑誌らしきものを立ち読みしてたぞと、香苗に言うのを忘れた。

「さてと」

敏明は独り言ちて、ぬるくなった日本茶を飲み干して立ち上がった。そろそろ出勤の準備だ。

3

学校は数日前から春休みに入ったが、勤務状況は学期中とほとんど変わらない。

いまだに「学校の先生は休みがたくさんあってうらやましいです」と言われるし、世間でもほとんどそう思われているようだが、かなりの部分は誤解だ。

たとえば、敏明が一時期身を置いた公立学校の夏休みでも、丸々四十日など休めない。普通の公務員とほとんど変わらない夏季休暇があるだけだ。そこへ、こんなときでもなければ使えない有給休暇だとか、たまりにたまった休日出勤の代休を合わせて、多少長めの休暇にする。それでも、正味で二週間も続けて休めればいいほうだろう。

平日にスーパーで近所の人と顔を合わせると「先生は夏休みが長くていいですね」などと言われる。「ええ、まあ」と答えるしかない。まして、現在の勤務先である私立高校では、さらに休みは少ない。大手企業の会社員より少ないだろう。しかし、その程度のことに不満はない。

敏明は、大学卒業後すぐに七峰市立中学の教員として勤め始めた。しかし、わずか二年目にちょっとした事故があって、職場、つまり学校には居づらい雰囲気になり、辞職した。

その後一時的に塾の講師などを務めたが、学生時代の友人の〝引き〟で今の『白葉高校』に就職することができた。その後二十年以上、無事に教鞭（きょうべん）をとっている。今さら公立の教員は無理だし、ほかの学校へ新人として転職する気にもなれない。

定年後の再雇用でも、給与がほとんど下がらないのが魅力だ。このまま、無事に勤めあげたいと思っている。それには、真面目が一番だ。とにかくコンプライアンスを徹底して日々を送ると決めている。

一方、香苗は七峰駅近くにある小中学生を対象にした進学塾に勤めている。前に働いていた塾が廃業してしまって、次を探していたとき、敏明の同僚の知人に紹介してもらった。紹介者がいるという保証はひとつの売りになる。この塾は、毎年何人も進学校に送り込んでいるという実績がある。従業員紹介には入会金免除の特典もある。一般企業以上に不祥事を嫌う業界のため、せっかくだから幹人はこの塾へ行けばよいのにと思うのだが、まったく別の塾を選んだ。そこが思春期の、面倒で非効率的なところだ。

香苗は、身分としてはパートタイマーだが、ほぼ毎日出勤する。勤務開始は午後二時から、多少前後するが夜の七時ごろまでだ。さらには、春、夏、年末年始などの学期の合間、つまり塾としての書き入れ時は、休日出勤も打診される。したがって、基本的に土日が休みの敏明とは休日が重ならないし、家族そろってのんびり休暇という雰囲気にはならない。幹人が中学生になってからは、家族旅行というイベントもほとんどなくなったので、不自由を感じたことはない。

ただ、青く晴れた空を見上げたり、レジャーへ行く格好の親子連れを見たりすると、自分が子供だったころをふっと思い出す。

武は、道楽と呼べるような凝(こ)った趣味はなかったが、ドライブは好きだった。特に相模湖や奥多摩のほうへは春に秋によく出かけた。泊まりがけの旅行はほとんどしたことがないが、早朝に出て夜に帰宅する日帰りドライブはいまでも記憶に残っている。

息子の幹人は大人になったとき、「家族」というキーワードで何を思いだすだろうと考えることもある。一方で、今は敏明のころとは違って娯楽にことかかない。スマートフォン一台あれば、何時間でもつぶせる。両親がいても、というより、いるときは部屋から出てこないかさっさとどこかへ出かけてしまう。


年度末最後の平日出勤日ということもあり、多少の残業を終えて帰宅した。

食事を終え、風呂から上がるともう九時近い。パジャマに着替え、ダイニングセットに座って、夕食時に続いて二本目の発泡酒を開けた。

あまり酒に強い体質ではないし、金銭的な理由もあって、ほぼ毎夜これで終わりだ。

リモコンでテレビをつけると、激辛のラーメンを食べて馬鹿騒ぎする番組をやっていたので、ニュースに変えた。

片付け物も終え、向かいの席でハーブティーを飲みながら通販のカタログを見ていた香苗がいきなり切り出した。

「そういえば、お義父さん。西尾(にしお)さんとまた一緒にいたんだって」

吹き出しそうになった。

香苗はいつも、最初のひと口に合わせて、あまり愉快でない話題をぶつけてくる癖がある。偶然なのか狙っているのかわからない。それより、「また」の部分が気になって反応してしまった。

「例の西尾さんていう人と?」

「うん」

「誰に聞いたの」

「枡田（ますだ）さん」

下の名は忘れたが「枡田さん」というのは香苗の中学までの同級生で、七峰市役所の正職員をしている女性だ。香苗にとって親友というほどではないようだが、会えばしばらく立ち話をする程度には仲がいいらしい。女性はそういう情報網を大事にする。

枡田は、自身の職務で武とかかわりがある。香苗の義父であることも知っている。枡田が発信元なら信憑性（しんぴょうせい）はあるかもしれない。

「どこかで見かけたってこと？」

「ファミレスだって。あの道、なんていうんだっけ。高尾のほうへ行くとき、たまに通る道」

「北野街道？」

「そう、たぶんそれ。あの道の高尾に近いあたりだって。先週の土曜日に、枡田さんが家族でドライブに出かけて、お昼を食べにステーキ系のファミレスに入ったら、お義父さんと西尾さんがいたんだって。順番が来て席に案内される途中だったけど、お義父さんたちを見かけてびっくりして、あわてて店員に『急用を思い出したので』って嘘ついて出てきたって。悪いことしちゃった」

「親父のほうでも気づいたのかな」

「たぶん、気づかれてないでしょうって。すごく楽しそうに話し込んでいたって」

すごく楽しそうに、という部分に、かすかに皮肉とか嫌悪とかいった感情が見える。

武は七峰市立中学の社会の教諭を長年務め、校長の職にもついた。定年退職後も「再任用フルタイム勤務」として雇われ、長く教鞭をとっていた。本人も天職と公言し、誇りにしているようだ。

再任用も退き、事実上現役を引退したあとは、東京都退職校長会などという組織に属して、役員だか理事だかをやった。公的な組織ではなく、校長や園長経験者の親睦会のようなものらしい。

さらには、市の資料館や図書館の相談員のようなこともしていた。事実上のボランティアで、金銭目当てというよりも、少しおおげさにいえば自己実現とか広い意味での承認欲求だろうと敏明は受け止めている。

要するに、世間から忘れられてしまうことが怖いのだ。

そして三年前からは、市の生涯学習センターで講師を務めている。

週に一度、市役所本庁舎から歩いて五分ほどの場所にある学習センターの施設で、『郷土の歴史を知り史跡をめぐる』という講座を受け持っている。

受講生からテキスト代などの実費は取るが、受講料は無料だ。講師に対するギャラは発生しない。これもまたボランティアだ。まさに生涯現役の手本のような生き方で、本人もそれを自慢にしている。

学習センターの講座は、三か月で一サイクルになっているそうだ。講座によって最小単位の三か月で終わるものから、通年が前提のコースまでいろいろあるらしい。人気度によるのかもしれないが、敏明は詳しく知らない。

武の講座も、三か月ごとにテーマを変えるが、講座自体はこの四月で丸三年続いていることになる。〝長寿〟のほうだと聞いた。

この武の講座には『課外活動』として、月に一度ほどの割合で、七峰市やその周辺部のあまり知られていない史跡や旧家跡などを散策し、武が解説するというイベントがある。この企画がそこそこに人気のようで、毎期定員がほぼ満杯になると聞いている。もちろん、当人の鼻も高くなる。

中学校で四十年間培った話術を活かしているのだろう。たしかに息子から見ても話は上手いと思うし、本人もそれを自覚して磨きをかけているらしい。七年以上一人暮らしを続ける武の、〝今〟を支える張り合いといえるかもしれない。

これという趣味もなく、ただぼうっと日々を送る生活に比べれば、ボランティアで市民講座の講師を務める生活は悪くない、いや、かなり好ましい状況だろう。

ある時期半年間ほど、武は「なにもすることがない」状態に置かれたことがある。いわば社会から離脱したようなものだ。

このとき敏明は驚いたのだが、武があっという間に別人のように変わった。それまで怠惰を嫌い、「自覚的に生きよ」などと口癖のように言い、事実それを実践するような生きかたをしてきたのが嘘のように、無気力で非生産的な日常を送るようになった。

「あのままだとまずいな」と香苗と話しているときに、この講座の話が舞い込み、しおれかけた植物に栄養剤入りの水を与えたように、みるみる元気になった。

よかった、ほっとしたと喜んでいたところへ、こんどはなんとなく生臭い話題が浮上した。

以前、香苗がちょっとした手続きで市役所へ出向いた際、枡田にばったり出会ったのがことを知る発端だ。

再会を懐かしむほど久しぶりでもなかったので、軽く挨拶して行き過ぎようとしたが、枡田に「ちょっとだけいい?」と、声をかけられたという。そして「じつは」とこっそり教えられたそうだ。

枡田は、正式な名称は忘れたが、市民講座の運営、監督を担当する部署にいる。つまり、その関係で武のことを知っている。

香苗が彼女から聞いたところによれば、先月《大槻武先生が、生徒の一人だけを可愛がってえこひいきしている》という内容のメールが、市役所の担当課宛てで来たという。

その手のクレームはたまにあるので、最初の一通目は無視していた。しかし、別の受講生を名乗る人物からも続けて似たような内容のメールが届いた。問題の生徒の実名まで入っている。もしかすると、送った者同士が示し合わせたのかもしれないが、複数の人間がそう感じているのは確かだ。

課長の判断で、それとなく様子を見ることになった。

課で一番若い男性職員が、講座の終わりごろに適当な理由をつけて観察していると、一人残った女性が後片付けの手伝いをしながら、武とかなり親しそうに会話をしている。武も楽しそうだ。枡田は言いにくそうに「その職員の報告によれば、女性のほうから軽くボディタッチとかもしていた」と教えてくれたという。

その相手は、まさに苦情メールに名が出てきた、西尾千代子(ちよこ)という六十五歳の独身女性だ。

課で少しだけ問題になったが、双方高齢者であるし、風紀を乱すほどのこともない。一方的なセクハラでもない。したがってことを荒立てる必要はない、という課長判断になった。これもその枡田某からの話だが、高齢者どうしの「恋のさや当て」みたいなことはそう珍しいものでもないらしい。ただ、あの武の人柄からは想像がしづらい。

それから二か月ほどのあいだに、市役所に《今度は二人きりでドライブしていた》《市民講座はマッチング講座か》というクレームがさらに三回ほど入ったそうだ。

先週あたりに聞かされたそんな話を思い出しながら、首をひねった。

「親父には悪いけど、そんなに何度もクレームが来ても注意しないのかな」

役所の事なかれ主義にしてはめずらしいと思った。

「注意ぐらいはしたかもしれないけど、ほとんど特定の一人が送っているらしいってわかったんだって」

誰かに聞こえるとしたら、せいぜい自室にいる幹人ぐらいだが、香苗が声をひそめた。

「誰？」

「野辺（のべ）さんっていう男の人」

「ノベ――」

とっさに記憶をたぐるが、覚えがない。

「もう二年も前から、お義父さんの講座の受講生なんだって。いわば古顔の常連さん。七十五歳とかいってた。枡田さんも、受講生のプライバシーだからはっきりとは言わないんだけど、元々はその野辺さんと西尾さんが仲がよかったらしいの。野辺さんの紹介で講座に申し込んだらしいから」

「なんだ。結局はその野辺ってじいさんのやきもちか。受講生とファミレスぐらい入ったっていいだろう。例の散策会の帰りかもしれないし。その程度の楽しみはあったって。といいたいところだけど、親父だと思うとなんだか気恥ずかしいところもあるな」

「そうねえ、なんだかその女の人の〝取り合い〟みたいになってる感じが」

「でもさ、その枡田さんって人も、いくら家族だからって、そんなことペラペラしゃべったらまずいんじゃないの。結局は噂話（うわさばなし）をしたいんじゃないか」

「親切で教えてくれたのよ」

「前に、役所は不倫の温床だって聞いたぞ。放課後、じゃない退勤後は時間がたっぷりあるし、エネルギーも余ってるからだって。自分らに覚えがあって、後ろめたいからすぐそんな勘ぐりするんだろ」

「またそんなこと言って」と香苗は口を尖らせた。「人の前では言わないでね」

「言わないよ。まあとにかく、親父のことだから、節度はわきまえてると思うけどね」

しかし高齢者の恋愛のもつれが事件になることもあると聞く。

「むしろ、その振られた爺さんが自棄になって事件とか起こさなきゃいいけどな」

「それもそうだけど、まさか再婚とか言い出さないわよね。意地になって」

「親父が？　まさか――」

せっかくの最後のひと口を吹き出しそうになった。あわてて飲み下してむせた。

げほんげほんとむせている敏明の背をさすりながら、香苗が独り言のようにぼそっともらした。

「友田さんみたいなこともあるし」

「だい――げほっ、大丈夫、だよ。えっほん」

ようやく息が継げるようになって、続けた。

「明日は休みだし、様子を見に行ってみるよ」

「ほんとう？」と言った香苗の表情は何か続けたそうだった。

「何？」

「免許の件も」

「ああ、それか。わかった。なんとなくその方向へ話題を振ってみるよ」

「何かあってからじゃ遅いし……」

「だから、わかったから」

テレビのチャンネルを次々に変えた。

実は、敏明にも思い当たる点があったのだ。三週間ほど前、武が加入している任意保険の補償内容を見直すために、保険証や車検証の写真を撮ろうと、助手席側のドアを開けた。グローブボックスから出すためだ。

ところがそのとき、助手席のシートにへばりついた髪の毛を見つけた。あきらかに武のものではない。長くて細く、おそらくは女性のものだ。

香苗に言われずとも、様子をさぐりにいく必要はあるかもしれない。

4

武は、七年前に妻を病気で亡くして以来、一人暮らしを続けている。

さすがに寂しさは感じているだろう。香苗が「友田さんみたいなこともあるし」と言いたい気持ちもわからなくはない。

その「友田」というのは、同じ団地内に住んでいた友田正二郎（しょうじろう）のことだ。まるで知人のように「友田さん」などと呼ぶが、挨拶をしたこともない関係だ。しかし『友田事件』については、当時からの団地の住人で知らない者はおそらくいないだろう。

騒ぎが起きたのは三年余り前のことだ。

友田正二郎は、当時七十代前半で、この団地に一人暮らしをしていた。敏明たち一家が暮らす物件より狭い間取りで、若い夫婦を想定した2LDKタイプの部屋だった。近所の人にも気持ちよく挨拶するごく普通の老人だったという。

ある時期から、その友田の部屋に出入りする女の姿が見られるようになった。年齢はおそらく四十代の半ばから五十歳あたり。水商売を連想させる身なり、振舞いだったという。そしていつしか同棲のような状態となった。

それだけなら、これという問題はない。夜中に騒ぐわけではないし、ゴミもきちんと曜日を守って出す。URの規定に反しないなら近所の人もクレームのつけようはなかった。

女が同居するようになって半年ほどが経ったある時、友田家のポストから郵便物やチラシがはみ出しているのを管理事務所がいぶかしんだ。隣接した部屋の住人から「異臭がする」という情報もある。登録された固定電話にかけてみたが留守電に切り替わってしまう。

管理主任と連絡員が、友田の部屋のドアの前まで行って電話をかけてみると、かすかに中で鳴っている音がする。ドアを強めに叩いても反応がない。

「異臭がする」と苦情を言った隣人にベランダ側からのぞいてもらったが、カーテンを引いてあって中は見えない。

一一〇番通報することになった。警官立ち会いのもと、マスターキーを使って部屋に入ると、すでに腐敗がはじまっている友田の死体があった。季節は真冬で、北側の部屋に寝ていたため、それほどひどい状態ではなかった。

警察の調べによって、いくつかのことがわかった。

まず預金通帳だ。もともと六百万円ほどあったらしい預金が、発見時にはほぼ残高がゼロになっていた。ただ、一度に引き出したのではなく、一年ほどかけてすこしずつ下ろしたようだ。これは、友田と女との交際期間と一致する。

同居していた女の素性は誰も知らなかった。部屋には女のものと思われる指紋が多数残っていたが、前科はないようで、確認はとれなかった。また、友田が女のことを誰にも紹介していなかったので、とうとうどこの誰だかわからずじまいだった。

ただ、解剖の結果、死因はおそらく心臓発作で、少なくとも凶器で襲われたり劇薬を飲まされた形跡はなかった。死後二週間から二十日ほど経っていたという。

つまりこの女は、同居して友田の金にたかって暮らしていたが、ちょうど残り少なくなったころ、友田が急死したため、面倒を避けたくて通報もせず行方をくらませたのだろう。

死体遺棄罪などに問われる可能性があるそうだが、その後、どこかで捕まったという話は聞かない。

これが、この団地で有名な『友田事件』だ。

それ以来、高齢の独身男性が女と親し気にするだけで「友田さんみたいにならなければいいが」と噂されるようになった。

敏明は、武が現金預金をどのぐらい持っているかは知らない。訊いたこともないし、そもそも、そんなことを気軽に訊ける親子の距離感ではない。しかし、ある程度の不動産を所有しているのは事実だ。そして良くも悪くもその資産に関する由来は、七峰市の歴史にかかわっている。

七峰城下はかつて、甲州街道の大きな宿場町としても栄えた。

敏明の実家である大槻家は、この地で江戸時代から続くそこそこの名家だった。それは「自称」ではなく史実のようだ。最盛期には絹問屋のかたわら大きな旅籠も営み、城主が鷹狩りの帰りに休憩し、もてなしへの褒美に獲物の野兎を置いていったという逸話があるそうだ。最後の「お殿様」のくだりは多少眉唾ものだと敏明は思っているが。

しかし、明治から大正期にかけて商売が傾いた。景気のせいだったのか、放漫経営のためだったのかまでは聞かされていない。蚕糸業としてはむしろ全盛の時期だから、鉄道が御城下を避けて敷かれたことと関係があるかもしれないと、敏明は考えている。

その後、大槻家では土地を切り売りするなどしてきたが、大きく盛り返すことはなかった。

しかし、いまだに広めの邸宅と数十ヘクタールの農地がある。この農地は、知人の専業農家に貸したり、事実上の休耕地だったりしたが、武が定年になったころから、固定資産税を減免してもらう代わりに、市に市民農園として貸している。

赤ん坊のころに建て替えがあったとはいえ、敏明はこの由緒ある家で生まれ育った。

「大槻家」の斜陽と七峰市が置かれた状況の変化は、多少重なるところがある。

七峰市の郊外——旧七峰村——は、明治期以降開発の蚊帳の外となり、今では過疎化の心配すらあるという典型的な古い土地だ。

由緒はあるが便はよくない。現在の市制になって、市の中心地が旧城下町あたりから完全に移ったため、繁華街からは離れている。

たとえばこの実家から最寄りのバス停までは徒歩で五分ほどだが、そこから駅まで十五分ほどバスに乗る。雨の日などはさらに大変だ。すぐ近くには、七峰城よりさらに歴史が古いと伝えられる七峰神社もある一方、徒歩圏に大型スーパーなどはない。かろうじて、十分ほど歩いた都道沿いにコンビニが一軒あるだけだ。

武は現役時代、ずっと車通勤だったし、敏明が高校生だったころは、駅まで自転車で通っていた。雨の日などはバスが遅れるので、むしろカッパを着て自転車を飛ばしたほうが早いし、あまり苦労したという覚えがない。若さでしのいでいたのだろう。

しかし時代は変わった。幹人にそれを求めるのは酷だ。これから高校、大学、そして社会人へという道を歩む。今から住居地でハンディキャップを負わせたくない。教師の立場として公言はできないが、それが偽らざる心境だ。

敏明たち一家が、せっかく広い土地があるこの家に二世帯同居しない理由のひとつはそれだ。〝駅近偏重〟の現代、この場所に住むには二の足を踏む。

ただし、同居するつもりはないが〝あて〟にはしている。

過去に一度、市内に中古マンションの売り物件が出たときに、購入を検討したことがある。結局商談は成立しなかったが、このときに冗談まじりに「親が暮らす家と農地を売ったらいくらぐらいになるだろうか」と訊いてみた。

営業は「うーん」と少し渋い顔をして、駅から離れている点、すぐ近くに大きな商業施設がなく、バス便も少ない点、現実的に車がないと生活できない点、などなど耳障りな特徴を遠慮なく並べた。

「それと、農地の一部はもしかすると市街化調整区域にかかっているかもしれません」などとも言う。さりげなく切り出した話題だったが、途中から不愉快になって、やや感情的に「それでも無理に売ったら？」と食い下がった。

営業は「ほんとうにざっくりですが、一億円前後、というところでしょうか」と答えた。

期待よりは低かったが、それでも充分だ。

敏明は一人っ子だ。法定相続人はほかにいない。だからそれ以来、敏明たち夫婦の間では「いずれ、約一億円」が暗黙の了解事項になっている。

そこへ突然現れた親しい女性の存在は、当然ながら気になる。

もしも、万が一にも、武が西尾千代子なる女性と再婚でもしようものなら、彼女も法定相続人となる。遺言がなければ半分持っていかれてしまう。あっても四分の一はとられてしまう。不動産にも権利を主張されたら、「トラブル含み」の物件として売りづらくなる。土地以外の代償、つまり現金を支払って相続放棄してもらうという選択肢になる——。

冗談で済む話ではないので、普段はほとんど話題にすることはない。香苗が冗談めかしてでも「友田さんみたいなこともあるし」と口にしたのは、かなり覚悟がいったかもしれない。

さらに問題なのは、西尾千代子には子が三人もいるという事実だ。これも枡田ネタらしい。つまり、万が一千代子に渡った財産は、やがて彼らにいくことになる。それはさすがに理不尽だろうと思う。自分の親ではないからあまり露骨には言わないが、香苗が心配しているのもその点だ。

武が死んだらあの土地は売って、もっと駅に近くて新しい高層マンションを購入する予定でいる。

5

三月最後の土曜日は休めた。年度末でもあるし、土日出勤も異例ではない仕事場なので、出勤も覚悟していたのだが。

一方香苗は、勤務先の塾が「春休み仕様」のカリキュラムに変わった関係で、土日は通常より早い午前中からの出勤だ。

せっかくの休日だから家でのんびりしたいところだったが、武のようすが気にかかる。運転技術のこと、そして香苗が市役所の友人から仕入れたという、西尾なる女性との親密具合が本当のところどうなのか。

ただ、武本人に「どうなんだ」と訊くわけにはいかない。あれこれ考えてひとつ妙案が浮かんだ。まだ半信半疑なところもあったが、彼女と何度か一緒にドライブに行ったらしいと聞き、毛髪の一件もあるので確かめようと思ったのだ。

香苗に武のところへ様子を見に行くつもりだと話したら、昨日のうちにビーフシチューを作ってくれた。武の好物だ。「そのまま冷蔵庫に仕舞えるから」と、新しく買った小ぶりのテフロン加工の鍋に分け入れてくれた。

武なりに、最近は「年寄り扱いして、妙に心配している」という気配を感じているらしい。機嫌のあまりよくないときは「何しに来た」と不愛想に応対することもある。

シチューは訪問のいい口実になる。

家を出るもう一つの理由は、昼頃になると、もさっとした雰囲気をまとわせて起きてくる、幹人と顔を合わせたくないというのもある。はっきりとした根拠はないのだが、単なる反抗期というだけでなく、何か隠しごとをしているように感じる。香苗によく指摘されるが、〝昔のこと〟を持ち出すのは、まったく根拠がないわけではない。ただそれが何なのかわからないし、正直いうと知りたくない。ましてこちらから「何かあるのか」などと訊きたくない。夫婦間で息子のことをあまり深く話し合わないのは、そういった心情もある。


出勤前の香苗をマンションに残し、一人で実家に向かう。

自分の車を運転して十五分ほどで着き、見慣れた大谷石の塀の間を抜け、庭に入った。

そのまま庭の空いたスペースに車を停める。このところ、この家の不動産的価値について考える機会が何度かあったせいか、車から降りると同時に敷地をぐるりと見回していた。

細い市道に面した南側の正面は、ところどころ変色し欠けが目立つ大谷石の塀の構えになっていて、門扉（もんぴ）はない。ないのは壊れたのではなく、昔からずっとない。郊外の農家などによくみかける〝あけっぴろげ〟な造りだ。

今のこの時代に防犯的な意味で心配になるが、武はあまり気にしていないようだ。事実周辺でも、最近大改築したような家以外は、鉄門などはない。

石塀以外の部分は、人の背丈よりやや高い柊（ひいらぎ）の生垣にぐるりと囲まれている。その周辺はちょっとした雑木林だったり休耕地だったりして、隣家と接しているようなことはない。

庭はそれなりに広いが、これといって凝った造りではない。植わっているのは、いわゆる松柏（しょうはく）

に柘植や紅葉など、月並みな国産種だ。ただし、手入れは行き届いている。年に二度ほどシルバー人材センターに頼んで剪定をしてもらっているほか、武自身もこまめに刈り込みなどをしている。小綺麗さだけでいうなら、以前見に行った名のある庭園のようだ。

昔は蔵もあったという。ただ、敏明が赤ん坊のころに取り壊してしまったそうだ。

その蔵のあったあたりが、今はカーポートになっている。地面にコンクリートを打ち、ラウンドタイプの屋根がついている。武の車は次の車検で十年目になる国産の大型セダンだ。大きな車に乗ることがステイタスだった世代だ。型は古いがいつもぴかぴかに磨いてある。

そのすぐ脇に停めた、敏明が乗って来たコンパクトカーが小さく見える。

最近の癖で武の車をさっとチェックした。

驚いた。明らかに傷が増えている。特に左側に多い。フェンダーの部分が一番ひどくて、ブロック塀か何かにこすったのだろう。筋状に塗装が剥げている。それ以外にもひっかき傷のようなものがあちらにもこちらにもある。走行に支障はないかもしれないが、いずれ錆などの問題も出るだろう。折を見て修理に出したほうがよさそうだ。

だがこれで終わるとは思えない。修理しても金の無駄、という気もする。

最初に武の車のバンパーにへこみを見つけたのは、半年ほど前だった。やはりここへ来たときに気づいた。後部バンパーの中央よりやや左寄りの部分が、縦にぽこっとへこんでいるのだ。

その形状からして、おそらくバックするときに電柱かポールにでもぶつけたのだろう。

「これ、どこでぶつけた？」

武にそう問うと「ぶつけてなんかないぞ」と否定した。真顔なので冗談を言っているのではなさそうだ。

「だってこんなにへこんでるよ」

「あっ、なんだこれは」

目をむいている。その驚きぶりからすると、本当に心当たりがなかったらしい。

「バックのときにでもぶつけたんじゃないの」

「こんなところ、ぶつけたりするか。たぶん、停めてるあいだに、誰かにぶつけられたんだ」

顔を赤くさせて怒っていた。そしてそのやりとりを香苗もそばで見ていた。武の〝運転〟に関するリスクが、単に加齢だけの問題ではないと考え始めたのは、このころからだ。

修理をディーラーに依頼し、敏明も同行してドライブレコーダーをつけてもらった。前方がメインで、後方はバックカメラのレンズを応用した簡易式だ。

ほんとうは全方位型を勧めたのだが、車内まで映されると知って「監視されているようで嫌だ」と武がごねた。それでもないよりはましだと思うことにした。

その後、機嫌のよさそうなときに二度ほど冗談交じりに「免許返納」を話題に出したが、そのたび決まって武が不機嫌になるので、口にするのを止めてしまった。

車がなければ買い物にも行けないという事情ももちろんあるが、「自分の運転はそんなに衰えていない」と腹を立てるのだ。「老い」に関する話題は、武の前では原則として禁句だ。

6

「こんにちはー」

母屋の引き戸タイプの玄関扉を開けた。ガラガラガラ、キュルキュルと耳慣れた音が響く。

広めの玄関に靴を脱ぎ、少しひんやりとする廊下を進む。

残っている写真を見ると、昔はいかにも「旧家」という雰囲気の造りだったが、敏明が幼いころに、やや現代風に建て替えた。平屋で、あえて分類すれば3LDKということになるだろうか。武たちの寝室、客間、敏明の部屋、そして台所に居間、という区分だった。

亡くなった母、弘江（ひろえ）が膝を痛め「畳に座るのがつらい」と言い出して、十年ほど前に居間を洋風のフローリングに変えた。しかし弘江は改築したこの〝リビング〟で、三年足らずしか過ごせなかった。

十二畳ほどある板張りのリビングには、今はカーペットが敷かれ、年季の入ったサイドボード類などが並んでいる。

食事は、キッチンスペースにある申し訳程度の小ぶりなダイニングテーブルで済ませ、デスクワークはリビングの、やや背の高いソファダイニングセットで行うのが武の習慣だ。

武は、いまもその定席に座り、パソコンをいじっていた。自分で作った台に載せたプリンターに繋（つな）がっている。このマシンセットで、武は自分が受け持つ講座のテキストを作るのだ。それをプリントして、市の職員にカラーコピーで増やしてもらう。データで渡さないのは「改竄（かいざん）されないいため」だそうだ。

武はパソコンのメールでCCとBCCの使い分けもできるし、データのバックアップをUSBメモリーに保存するぐらいのことはできる。「まだまだ自分でなんでもできる」と言うのも、まんざら口ばかりではない。

「これ持ってきたから、あとで温めて食べてよ。ビーフシチュー」

「おお、サンキュー。台所にでも置いといてくれ」

武はそう答え、敏明が手にした赤い小さな鍋にちらりと視線を向けたが、すぐにまたパソコンのモニターに戻してしまった。カチカチやる音が聞こえる。

「講座の資料？」

鍋を火のついていないコンロの上に載せ、武に向き直る。

「ああ。――二週間後に野外散策会を予定している。その資料だ」

その口調から、いつにも増して気合いが入っている印象だ。

「今回はどのあたりに行くの」

「少し遠出になるが、国分寺のほうへ足を延ばそうかと思ってる」

「電車だよね」

「そうだな。中には運転のできない人もまじってるし、何かあったときに責任や補償の問題も起きる。役所でも公共交通機関を推奨している」

「それがいいと思うよ」

言葉尻には気を遣ったつもりだったが、武が鋭く反応した。マウスをいじっていた手を止め、振り返って敏明の顔を睨む。

「何か言いたそうだな」

「いや、べつに……」

「まさか、おれの運転が心配だとか言いたいんじゃないだろうな」

　勘がいいのを通り越して過敏になっているようだ。この調子では、免許返納問題と受講生とのデート問題の両方を持ち出すのは無理そうだ。

　ならば、運転技能から少し離れた角度から話を進めることにする。

「そういうわけじゃないけどさ。――でも、今ちょっと車を見たら傷がついてるね」

「傷？　傷なんてないだろ」

　さっそく始まった。

「あったよ。左側だから気づきにくいかもしれないけど、けっこうついてた」

「そうか？　また誰かにこすられたかな。最近スーパーの駐車場に停めておくと、カートをぶつける爺さん婆さんがいて、嫌になる」

　話題をまた少し変える。

「ちょっとだけ、車のキーを借りるよ」

　置いてある場所はわかっているが、一応は許可を求める。

「どうして？」

　顔をこちらに向けて、咎めるように訊いた。今の話題の続きだと思ったようだ。あえて笑顔を作る。

「傷のことじゃない。カーナビのバージョンを見たいんだよ。無料で更新してくれるかもしれないってテレビでやってたから、メーカーに問い合わせてみるよ」

「そうなのか」

「ほら、お父さんけっこう遠乗りするでしょ。最新の内容のほうがいいかと思って」

「たしかに、あれは情報が古くてだめだ。最近の道路が出てないから、畑の中を走っていることになってたりする。――玄関のキーボックスのところに置いてある」

「了解」

キーを取って武の車のところへ。ドアを開けシートに座り、まずにおいを嗅ぐ。

武は煙草(たばこ)を吸わないが、やはりそれなりに体臭や生活臭というものが移るのだろう。なんとなく「古い車の臭い」がした。化粧品の匂いはしない。助手席のシートに顔を近づける。座面、続けて背もたれ、そして――。

「あった」

つい、声に出た。ヘッドレストに一本、背もたれに二本、先日みつけたのと同じ人物のものと思われる毛髪をみつけた。少しばかりの気恥ずかしさと妙な達成感、そこに自己嫌悪を上乗せして、持参したチャック付きポリ袋にその三本を入れた。ズボンのポケットに押し込む。

しかし、今日の主目的は別にある。もちろん、カーナビの更新云々(うんぬん)は嘘だ。さすがにこれだけ古くなってしまうと、もはや買い替えるしかないだろう。

用があったのはドライブレコーダーのほうだ。後付けしたタイプなので、コードがウインドーのへりに沿って延びている。延びた先は助手席のグローブボックスの中だ。

設置した直後とその後にも一度調整をしているので、勝手はわかっている。

グローブボックスの蓋を開けると、上部に貼り付けた記録装置が見えた。小さなプッシュボタンを押し、マイクロSDカードを飛び出させる。胸ポケットからプラケースを出し、落とさないように慎重に、持参した新品のカードと入れ替えて差し込む。

抜いたカードをケースごと胸ポケットにしまい、エンジンを始動する。電源ボタンをオンにするとデジカメのような液晶画面に表示が出て、音声が流れる。

〈新しいSDカードを検出しました。フォーマットしますか?〉

画面の指示に従って、フォーマットを済ませる。簡単に終了だ。

おそらく武は、過去に走った動画を見返したりはしていないだろう。カードを交換されたことなど気づかないはずだ。万が一気づかれたら「作業を間違って初期化してしまった」とでも言い訳すればいい。

録画方式は一般的な古いデータから上書きされる設定だが、取り出したカードの容量なら、少なくとも一か月ほどの走行のようすが記録されているはずだ。また、録画されたデータを自宅のパソコンの動画再生ソフトで見られることも、過去に一度経験済みだ。

カメラとセットになった小さな液晶でも簡易再生はできるが、家に持ち帰ってじっくり調べてみるつもりだ。なぜなら、どちらかといえば映像よりも音声に関心がある。

この機種は、録画の際車内の音も拾う方式だ。つまり、運転中に車内に誰かいて会話を交わしたなら、その音声が残っているはずだ。

西尾千代子なる女をどの程度同乗させているのか、そして二人はどの程度親しいのか。それは記録された会話を聞くことで、ある程度知ることができるだろう。

そろそろ降りようかと、何気なく運転席のパネルまわりを見て、走行メーターに目が留まった。記憶を手繰り寄せる。あれはやはり先月の末だったから、ちょうど一か月前だ。ここへ来たとき、武はたしか「とうとう七万キロを超えた」と言った。毎日足代わりに使っているとはいえ、十年で七万はそこそこの距離だ。どれどれと見せてもらった。たしかに七万を超えて端数が十数キロだったのを覚えている。

それがいま、七万三千キロを超えている。一か月で約三千キロ、計算するまでもない。一日平均百キロほど走っていることになる。

見間違いかと思ったが合っているし、メーターが壊れたとも思えない。乗らない日もあるだろうから、百数十、あるいは二百キロ近く走ることもあるのではないか。その結果がこの傷か。納得しかけて「いや」と思い直す。普通は何百キロ走っても、こんなに傷だらけにはならない。いったいどこへ行っているのか。どこで傷をつけてくるのか——。

おそらく訊いても答えないだろう。嘘をつかれるより、本当に覚えていなかったときのことを想像すると、そのほうが怖い。エンジンを切って、外へ出た。

録画された内容を、本気で調べたほうがよさそうだ——。

深呼吸をすると、名を知らない何かの花の匂いがした。

敏明が家の中に戻ると、武はまだ作業を続けていた。

さきほどと同じ格好でソファセットに座り、カチカチとマウスをクリックしては、脇に置いた地図を取り上げてばさばさと音を立て、蛍光ペンで印をつけたりしている。何かぶつぶつ独り言も口にしているが、内容までは聞き取れない。

まだ午前十時半だ。ドライブレコーダーのカードを回収してしまうと、することがなくなった。なんとなく落ち着かない気分になる。手持無沙汰にしているのが苦手なこの性分は、おそらく武から継いだものだろう。しかし、ここで帰ったのではいかにも不自然だ。

武が何かに集中しているときに、話しかけると不機嫌になるのだが、それでも一応は声をかけてみる。

「昼飯、どうする?」

ちょっと外食でもするか、という意味で訊いた。

「何か残り物を食べるからいい」

「それだったら、持ってきたビーフシチュー食べてよ」

「ビーフシチュー?」

武が手を止めて振り返った。

「さっき、持って来たって見せたじゃない。そこに置いたよ」

コンロに載せた、シチューが入った鍋を指さすと、武が鼻先で笑った。

「いや、そんなこと聞いてないぞ」

「言ったよ」

胃のあたりが重くなったが、なんとか笑顔を作った。しかし、武は真顔だ。

「言ったつもりになっただけだろ。ま、とにかくわかった」

そしてまたパソコンに視線を戻してしまった。

たまたまだ、と自分に言い聞かせる。認知だ老化だと大げさに捉えるほどのことではない。たまたま作業に熱中して上の空だったのだ。それだけだ。

ならば鍋ごと冷蔵庫にしまっておこうかと、扉を開けてみた。驚いた。

透明な密閉型保存容器が、きちんと積まれ並んでいる。もちろん中身も詰まっている。大小合わせて十個ぐらいはありそうだ。

武はもともと料理は嫌いなほうではなかったが、独り身になってからは張り合いがなくなったのか、スーパーなどで出来合いの総菜を買って済ませることが多くなった。

「だって考えてみろ。肉野菜炒めだの親子丼だの、一人前だけ作ったらえらく効率が悪いだろう。かといって、大量に作ったら毎日三食同じメニューだ」

そんな理屈をもう何回聞かされたかわからない。それがどうした心境の変化だろう。

ひとつ取り出して蓋をはぐってみる。これはまさに「親子丼の具」だ。武の好物のひとつだ。火が通っていない三つ葉の刻んだものが別の容器に入っているのは、レンジで温めることを想定してのことか。

ほかの容器も開けてみる。スライスしたキュウリが多めに入ったポテトサラダ、大根に味が染みた豚の角煮、すりごまがたっぷり入ったほうれん草の白和え――。

どれも武の好きなものばかりだが、自作したとは思えない。では誰が？

箸を借りてこっそり味見してみる。垢ぬけた仕上がりだ。入れてある容器も、使い込んだ樹脂製のものではなく、真新しい印象の密閉型耐熱ガラス製だ。しかも統一感がある。

ご近所さんが、この質と量の料理を容器にまで神経を使って、おすそ分けしてくれるだろうか。料理だけではない。コンビニで見かけるような、袋入りの大ぶりなシュークリームがある。武はこういったものを食べない。それに、ドアポケットには1リットル紙パック入りの加糖コーヒーだ。武はアイス、ホットにかかわらず、コーヒーに砂糖を入れない。これは誰の好みだ？

「どうかしたか」

武が半身だけ振り返るような姿勢で訊いた。敏明が扉を開けたままにしているので、冷蔵庫がピーピーと鳴ったのだ。

「いや、食事に困ってたら、何か買ってこようかと思ったけど。——けっこう充実しているね。総菜の作り置きがたくさんあって。自分で作った？」

それとなく探りを入れる。

「ああ、それはもらったんだ。近所の人が作りすぎたからって」

「そうなんだ。よかったね」

武はおそらく嘘をついている。しかもためらうことなく。記憶があいまいで、とっさに誤魔化したのではなさそうだ。

息子相手に何もすべて本当のことを言う必要はないが、うしろめたくないなら、こんなことで嘘をつく必要もない。今日訪ねることは言ってあったので、用意していた作り話なのだろう。

——そういえば、お義父さん。西尾さんとまた一緒にいたんだって。

——すごく楽しそうに話し込んでいたって。

この料理が西尾なる女の手によるものだとすれば、その仲はたまたま食事を一緒にしたというレベルを超えているだろう。あの助手席の髪の毛といい。まさか、本当にそうなのか？

「まあ、これだけあれば食事の心配はなさそうだね。安心した」

疑念は消えないが、この話題は今はここまでにしておく。しつこく訊けば怒り出すだろうし、訊きだせても、その先はどうにもならない。『友田事件』を持ち出して、近づいてくる女には財布の中身を見せないように、などと諭すわけにもいかない。

「まあな」

武は上の空のように答え、作業を続けている。その姿を見て「もしかすると」と思った。西尾千代子の件で、敏明に何か追及されるのかと警戒して、作業に没頭しているふりをしているのだろうか。そうだとすれば、そんなことも初めてだ。

「そういえば、幹人のことだけどな」

やはりモニターに視線を向けたまま話しかけてきた。

「あいつが何かした？」

「ほら、それだ」と言って、ようやく顔をこちらに向けた。「そういうのを止めてやれという話だ。何かというと『悪さをしてるんじゃないか』と疑ってるのが、本人にはよくわかるぞ」

なぜ武は急にそんなことを言いだしたのか。料理の話題から早く逃げたかったのだろうか。

「いきなり何？　あいつが何か言った？」

「言わなくてもわかる。こんな時代だから、せめて家族が信じてくれなければ立つ瀬がないぞ」

幹人にかこつけて、自分の扱いを言いたいのかもしれない。

「わかった、わかった。気をつけます。それじゃあ、帰るよ。カーナビのことは調べておくから。

それと、運転は気をつけて」

「わかった、わかった。気をつけます」

武は背を向けたまま敏明の口真似をし、またしても地図をばさばさいわせた。少し前に、武の履いている靴下が左右で合っていないことに気づいたが、そんなことを話題に出せる雰囲気ではなくなっていた。

「それじゃ」

「ああ」

庭に出て、念入りに武の車の傷を写真に収めてから、実家を後にした。

7

寄り道せずに自宅へ戻ることにした。

七峰駅周辺の街並みは、中途半端に開発が進んでいる。駅のすぐ近くには雑居ビルが立ち並び、立派な歩道橋デッキもある。その一方で一歩裏路地に入ると、明治期のたたずまいそのままが売りの、文化財にも指定されそうな木造建築も残っている。

高速、一般道ともに、東西南北の交通の要衝であり、交通量は多い。ことに駅周辺は渋滞が常態化している。敏明は住み慣れた町なので抜け道を行く。

じつは香苗に「ビーフシチューは夕食用ということにして、昼はお義父さんと外食でもしてくれば」と言われていた。あの家に行くまではそれもありかと思っていた。

しかし、武があの調子ではそんな気分になれない。かといって、春休みの土曜日に車を停められるような郊外型のファミレスに一人で入る気にもなれない。家に戻って一人で食べることにした。

いや、一人ではなかった。胸の内にいいようのないもやもやが広がる。

自宅には午前十一時を少しまわったところで着いた。玄関の鍵を開けるとき、ふっと「起き抜けの幹人と顔を合わせたら気まずいな」という思いが湧いた。しかし、すぐに「なにをばかな」と打ち消す。どうしてこっちが遠慮する必要があるのか。

湿った臭いのする玄関に入る。幹人がいつも履いているスニーカーがある。幹人自身は乱暴に脱ぎ捨てて、あとで母親がそれを揃えている。今は綺麗に揃っているから、まだどこにも外出していないのだろう。

廊下を進めば、幹人の部屋の前も通る。中から音は聞こえないがいるはずだ。

去年の秋から香苗がいまの仕事に就いて、土日の昼は敏明と幹人の二人だけという状況が増えた。敏明はゴルフや釣りなどの屋外の趣味はない。武のようにドライブを楽しむという習慣もない。休日には、自宅でのんびり本を読んだり、最近加入した有料の配信映像を見ることが多い。

それなのに、幹人の顔をほとんど見たことがない。死んだのかと思うぐらい、自分の部屋から出てこない。たまに出てきても、トイレに行くぐらいで、すぐに部屋に戻ってしまう。引きこもりというのとも違うし、騒いだり暴れたりするわけでもないので、あまり切迫した思いはないのだが、正常ではないような気がする。何を考えているのかまったく見当がつかない。もっとも、むこうも理解して欲しいとは思っていないようだ。

ひとつ気味が悪いのは、完全に無視しているのでもなく、ときおりこちらの様子をうかがっている気配を感じることがある点だ。特に、香苗と「将来」のことについて話しているときなど、廊下の床が鳴ったり、少し後に幹人の部屋のドアが閉まる音が聞こえたりすることがときどきある。

何か言いたいことでもあるのかと思うが、よくわからない。

「あいつ、腹は減らないのか」と、香苗に訊いたことがあるが、「自分の部屋でカップ麵を食べてる」と言う。カップ麵とミネラルウォーターと「マイ電気ケトル」があるらしい。ほかにも、ジュース系のドリンク類なども買い置いているそうだ。

「まるで避難所生活だな」とあきれた。敏明が外出すると部屋から出てきて冷蔵庫を漁ったりしているようだ。金銭のことは持ち出したくないが、それを買ってる金は誰が出しているんだよと言ってやりたくなることがある。ある日突然「バイクを買ってくれ」などと言いださないでくれよと思うが、その後は書店で姿をみかけたことはない。強い関心があったわけでもなさそうだ。

小学校低学年あたりまでは、たとえ反抗的な口をきいたとしてもそれはそれで可愛かったりするものだが、中学に上がるころになると親にも複雑な感情が芽生える。

まだしも香苗とは口をきくこともあるようだが、敏明のことは完全に無視だ。その香苗との会話も、敏明の悪口であることが多いようだ。香苗は言わないが想像はつく。

武はあんなふうに言ったが、心を開いていないのは幹人なのだ。いや、敏明がのけものにされているのだ。こちらから媚を売る必要は感じない。

そんな関係もあって、敏明は休日の昼食を自宅で残り物を食べるか、駅近くまで出て牛丼などの手軽なもので済ませることが多い。その後は書店に寄ったり、喫茶店で時間をつぶす。

しかし今日はそういうわけにいかない。飯などはどうでもいい。武の車から持ち帰ったデータを早く確認したい。

敏明の作業台は、リビングの端に置いた小さな学習机だ。ベランダ側の、窓ではなく壁部分に向かう形で置いてある。この机は、幹人が小学生のときに使っていたものだ。中学にあがる際に買い替えたとき、お下がりとして再利用することにした。敏明が仕事に使うには高さがやや足りないので、ホームセンターでテーブルの脚にはめる「継ぎ脚」を買って調整した。

同じホームセンターで買った椅子に座り、出しっぱなしにしているノートパソコンのスリープを解除する。パスワードは《7mine8080》だ。《七峰》と、ぼやきの「やれやれ」《8080》を組み合わせたもので、まず忘れる心配がない。それでも念のため、付箋に書いて机の端に貼ってある。敏明以外の人間が見ても、何のことかわからないだろう。

起動したパソコンのスロットに、武の車から抜いてきたSDカードを差し込む。カード内のフォルダを開き、映像ファイルを丸ごとデスクトップ上にコピーする。元データは壊さないように、カードをスロットから抜きケースに戻した。

専用のビューアソフトを立ち上げ、コピーしたフォルダを指定した。すぐに、中に入っている録画ファイルの一覧が、右側のサムネイル欄にずらずらっと並んだ。

武の車に搭載しているのはいわゆる普及型、要するにシンプル機能の安価なタイプで、主電源スイッチを入れておけば、エンジン――正確にはACC電源――に連動して、録画・停止を繰り返すようになっている。常時録画型と呼ばれ、メモリがいっぱいになるまで延々と録画され、その後は古いものから上書きされるしくみだ。

敏明自身は、何度かひやっとする場面に遭遇したので、一昨年(おととし)、新機能がいろいろついた最新のハイブリッド型に替えた。これは「イベント記録型」とか「衝撃感知型」などと呼ばれるタイプで、衝撃を受けたり急ブレーキを踏んだりしたときの記録が、常時録画とは別枠で保存される。

しかし武の使っている単純な常時録画型は、いつどこで何が起きたのか、順に延々と見続けなければ探せない。そんなことを思い出し、早くもげんなりする。

唯一救いなのは、録画開始時の画像がファイルのサムネイル代わりになっている点だ。武のカードに記録されたサムネイル群を見て最初に抱いたのは、走行距離の割になんとなく変化に乏しい、という印象だった。なぜなら、武の家の庭の画像がやけに多いからだ。ざっと見ても半分以上はそうだ。つまり、自宅を出てどこかへ行っても、一度もエンジンを切らずにそのまま戻ってくることが多いということだ。

「徘徊（はいかい）」という単語が浮かんだが、あわてて振り払う。

「さて、どれから見るか」

独り言を漏らし、まずは最新の記録を開いてみることにした。

前方カメラの画像と後方カメラの画像がそれぞれ別のファイルになっているので、とりあえず前方のものを見ることにする。

中央のメインウインドーに映像が、左と下部にデジタルデータが並んだ。スタート時刻は、昨日の午後九時十一分だ。ここでいきなり引っ掛かる。

「夜の九時？」

ずいぶん遅い。一旦再生を止めて、ほかのファイルの録画終了の時刻も確認した。かなりまちまちだ。日中のものもあれば、午後の八時、九時というのも少なくない。昼はともかく、夜に何をやっているのか。まさか本当に車で徘徊しているのか。それとも、誰かと――。

最初の動画ファイルを再度開く。

さきほどはスタート時刻に気を取られたが、ほかの詳細を見てまた驚いた。走行距離九十七キロ、運転時間は八十六分、終了は午後十時三十七分だ。この間、一時停車はあるかもしれないが、少なくともエンジンを切っていないことを意味する。とっさにスマートフォンの電卓機能で計算した。平均時速は七十キロ近い。休憩を挟んだならそれ以上のスピードだ。

これは一般道ではありえない。これだけの時間この速度を維持しているということは、高速道路を走ったとしか考えられない。こんな時刻から高速を走ったのか。

「何やってんだ」

またしても声が漏れる。このときの武は、エンジンをかけるなり間を置かずに走り出した。ほとんどためらいもない。生来短気な武なら珍しくはないのかもしれないが、せっかちすぎないだろうか。

門から出たところで一旦停車することもなく、市道と名はつくが事実上の農道を走り抜ける。街灯は少なくあたりは暗い。車のライトだけが頼りといっても過言ではない。車内は映らないので様子はわからないが、少なくとも会話は聞こえない。

農道を飛ばし気味に進んだあと、やや広い道路に出た。敏明も通り慣れた道だが、夜のせいか動画というフィルターを通しているせいか、なんとなく別の土地のような印象だ。

自分が運転している気分で見ていて、一時停止のいいかげんさが気になった。もしも取り締まり警官が〝張って〟いたら、切符を切られるレベルだ。

途中、数台の車とすれ違ったが、危険を感じるというほどではない。ただ、敏明が知っている武の運転より慎重さに欠ける印象はある。

この時点でもまだ会話がないので、おそらく単独行だろう。

再生速度を一段階上げた。やがて国道二十号、いわゆる甲州街道に出て、下り方面へ向かった。急いでいるわけでもないが慎重でもない。そんな不思議な感想を抱かせる運転だ。ブレーキを踏むタイミングにしても、敏明の感覚よりほんのコンマ数秒ほど遅く、それがストレスになる。

それにしてもどこへ行く気なのか。胸の内で問いかけながら見ていると、突然ウインカーを出し、それとほとんど同時にインターチェンジ導入路へハンドルを切った。『高尾山ＩＣ』から圏央道に入るようだ。

「だから、どこへ行くんだ？」

独り言をつぶやきながら再生を続ける。ＥＴＣカードは入っているようで、そのまますんなりゲートを通った。

本線に合流するには少し速度が足りないのではないかと思って見ていると、ウインカーを出した直後、時速七十キロほどのまま、ためらいもなくといった動きですっと本線に入った。広角の視界には、本線をわりと詰まった車間距離で走る車が映っている。

「危ないだろ」また声に出してしまう。

案の定、けたたましいクラクションが響く。大型車のものだ。当たり前だ。このスピードの差からすると、ほかの車はおそらく時速百キロ以上のスピードで流れている。それも半分以上はトラックだ。追突されなかったのが幸運だ。

この事態に、武がどういう表情を浮かべたのか見られないのが残念だ。しかし、少なくとも詫びの意味でハザードランプを点滅させた音は聞こえない。

単に追い越したというだけで、執拗(しつよう)にあおられたり、強引に前に出て急ブレーキを踏まれる、などの嫌がらせを受けたというニュースを毎日のようにやっている。ときには暴力事件にもなる。どうなることかと見ていると、それ以上のクラクションなどは聞こえず、すぐに右側をロングボディの大型トラックが追い抜いていくのが映った。進路を妨害された相手はこの車だったようだ。気性が激しい運転手でなくて運が良かったと思うべきだ。

「今のはかなり危なかったぞ」

ほっとする間もなく、こんどは八王子ジャンクションで折れた。山梨方面へ向かうようだ。本線に合流するときに、敏明は自分が運転しているときよりも緊張し、気づけば拳を握りしめていた。

今度もまた、特別な加速もなく、そしてためらいもなく合流したが、運よく後方に車がいなかったようだ。さきほどから見ていると、一般道では飛ばし気味に、高速ではゆっくりめに走る傾向があるようだ。つまり、安定しているといえばいえる。

もうこれ以上は見たくない。しかし、一種の義務感から見続けることにする。

車はそのまま中央道を山梨方面へ向かう。スピードを見ると、多少慣れて来たのか時速八十から九十キロあたりを上下している。再生速度をさらに一段階上げた。ほどなく、視界がだんだん左へ寄っていくことに気づいた。

「おいおい、危ないよ」

どうしても声に出してしまう。テレビの映像ではなく、父親が運転していると思うと、客観的に見ていられない。

　すると、まるでそれが聞こえたかのように、高速道路にしては急なハンドルさばきで元の車線に戻った。しかしまた、次第に左へ寄っていく。スピードも落ちて六十キロほどになった。それに気づいたのかいきなり急加速し、百キロを少し上回るところまで戻った。そんなことの繰り返しだ。

「まさか居眠り運転じゃないよな」モニターに声をかける。

　ようやく、目的地は相模湖ではないかという気がしてきた。論理的な根拠はない。ただ、まだ敏明が小学生だったころ、あのあたりまで家族で何度かドライブに出かけたのを思い出したのだ。

　しかし、『相模湖ＩＣ』もあっさり通り過ぎてしまった。

　たしかに、ここで引き返したのでは、走行距離が百キロ近くにはならない。それにしてもどこへ行くつもりなのだ。あわてた様子もないので、出口の見落としではないらしい。

　車はほどなく山梨県に入り、さらに西へ進む。談合坂を過ぎ、トンネル群をくぐり、やがてまた大きく左に寄り始めた。

「危ない」

　しかし今度はそのまま出口へ向かうようだ。『大月ＩＣ』で降りるつもりらしい。

　問題なくゲートを抜け、すぐ左側にある一時停止エリアで停まった。エンジンは切らず、アイドリング状態のままだ。画面には同じように停車しているトラックが何台か映っている。

　武はといえば、地図などを見ている気配はない。何か考えているのかもしれないが、さすがにそこまではわからない。

　敏明は少し前からトイレに行きたいのを我慢していたので、ここで一時停止しようかと思った矢先に、車は再スタートした。つい、そのまま見続けてしまう。

走り出した車は国道二十号の旧道に出て大月駅方面へ向かう。方向としては少し戻る感じだ。しかし大月駅へ曲がる交差点はためらうことなく素通りし、一キロほど進んで、同じ二十号のバイパスに出ると、右折した。要するに今来た方向へ戻るようだ。ここまでくると、目的地がないどころか、道に迷っているのでさえもないと思えてきた。単に走り回っているのだ。本当に〝走り屋〟だったのだ。

再びウインカーも出さずにＩＣへと入り、料金ゲートを抜け、東京方面の導入路に入った。表示された時刻は、もうすぐ午後十時になろうとしている。

これを潮に再生を一旦止めた。自分が運転した以上にぐったりと疲れていた。結果的にこのときは、小さな傷はともかく大きな事故は起こさずに戻ってきたのだ。これ以上見ても意味がないだろう。

そのとき、ふとパソコンのモニターに映った影が動いたような気がした。

この机は、ベランダに面した壁に向かい合っているので、リビングやキッチンには背を向ける格好で座る形になる。

反射的に振り返ると、そこに立っている人物と目が合った。幹人だ。気まずい空気が流れたが、なんとか声を出した。

「飯は食ったか」

うん、だか、ううん、だか聞き取れない返事をして、すっと去って行った。ときおり独り言を漏らす以外は物音を立てなかったので、敏明がいないものと思ったのだろう。冷蔵庫の中でものぞきにきて、敏明がぶつぶつ言いながら動画を見ているので、何ごとかと興味を抱いたのかもしれない。昔だったら「じいちゃん、夜の走り屋みたいだな」などと言いながら一緒に見たかもしれない。あのころが懐かしい。

トイレに行き、洗面所で顔を洗い、冷蔵庫からパック入りのアイスコーヒーを出してグラスに注いだ。

リビングのソファに座り、それを飲みながらベランダ側の窓越しに青空と雲を見る。

親父はいつもあんな走りをしているのだろうか――。

そういえば、幹人は敏明とはほとんど口もきかないのに、武とはそこそこうまくいっていると香苗に聞いた。武の話によれば、向こうの家まで幹人が自転車で遊びに行くこともあるそうだ。だったら免許返納の話題を出してもらえないかと、虫のいい考えも浮かんだ。

ぼんやりあれこれ思いを馳せていると、幹人の部屋のドアが開く気配がした。

そのまま聞き耳を立てていると、やがて玄関ドアを開け閉めする音が聞こえた。敏明が外出する気配がないので、自分のほうがどこかへ行くことにしたようだ。

腹が鳴った。いつの間にか午後の一時近くになっている。

「それじゃあ、こちらも飯にしますか」

外へ出ようかという遠慮は必要なくなった。しかし、ビーフシチューは胃が受け付けそうもない。

冷蔵庫にある残り物を一つの皿によそり、茶碗によそった白米と一緒にレンジで温めて、簡単に済ませた。

さきほどの録画について反芻(はんすう)する。なぜ大月なのか。しかも、ただ高速道路を走り、ICを降り、ほんの数分で帰路につく。その行動にはたして意味があるのか。

しかし結局は録画を見ながら抱いた直感に戻った。すなわち〝走ることそのもの〟が目的なのだ。武にしかわからない感覚で「今日はあのあたりまで行って帰ろう」と決めるのかもしれない。目的地は決めるが、そこに用事があるわけではない。早朝によく見かける高齢者の散歩と一緒なのだ。

それに、左のフェンダー周りにあった傷は、それほど新しくない。この大月行きでついたものではなさそうだ。だとすれば、しょっちゅうあんなことをしているのか。

武はいつも忙しそうな父親だった。家庭を顧みないというのではなく、単に仕事が山積みで、その処理のことで頭がいっぱいのようだった。

平日はいつも夜の八時、九時に帰宅した。そのおかげで敏明は、テレビの子供向け番組を気が済むまで見られた。

週末も、会合だとか勉強会だとかで家を空けがちだった。酒は飲むがほどほどで、ギャンブルは一切せず、絵や骨董品漁りのような道楽もなかった。ゴルフは少しだけやったが、付き合いのため止むなくという程度で、親戚にもらった中古のクラブを使っていた。

そんな父親のほとんど唯一ともいえる屋外での気晴らしが、ドライブ——車の運転だった。週末などに敏明や母親と都合が合ったときは、奥多摩や、県境を越えて神奈川、山梨、ときに静岡のほうまで足を延ばすこともあった。

それができないほど忙しい時期には、平日の夜に、一人でふらっと外出することもあった。「ちょっとノートを買いに行ってくる」などと言って夜の九時ごろに出かけてゆく。

母親も敏明も、この「ノート云々」は口実だとわかっていたので、「ノートなら予備が買ってあるのに」などと余計なことは言わなかった。そしてほとんどの場合、一時間から一時間半ほどで戻ってきた。もちろん、この点についても「ずいぶん遠くまで買いに行ったね」などとは、母もまして敏明も嫌みを言ったりしない。

この外出癖について、母親と「お父さんは、たぶんこれという目的地などなく、あったとしてもどこか眺めのいい峠あたりまで行って、戻ってくるのだろう」などと話したのを覚えている。

少なくとも浮気相手のところだとは、冗談にも考えてはいなかった。武の性格的なこともあるが、必ず一度帰宅して夕食を済ませてから出かけるからだ。そんな几帳面な浮気は聞いたことがない。

中学に上がったころから、敏明は親と一緒に出かけることが苦痛でしかたなかったので、この〝単独行〟の習慣はむしろ助かった。

そんな状態が何年か続いたが、しだいに頻度が落ちていったように記憶している。教頭から校長へと昇進して、やるべきことが増えたせいか、あるいは仕事そのものにますますやりがいを感じるようになったからなのかは、敏明にはわからない。

気づかなかっただけで、敏明が家を出たあともあの趣味がずっと続いていたのか。それとも、最近になって復活したのだろうか。

いずれにせよ、あの屏風岩のようにゆるぎなくそびえ立っていた武が、深夜にあてもなくふらふらと車で走り回っている。目的のない行く先の定まらぬ道行だ。一時期の「なにもすることがない」環境下における、軽度の鬱というか虚脱のような状態から抜け出したのはいいが、その反動で、取り戻した元気をもてあましているのかもしれない。しかも、軽重はわからないが認知障害を抱えながら。

白葉高校の正門脇に植わっている古い桜の木が、数年前から半分枯れかけて、倒木の危険があるから近々伐採する予定なのだと聞いた。あの桜の荒れた木肌のイメージと重なる。

「さてと」

ため息をつく。気は乗らないが、ドラレコ映像のチェックの再開だ。

ここそこと、武の車からカードを抜いてきた本来の目的は、そんな懐古にひたるためではない。西尾千代子なる女性とドライブに行っているのか。行っているとすればどんな会話を交わしているのか。それを知るためだ。漠然と調べたのではいつ終わるかわからない。次はピンポイントで日を絞る。

香苗は、枡田が武たちをみかけたのは「先週の土曜日」だと言っていた。カレンダーでその日付を調べ、ファイルを特定するために探した。

「ない」

問題の日付のファイルがない。前日のファイルがあったので、念のため四倍速で再生してみたが、早朝から一人で町田市まで出かけて帰ってきただけだ。その後、二日ほどなくて三日後のものがあったが、これもおそらく一人で今度は七峰市内をぐるりと回って帰ってくるものだった。まさか、誰かがファイルを削除したのだろうか。

ファイルをリスト方式で並べ替えてみた。この一か月で記録があるのは十五回だ。十五回で三千キロ、つまり一回あたり平均二百キロ走ったことになる。さすがにそれはないと思うし、現にいくつか開いてみたが、総走行距離はせいぜい百から百二十キロ程度だった。つまり、複数回記録されなかったか、削除されたことになる。カードを認識しなかったり異常があると、ピーピーとうるさいぐらいにエラー音が鳴る機種だから、主電源を切っていたか、録画後に削除したと考えるべきだ。

　車に乗ったままでも、カメラ一体型のモニターで再生しながら、《削除》の項目を選択すると、簡単にファイルを消すことはできる。

　しかし武がそんなことをするとは思えない。だとすればその西尾とかいう女が——？

　理由は容易に想像がつく。同乗していたことをほかの人間に知られたくないか、そのとき交わした会話を聞かれたくないかのどちらかだ。いずれにせよ、やましいところがなければ、そんなことをする必要はない。

　気晴らしに外の空気を吸いに出たくなった。

　これというあてもないので、車で大型のホームセンターにでも行くことにした。立ち上がり、ポケットに手を突っ込むと、丸めたポリ袋に指先が触れた。一瞬、なんだ？　と思ったが、すぐに思い出した。武の車でみつけた女のものらしい髪の毛三本を、これに入れて持ち帰ったのだ。

　こんなものどうするつもりだったのか——。

　苦笑しながらゴミ入れに投げようとして、思い直し、机の引き出しに入れた。捨てるならいつでも捨てられる。

8

ホームセンターの帰りに食品スーパーへ寄り、夕食の材料を買って帰った。

玄関に幹人の靴がない。妻にはああ言ったが、塾へ行ったと信じたい。

久しぶりに自分で料理をしてみようと思った。ビーフシチューはまだ残っているが、明日でも食べられるだろうし、冷凍する手もある。

作るのは、敏明のほとんど唯一の得意料理、ホイコーローだ。幹人が小学生のころは、これを作ると「おいしい、おいしい」とはしゃぎ、ご飯をお代わりしたものだ。今では、残り物を食べたのかどうかすらわからない。

出来合いの総菜などを買って無駄にならないように、香苗宛てに《夕飯は作ります》とだけメッセージを送った。

先にシャワーを浴び、香苗が帰宅する午後七時半ごろに完成するよう、逆算して作り始めた。味付けは市販のレトルト調味料を使うが、豚バラ肉の塊を自分で厚めにスライスして、湯通しの下ごしらえをした。キャベツやピーマンも炒め合わせ、仕上げに冷蔵庫にあった豆板醤(トウバンジャン)も足した。

まさに火を止めるとき、玄関が開く音がした。続けて洗面所で手洗いだとかうがいをしている。

二人きりの夕食だが、気分を変えて大皿によそってテーブルに載せた。箸をつけるのを少しだけ待って、先に発泡酒を飲むことにした。

タブを押し開けて口をつけようとしたところへ、部屋着に着替えた香苗が入ってきた。

「あら、いい匂い」

「ホイコーロー作った」

「おいしそう」

「悪いけどお先」

最初のひと口を流し込もうとしたとき、香苗が言った。

「わたし、すごいこと聞いちゃった」

帰宅途中、ずっと言いたいのを我慢していたのだろう。またむせそうになったが、どうにか、無事に飲み下した。

「何を？　まさか、また親父のこと？」

「ううん、違う」

少しほっとする。

「もっとすごいこと」

さっきのドラレコの映像も、考えようによっては相当なインパクトだが、まだ言わずにおくことにした。

「ま、とにかく飯にしよう」


香苗は「野菜がしゃきしゃきして美味しい」「お店の味みたい」などと褒めてくれた。

食事がやや落ち着いたところで、さきほど口にしかけた話題を思い出したようだ。酒をほとんど飲まない香苗は、自分で作って冷やしておいた何かの健康茶を、グラスに注いで二口ほど飲んだ。

「そうそう、さっきの話なんだけど、今日ね聞いちゃったのよ」

「だから、何を？」

「同じ職場に長井さんっていう人がいるんだけど、歳はわたしよりたしか三つ上だと思う。前に話したことあったわよね」

たしかにその名は聞いたことがある。「長井さんっていう人に聞いた」という話題を何度か出されたことがある。

やはり女性の情報網は、現代においても最強のソーシャルメディアではないだろうか。〝関心事〟という適度なフィルターがかかり、適度な誇張がなされ、拡散してゆく。

「その長井さんね、高校二年生の男の子がいるんだけど、その子が中学だったときの同級生の友達が捕まったんだって」

「捕まった？　何で」

「住居侵入と強盗傷害だって」

またむせそうになる。高校生と聞いて、なんとなく万引きだとか無免許運転あたりを想像したからだ。

「強盗傷害って――高校生だろ？」

香苗が、ねえびっくりするでしょと、うなずく。

「だから詳しく訊いちゃった。事件があったのがもう二週間ぐらい前なんだけど、まだ逮捕されたままらしいって」

高校二年生といえば、刑事責任が問われる年齢だ。少年犯罪に甘い日本でも、さすがに強盗傷害なら身柄は拘束されるはずだ。二週間ということは、すでに逮捕云々の先の段階へ進んだのだろう。法律にはあまり詳しくはないが、「強盗」の二文字が付加されると、似たようなことをしても罪がぐんと重くなる印象がある。

香苗は、飲み干した健康茶が入っていたグラスをのぞいた。

「これ、ほんとに瘦(や)せるのかなあ」

「馬鹿だな。そんなので効くなら世の中の人みんなスリムだよ」

香苗が少しだけ口のはしを曲げたので、話を戻す。

「それより、今の話の続きは？」

「そうそう。あのね」誰に聞こえるわけでもないのに、香苗は声をひそめた。「強盗っていうけど、お金目的じゃなかったみたい」

「というと」こちらも声が低くなる。

「その長井さんに聞いた話だから、どこまで本当なのかわからないけど、でも嘘つく人じゃないから、たぶん本当だと思う」

発泡酒の二本目を出して開けた。香苗が説明を続ける。

「何をしたかっていうと、駅から若い女の人のあとをつけて、アパートだかマンションだかの部屋に入ったあと、宅配便のふりしてドアを開けてもらって押し入ったんだって」

「つまり、なんていうか性的な目的で？」

香苗が、汚物を踏んだときのように眉をひそめてうなずく。

「それも、たまたま見かけたんじゃなくて、前から狙っていたみたい。下見とかもしてたんだって。それで、いやらしいことしようとしたんだけど、騒がれて、ナイフとか持ってて、それを振り回したら怪我させたんだって。そのあと逃げたんだけど、逃げる前にテーブルにあった財布を持っていったんだって」

それで強盗傷害になったわけか。公表されている容疑に、未遂を含めて「不同意わいせつ」がついていないのだとしたら、少年だから気を遣ったのかもしれない。

「それって、もしかしたらニュースになっていたやつかな」

二週間ほど前にそんなニュースを見た記憶がある。少年だから写真はもちろん、個人を特定できるような情報はなかったはずだが。

「わたしはもともとそのニュースのこと知らなかったんだけど、ご近所の人も最初はぜんぜん気がつかなかったんだって」

「『最初は』ってことは、その後バレた？」

香苗が、こくりとうなずく。

「顔も名前も学校も全部、ネットで流れちゃったって。家の場所とか写真もだって」

「そりゃひどいな」

インターネットが普及するまでは、この程度の事件は、被疑者が芸能人や大企業の社員でもない限り、とうとうどこの誰だかわからずじまいでうやむやになっていたように記憶している。しかし今は状況が一変した。未成年だろうがお構いなしに個人を特定され、氏名、住所、顔写真、家の写真、通っている学校、さらには親の職業やきょうだいの学校まで晒（さら）される。

現にこうして「友達の元同級生の親の同僚の家族」にまで知れてしまっている。

高校の教員をしている敏明にとって「他人事ではない」などという、生易しい話ではない。毎週のように職員会議ではそれが話題になる。あちらの高校ではこんな事件があった。こちらの中学ではこんな騒ぎになった。本校も充分に目を行き届かせて、何か異変を感じたらすぐに対処してください。そんな議題になる。

「犯罪は犯罪として、それじゃ少年法もなにもあったもんじゃないな。流してるほうも犯罪だろ」

「それがね、それだけじゃないんだって」眉根を寄せて、香苗のほうも二杯目の健康茶で喉を湿す。

「——ネットで悪口を書かれるだけでもつらいと思うんだけど、家に落書きとか貼り紙とかされるんだって。《変態》とか《危険人物の家》とか《鬼畜は出ていけ》とか、あとよくわからない落書きとか」

「あの、ペイントスプレーでやるやつか。鬼畜って漢字で書けたのかな」

香苗の眉間の皺がますます深くなった。

「冗談じゃ済まないわよ。嫌らしい絵とかもあるって」

性犯罪者を出した家がそうなるという海外のニュースを見たことがあるが、日本もそうなりつつあるのか。

「それじゃ、しばらく住めないだろう」

「中学生の妹がいるらしいんだけど、お母さんとその妹は親戚の家に避難して、お父さんはとりあえず会社の寮みたいなところに泊まってるらしいって」

「悲惨だな」

そう答えたが、本心から同情はしていなかった。たしかに、その少年の未来を打ち砕く仕打ちかもしれない。しかし、純粋な被害者ではない。ある意味自業自得だ。本当の被害者は、何も悪いことをしていないのに家に押し入られて怖い思いをし、傷つけられて金を奪われたその女性だ。この先、おそらく一生忘れないだろう。

「まあ、ネットでさらされたりして同情はするけど、もとはといえば自分で蒔いた種だからね」

敏明のその発言がなんとなく気まずい雰囲気を作ってしまい、しばらく会話が途切れた。沈黙の理由は、幹人の存在だ。それこそ「他人事」ではないからだ。

いくら親とは一緒に食事をしないような反抗期でも、さすがに一人暮らしの女性を襲うような性格でもないし、度胸もないと思っている。しかし思春期の人間は何をしでかすかわからない。そのことは、二十年余の教員生活で、いやというほど見てきた。

沈黙に耐えられなくなったのか、香苗がぼそっと漏らした。

「なんだか、幹人が心配で」

「馬鹿だな。大丈夫だよ。親が信用してやらなきゃ」

自分が吐いたその言葉で、普段と逆の立場の発言だと気づき、つい苦笑した。そして、思いが武へと移った。「世間様に顔向けができない」事態に陥るとしたら、幹人より武のほうが可能性が高そうだ。

単に「子が親を心配する」というレベルを超えて気がかりだ。一番の問題だと思うのは、武には謙虚さというものがない点だ。加齢とともに運動神経も技術も劣ってきたと、自己を省みようとはしないだろう。ここ最近のやり取りを思い起こしても、発言の内容がそれを裏付けている。

敏明にも覚えがあるが、教員は大学を卒業してすぐに、自分の親のような年配者や、社会的に地位のある人物などから「先生」と呼ばれることになる。最近でこそ「教師もただの公務員」という風潮も強くなってきたが、武が現役だったころは、まだ「聖職」の残り香のようなものがあった。

「自分たちは違うんだ」という思いが染みつくのは、ある程度やむを得ない。

敏明の場合は、最初の中学校での体験や、私立高校の勤務歴が長いこともあって、一種「生徒はお客さん」という認識がある。しかし、たまに公立高校の教員と交流会などで顔を合わせると、今時まだ自尊心という表現を超えて尊大な雰囲気さえ漂わせている人間が少なくないことに気づく。

武は、元来の性向として気が強く自尊心が高い。私生活でも、自分の間違いを認める発言を聞いた記憶がない。たしかに、教科のこと以外でも知識は豊富だし、庭木の手入れや家のちょっとした修理まで自分でこなす。そして仕事では校長まで務め、その後も名誉職のような立場を渡り歩いた。たしかにいまだに頭脳は明晰だし、頑固なだけでなく、慎重で計画的なところもあり、生活面で大きな失敗など起こしたことはない。

だからこそ、あのドライブレコーダーの録画映像を見てショックだったのだ。ものごとに「永遠」も「絶対」もない。いつか取り返しのつかない失敗をしない保証はない。

本当は考えたくもない。避けて通りたい問題なのだが、武の症状は「もしかしたら」の段階をとっくに過ぎたようだ。先日読んだ新聞の家庭欄のコラムに、《「しっかりした人間」だったことと、認知症になるならないは関係がない》《認知症になると「性格の先鋭化」が起きることがある。もともとの性格が極端になる現象だ》と書いてあった。

「自分は運転ミスなどしていない。車が故障していたんだ。調べればわかる。自分に落ち度があるとすれば、それは故障していた車に乗っていたことだ。その点の非だけは認める」

もしも重大な事故を起こした上にそんな発言でもしようものなら、そしてそれが世間に広まってしまったなら、すべて終わりだ。

マスコミは一般人が攻撃しやすいキャラクターが大好物だ。連日面白おかしく取り上げ、言葉尻や服装の趣味などまであげつらう。日本中からバッシングを受けるだろう。敏明の立場も晒されるに違いない。だとすれば今の仕事を続けることができなくなることも充分考えられる。

それだけではない。敏明がはるか昔に起こした事故のことも、蒸し返されるかもしれない。

先日読んだ週刊誌の記事の一節は脳裏に焼き付いている。

《現代では、加害者一家が破滅するまで世間は許さない》

《加害者が著名人であればもちろん、多少でも裕福であったり公務員であったりすればさらにその傾向は強まる》

武の事故の可能性は、大袈裟でも杞憂でもないと思っている。明日にも、いや今夜にも起きるかもしれない。

二十年近くも連れ添うと思考回路も似てくるのだろうか。香苗が唐突に武の話題を出した。

「前も言ったけど、あの子、お義父さんのところにちょこちょこ行ってるみたいなんだけど、お義父さん、あの子の言うことなら聞くんじゃないかしら」

「つまり、免許返納のこと?」

「うん」

「幹人に頼むってこと?」

「そう。話し合いのきっかけにもなるし」

「だったら香苗から頼んでみてくれよ」

「わたしが?　あなた言ってよ。自分の親なんだから」

香苗はそう答えて、食べ終えた食器を片付けはじめた。

幹人は午後九時近くなって帰宅した。香苗が「ごはんは?」と声をかけると、ぼそぼそ答える声が聞こえた。香苗の通訳によれば「食べてきた」と言ったそうだ。

せっかく家に飯があるのに、外食なんてもったいないと腹を立てたこともあるが、しょっちゅうではないし、子供には子供のつきあいがあると、香苗になだめられた。

幹人が受講している『春期集中コース』は、たしか午後三時から午後七時までだ。塾は駅前の雑居ビル内にある。午後九時少し前に食事を終えて帰宅ということは、時間的な計算は合う。

問題なのは、その時刻までほんとうに塾にいたのかどうかだ。

9

敏明は、毎朝五時半に起きる習慣だ。

出勤のため駐車場から車で出るのは七時半ごろだから、約二時間の余裕がある。この間に朝食を済ませ、今日の予定をざっと頭の中に展開し、資料などを再確認し、気持ちを整える。

リズムを乱すと元に戻すのに苦労するので、一年中ほぼ同じ時刻に起きている。だから、今日のように出勤のない日曜日であろうと、タイマーなしでもまず寝坊はしない。

今朝は、その起床時刻前に起こされた。神経を逆なでするような電子音と、ブーブーという振動音。半分寝ぼけた頭で、しまった寝坊したか、などと考えた。しかし、そもそもタイマーなどセットしていない。スマートフォンの呼び出し音だった。

「なんだ、なんだ?」

ぼそっと漏らして、枕元に手を伸ばす。画面の表示を見ると、父親の武から電話だ。表示されている時刻は午前五時七分、そしてやはり日曜日だ。一体なにごとだろう。隣の布団で香苗ももぞもぞ動いている。

「もしもし――」

〈ああ、おれだ〉

あまりあわてた様子はないので、少しほっとする。

「どうかした？」

〈昨日、知らないあいだに誰かが家に入ったみたいだ〉

とたんに眠気が吹き飛んだ。上半身を起こす。

「泥棒？」

〈いや、荒らされた様子はない。全部は調べてないが〉

「じゃあ、どうして？」

〈シチューがなくなってる〉

「シチュー？」思わず声が甲高くなった。「なくなってるってどういう意味？」寝ぼけてるのか。

〈きのう、おまえが持ってきたよな〉

「持っていったよ。鍋に入れて」

〈あれを昨日の昼にちょっと食って、そのままにしていて、今朝食おうと思ったらほとんど残っていない〉

脱力、とはこのような状態のことか。

「それってさ、食べたのを忘れたんじゃないの？」

〈いくらなんでも、シチューを食ったかどうかぐらい覚えてるぞ〉

「で、どんな鍋に入ってる？」

〈赤い小ぶりの鍋だ。――おまえばかにしてるのか〉

「ばかにしてるわけじゃないけど、その程度、忘れることはよくあるよ。むしろ……」

〈忘れたかどうかを言ってるんじゃない。食べたものはノートに記録している〉

それは知っている。最近、学生が使うノートの半分ぐらい、B6サイズほどのリングノートをいつも持ち歩いている。そして、なにかというと細かくメモを書きつけている。一度、「何を書いてるの」と覗こうとしたら、ぱたんと閉じてきつい目で睨まれた。

「たぶんさ、パソコンで資料作りに夢中になってたみたいだから、ノートに書き忘れたんだよ」

〈いや、おれは習慣を変えない〉

だから変えたんじゃなくて忘れたんだと言いたいが、それは呑み込む。

「まあわかった。もしまた変なことがあったら連絡して」

武はまだもごもご言っていたが、なかば一方的に通話を切った。

「お義父さん、なんだって」

いかにも寝起きの髪と顔の香苗が訊く。

「起こしちゃって悪い。親父がわけのわからないことを言ってるよ。まいったな」

今のやりとりの内容を簡単に説明した。香苗は黙って聞いていたが、最後に言った。

「明日、わたし仕事休みだし、ちゃんと様子を見に行かない？」

「昨日会った時はボケてるようには見えなかったけどなあ」

つい口に出してしまって、いやいや国語の教師がそんな差別用語を使ってはいけないと、この場に関係ないことが浮かんだ。やはり、心のどこかで逃避したがっているのかもしれない。

「実はね、こんなこと今までも何回かあったの。言わなかったけど」

布団に上半身を起こして座った状態のまま、そんな会話を続ける。

「あったって、電話が？」

「そう。いまみたいなやつ」

その先を言い淀むふうにも見えたが、どうせそこまで言ったのだからと腹をくくったようだ。

「たとえば、二か月ぐらい前に来たのは『弘江はそっちに行ってるかい』っていう電話だった」

「まさか、嘘だろ。──さすがにそれはないだろ」

香苗の眉間があきらかに強張った。

「またすぐそうやって、わたしのことを疑う」

そういう反論のしかたをされると、こちらも感情的になる。

「いや、疑うっていうかさ、だったらどうして今まで言わなかった」

「言ったら悪いかなって思ったから。なんだか言いつけてるみたいで」

「──ほかには？」ややトーンダウンしながらも訊く。

「あと、二週間ぐらい前の電話は『幹人の入学祝い、何にする？』だった」

「入学っていつの話？」

「さあ、わからない」

「だとすれば、かなり進んでる印象だ」

「だから、明日にでもようすを見に行きましょうよ」

香苗は今日、仕事に行かねばならない。

「そうだな。明日一緒に行こうか」

明日は月曜日だが、敏明はもともと代休を取る予定になっている。

敏明が教鞭をとる白葉高校では、春休み中も希望する生徒に主要教科の補講を行う。これはもちろん、テストで赤点を取ったり出席日数が足りなかった生徒向けの「補習」とは別物だ。

難関大学を目指す生徒に対象を絞った、受験対策用のカリキュラムを組む。出席人数は少なくなるが、中身はむしろ通常授業よりも濃い。気は抜けない。したがって、忙しさは通常の学期中とほとんど変わらない。

今日は休みだから、一人で行く気なら行けるのだが、昨日今日と二日続けては気が重い。香苗の提案に乗ることにした。

香苗が出勤したあと、明日までもう変な電話はよこさないでくれよと願いながら、学校から持ち帰った新学期準備のための仕事に手をつけ始めた。その後は何ごとも起こらず、静かに午前中は過ぎた。家で軽く昼食を済ませて、午後は書店にでも行くつもりだ。

冷凍ご飯をレンジであたためていると、幹人がぬっとあらわれた。すぐそばに立つまで気づかなかった。

「うわっ、驚いた」

思わず声を立てて、上半身をのけぞらせた。

しかし幹人はちらりと見るわけでもなく、脇腹のあたりをぼりぼり掻きながら、冷蔵庫の扉を開けた。話しかけるつもりはなかったが、あまりに無視をしているのでつついた。

「おはようぐらい言ったらどうだ」

「おはようございます」

眠そうな顔と眠そうな声で、しかし敏明を見ようとはせずに挨拶した。

「何が気に入らないんだ」と喉まで出かかったが、レンジがチンと音を立てたのを機に、何も言わずに温めた白米を取り出した。

「あち、あち、あち」

わざと声を出してダイニングテーブルの上に置いた。そのすきに、幹人は冷蔵庫から出した自分用のペットボトルと、菓子のような袋を持って、さっさと自室に引き上げていった。

今さら説教をしても、何も変わらないだろう。その場はとってつけたように謝るだろうが、結局同じことが繰り返される。

時が解決してくれるのを待つしかない。解決してくれるとしてだが――。

昼食後、のんびり歩いて駅前まで出て、駅ビルに入った書店をのぞいた。

読みたいと思っていたミステリを一冊、認知症に関する基礎知識が書かれた本を一冊、高齢ドライバーの免許更新と返納問題について解説してある本を一冊購入した。

続けて同じビルにあるカフェに入った。最初は小説を読もうとしたのだが、気になって認知症と免許問題の本を先に開いた。日曜日とあって家族連れで混んでおり、少々騒がしかったが、登場するモデルケースの老人が武の姿と重なって、コーヒーのお代わりをして読み込んでしまった。

帰宅すると、幹人の姿はなかった。机の引き出しを開けようとして気がついた。敏明は机の引き出しを、必ず奥まで押し込んで閉める。それが今、ごくわずか手前で止まっている。こんなことも絶対にないとはいえないが、気になる。まさか幹人が、とは思うが、秘密の日記も盗られて困るような貴重品も入っていない。深く考えないようにする。

10

「まったくなあ。こんなことがこの先ずっと続くのかと思うと気が重い」

実家へ向かう車のハンドルを握ったまま、ついそんなふうにぼやいた。

今日は月曜日で四月一日、世間一般にいう〝年度初め〟だが、敏明は代休を取っている。有給休暇の消化もままならない敏明としてはせっかくの代休ぐらい有効に使いたかった。自分の親のことだからしかたないと思いつつ、愚痴も出る。

「しょうがないわよ。親のことなんだから」

「そうだけどさ。そういえば、香苗のところは大丈夫なのか？」

「あちこち痛いとか動かないとか言ってるけど、これという心配はなさそうかな」

「そういえば、最近そっちの実家にはご無沙汰だな」

香苗の返事がないので、ちらりと見ると、窓の外の景色を眺めている。

「それより、運転、控えてくれると思う？」

話題を変えて、香苗が訊いた。

「おれにはわからないよ」と答えてしまってから少し無責任だったかと「簡単には聞く耳を持たな

いだろうね」と付け加えた。

「事故とか起きる前に、うまく収まるといいけど」

「そもそも、認知症だと本当に事故を起こす確率が高いのかな」

昨日のことを忘れたからといって、赤信号を見落とすとは限らないのではないかと、敏明はまだ心のどこかで思っている。

ただ、統計的に認知症の人間は事故を起こす確率が高くなるらしい。その考えに基づいて、今の日本の法律では、免許の更新期間満了時に七十五歳以上になるドライバーは、かならず二時間の『高齢者講習』のほかに、『認知機能検査』というものを受けることになっている。

武は現在七十九歳だ。七十八歳だった昨年と、七十五歳だった四年前の二度、これらの検査を受けてパスしている。

昨日、本を買って読むまでこの制度に関する知識はほとんど無いに等しかったのだが、具体的な内容がかなりわかった。

たとえば、この『認知機能検査』の結果次第では、「認知症のおそれがあるかどうか」について医師の診断を受ける必要がある。しかし実際には、かかりつけの医師に頼んで「認知症ではありません」と診断してもらえば通ってしまうという〝抜け道〟もあるようだ。

そういえば以前、テレビでこの話題を取り上げていたとき、解説している人間が「抑止効果どころか、この制度のせいで高齢者に『自分は医者のお墨付きをもらった』とかえって自信をつけさせる結果となってしまっている」というような発言をしていた。自信、という意味において武はまさにその状態だ。

また、信号無視などの一定の違反を犯した者には『運転技能検査』も義務付けられている。これは、最長六か月間に指定自動車教習所で何度でも受けることができ、よほどでなければ通るようだ。

武は高齢になる前から頑迷だった。仮に多少迷っているようなことでも、傍から意見をされたりすると、それをきっかけに頑なになる。単に人の意見に耳を貸さないのではなく、跳ね返すようになる。自身が「高齢ドライバー」の対象になる前から、テレビでこの関係のニュースが流れると、よく批判的な意見を口にした。

「あんな事故は、自覚もなくただ漫然と生きている人間が起こすんだ」

ミスではなくあくまで車の故障だ、自分はミスをしていない、と言い張るドライバーに対しては、

「自分の家族を轢き殺しても『車の故障だ』とか『何十年も無事故無違反なんだ』とか言えるのか。こんな奴は、ふだんからぼんやり生きていたに決まってる。止めようとしなかった家族も同罪だ」

などときつい批判をした。

「いずれ自分も歳を取るんだから、他人事じゃないよ」

そんなふうに返そうものなら、目つきまできつくなった。

「おれが階段を踏み外して捻挫したことがあるか？　道端の石ころにつまずいて転んだことがあるか？　三年前に誰と会ってどんな話をしたか、一言一句覚えているぞ」

そのあと、決まり文句のようにこう付け加えた。

「おれは死ぬまで運転する」

車に傷がついているのも、完全に「被害」だと信じている。

そんなことが続いて、何度か話題に出した免許返納問題も、最近はあまり口に出さないようにな

ってしまった。

今日は、その気が重い課題を持ち出さねばならない。それだけではない。状況が許せば西尾千代子なる人物の話題にも触れたい。やはり香苗についてきてもらってよかった。

八時半少し前に実家についた。そのまま庭に乗り入れる。武の車が普段と少し違う場所に停めてある。

いつもは、広めの駐車スペースの真ん中にゆったりと停めてあるのだが、今日は左側がプレハブの物置にくっつかんばかりの位置に停めている。

「なんだろね」

空間認識能力の衰えかと気になって、左側をのぞいた。見るなり声が出た。

「あ、なんだこれは」

「え、どうしたの」

脇からのぞき込んだ香苗も「あら、あら」と声を上げた。

バンパーのすぐ後ろあたりから、前席のドアいっぱいぐらいまで傷がついている。フェンダーのあたりがいちばん酷くて、何かに強くこすったようだ。そのまま、ギーッという引っ掻き音が聞こえそうな傷がついている。

それだけではなく、泥もついている。たしか、一昨日の昼ごろ少しだけ雨が降ったが、これはけっこうなぬかるみを走ったような汚れ具合だ。

「何かにぶつかったのかしら」

「ガードレールかも。どこへ行ったんだろう」

敏明は傷痕を指でさすりながら答えた。

「怪我は大丈夫なの？」

香苗が、もっともな心配をした。

「状況によるけど、この程度の傷だと運転手はほとんど感じていないかもしれない」

しかしそれにしては、まるで左側を隠すように停めてあるのが気になる。もしかすると——いや、その先は想像したくない。

「とにかく、本人に訊いてみよう」

家の中へ向かおうとしたとき、玄関の扉が開いて当の武が出てきた。息子夫婦の来訪に気づいていたようだ。

「やあ、お久しぶり」武が軽く手を上げ、香苗に挨拶した。

「ご無沙汰してます」香苗が笑顔で会釈を返す。

「これ、ひどいね」間を空けず、敏明が武の車を指さす。

「なにが？」

「傷さ。左側。こすったみたいな跡がかなり長くついてる。ガードレールか何か？」

「傷？」

武の眉間に皺が寄った。

「これだよ。まさか気がついてない？」

敏明は車の前方に回り、物置との狭い隙間からボディを指さした。

「どれ」不本意そうな表情で武がのぞく。「ああ、これか」

意外な反応だった。「知らないぞ」「だれかにやられた」と騒ぐのだろうと思っていた。

「知ってたの？」

「まあな」とだけ答え、考えている。

認知症にまつわる知識を仕入れたばかりなので、あれこれ想像してしまう。この反応は、忘れてしまって思い出そうとしているのか。あるいは、とっさに嘘をつこうとしているのか。

「ちょっとこすったんだ」

武が口にした答えは、そのどちらかわからないが、意外性のない答えだった。

「あと、汚れもひどいね」

「ああ、舗装していない道を走ったからな」

「いつ？　どこで？」

一昨日、ドライブレコーダーのカードを抜いたときにはなかった。それは断言できる。つまりあのあとから今朝までの間にできたものだ。

「どっちが？」

「どっちがって、傷と汚れと別々につけたの？」

会話を続けるのが嫌になってきたが、たとえ人的な被害がなくとも、公共物を壊して届け出なければ犯罪になる、今はそこらじゅうに監視カメラがある、こする瞬間を撮られていなかったとはいいきれない、そんなことを簡潔に説明した。

「まあ、あとでノートを見てみる」

この問題はひとまず引き下がり、こちらの本題に入る。

「そういえば、カーナビが少しだけ新しい情報に更新できるみたいだから、今やってみるよ。二人は家に入って待っててよ。――ちょっとキーを借りる」

玄関へ向かおうとすると、武が「ここにある」と指から下げたキーを見せた。


香苗と武が家に入るのを見届けて、すぐ運転席に座る。

こんなときのためにドライブレコーダーがあるのだ。何にこすったのか、録画を見れば一目瞭然だ。今回は日付もわかっている。

意気込んでエンジンをかけたが、ドライブレコーダーが稼動していることを示すグリーンのランプが点かない。異常であることを示す赤いランプも点かない。

「おかしいな」

本体をチェックしてすぐに気づいた。主電源がオフになっているのだ。一昨日、カードを抜いたときにうっかり触ってしまったのかもしれない。電源スイッチを押した直後に、「ピー、ピー」という耳障りなブザー音が鳴り響いた。

「え、なんだ。どうした？」

調べてみてすぐにわかった。ＳＤカードが入っていないのだ。これはどういうことだろう。

一昨日、記録済みのカードを抜いたあと、確実に新しいカードを入れた。現にそのあとエンジンを始動し、ガイダンスに従ってカードを初期化したではないか。ということは、あのあと誰かが抜いたのだ。しかし、ただ抜いただけではブザー音がうるさいので、主電源を落としたのだ。そこまでは簡単に推理できるが、問題は誰が抜いたのか、何のために抜いたのか、だ。

もちろん、武である可能性がもっとも高い。車の持ち主だし、この家の唯一の住人だ。だが、同乗者がいたなら、そして多少こういった関係に知識があるなら、抜くチャンスはあっただろう。

それで思い出す。過去の録画を調べたとき、西尾千代子と武が一緒に食事をしていた日のデータは丸ごとなかった。あれは最初から電源が切ってあったのか、あの日の最後に武の目を盗んで削除したのか。どちらにせよそのチャンスはあったはずだ。

だとしてもなぜ？

今回もまた削除すればよいではないか。今回は削除できないような事情があったのだろうか。いや、そういうことではないのかもしれない。今はデータを表面的に削除しても、復元できると聞いたことがある。特に警察が捜査するような場合には。つまり、復元されては困るような場面が録画されてしまったということか。

「まさか」

また声を漏らし、苦笑した。さすがにそこまでは想像しすぎだ。おそらくは、一昨日敏明がやった初期化がうまくいっていなくて、エラーを告げる音がうるさいので武が抜いたのだ。本人に確認してみればすぐわかることだ。

車から降りて、もう一度左側の傷を見た。やはり、誰かがショッピングカートでひっかいたような傷ではない。何かにこすりつけるようにしてついた跡だ。ガードレールでもなさそうだ。青い塗料がついている。看板か、あるいは――。

家に入ると、武がリビングのテーブルに香苗と二人で向かい合って座り、地図を広げて何か説明しているところだった。のぞき込むと、広げている地図に相模湖らしきものが見えた。武の生活も、脳内も、ほとんどドライブに占められてしまったようだ。

　免許返納の可能性が、逆に武の気持ちを追い詰めてしまったのか。

「ちょっといいかな」

　そう声をかけると、会話を中断し、二人ともこちらを見た。先に武が口を開いた。

「昔、大月のあたりで道に迷った話をしていた」

　昔じゃないだろうと思いながら、適当に聞き流す。

「ああ、ほんと。——それより、さっきの傷のことなんだけど。こすられたときの映像が残っているかもしれないと思って、ドラレコを再生しようとしたら、記録用のカードがなかった。抜いた？」

　あの機種は、エンジン停止中は録画されないのだが、武はそんなことを理解していないだろう。

　戻ってきた答えは予想と違った。

「カード？　カードなんていじってないぞ」

　切り返す前に武の目を見た。いつもどおりの自信に満ちた目だ。そこからは、内心が読み取れない。すなわち、嘘をついているのか、忘れたのか、あるいは本当のことを言っているのか。

「メモにも書いてない？」

「待て」

　そう言って、武は例のＢ６サイズのノートを取り出した。

　自分でつけたらしいしおり紐（ひも）をつまんで最新ページを開く。敏明の角度からはほとんど文字は読めないが、細かい字でびっしり書いてあるようだ。

　それを指先でなぞっていた武がうなずく。

「ドライブレコーダーをいじった覚えはないな。車に関して、故障したり修理したりした場合は小さなことでも記しているから」

「わかった」うなずくしかない。

ノートを見たからといって本当のことを言っているとは限らない点が、この問題をややこしくする。

「それじゃあ、昨日か一昨日、何かにこすったっていう記録はなかった?」

「こすった? なんのことだ?」

怒りが湧いたが、穏やかな口調を心がける。

「ノートを見てみるって言ったでしょ。さっき見た、ボディの左側についてた傷」

「ああ、あのことか」とうなずく。「——ちょっと待て」

再びノートの文字を指先で追う。やがてある場所で止まって、そこの文章を読んでいるようだ。

「書いてあった?」

「あ、いや。——関係ない。何かにこすったり、ぶつけたことはないな。そんなことをすれば、覚えていないはずがない」

「ということは、どこかの駐車場に停めているあいだに何かにぶつけられたってこと? まさか誰かが庭に忍び込んであんなことをするとも思えないし。でもさ、青っぽい色がついてるよね。普通、スーパーとかのカートはシルバーか白だから別のものかもね。車がこすった跡ではなさそうだし——」

武は無言だ。これ以上話しても収穫はないと判断した。意固地になるだけだ。

「わかった。それじゃ、ＳＤカードはあとで、買って……」

着信音が遮った。武がスマートフォンを耳に当て「もしもし」と応答する。

「――ああ、おはようございます。――ええ、いい天気ですね。――はい。今、息子夫婦が来ていまして。――いいえ、ただ顔を見せに来てくれただけです。――そうです。いや、車は調子いいですよ。大丈夫です。ええ、予定どおり――」

香苗に目配せをして、玄関の近くまで移動する。武に聞こえないとは思うが、声をひそめて意見を求める。

「あれ、もしかしてそうかな？」

それだけでわかるはずだ。「あれ」というのは、もちろん西尾千代子のことだ。

「そうかもしれない」

「あの調子だと、今日も車でどこかへ行く約束をしているみたいだな」

「まさか」

「でも、そんな内容だったぞ。どういうつもりなんだろ」

「こまったわね」

敏明も気が重くなってきた。父親に親しい女性ができることは問題視したくない。父親には父親の人生がある。財産の相続に関しては多少言いたいこともあるが、それもいまここではいい。

もっとも引っ掛かるのは、あの泰然自若としていた武が、ここ最近知り合った女性に振り回されている感があることだ。

このところ会話が嚙み合わないことが――もっとはっきりいえば、認知機能が疑わしいやりとりが増えた。そのタイミングで西尾千代子が接近してきたのは偶然だろうか。

香苗がぼそりと漏らす。

「わたし、心配なのよね」

「わかってる」

「もう何度も言ったけど、事故を起こさないかって。たとえば、ブロック塀を壊したとかなら、怪我さえしなければいいと思ってる。でも、縁起でもないって叱られそうだけど、人をはねたり、車と衝突して向こうに怪我をさせたり、誰かを乗せていてその人に怪我をさせたりとか、それを考えると心臓がどきどきしてきて――」

その気持ちはわからなくもない。

「わかった。もう少し突っ込んで話してみるよ」

そう簡単に解決法などみつからないだろう。気は重いが、家族の、息子の、義務だと自分に言い聞かせる。


リビングに戻ると、武はすでに電話を終え、ノートパソコンに向かってマウスをカチカチやっている。

「あのさ」

声をかけると、武が一瞬振り向いたが、すぐにディスプレイに向き直った。

「なんだ。帰ったかと思った」

「今日も車でどこか出かけるの？」

ようやく手を止めてこちらを見た。

「どうしてそんなことを訊く？」

「さっきの電話が聞こえちゃってさ」

ふん、と鼻先で笑ったように見えた。

「大丈夫だ。遠出はしない。受講生のところへ資料を届けに行くだけだ」

「あのさ、言いづらいんだけど、こっちもいろいろ協力できるところはするからさ、車の運転、そろそろ……」

「またそれか」

単刀直入で芸がなさ過ぎたかなと思ったとたん、武に高圧的にかぶせられた。しかし「またそれか」と言われるほどは口にしていない。つまりは、自身がそれだけ気にしているということだろう。

考えてるならいいよ、とそこで話を切り上げたくなった。しかし、今引き下がるとしばらくこの話題は出せない気がした。

「免許は更新できたかもしれないけど、やっぱりもう一度、適性検査みたいなの受けたほうがいいと思うんだ」

「あんなものは、どうせあてにならない」

きっぱりと言われ、笑ってしまいそうになった。まさに正論だ。しかし、これまで「検査を通ったから大丈夫だ」を錦の御旗のごとく口にしていなかったか。ひとつひとつの理屈は通っているが、全体として一貫性がない好例だ。それこそ、記録に残しておきたい。

「一般的にみて、あの車についた傷はちょっと多いよね。特にさっきのあの傷。あれは枯れ枝にこすったとかいうレベルじゃないよね。ぼくも通勤を含めて日常的に車に乗っているけど、ほとんど傷はないよ。それに、あの泥汚れもね」

「傷は偶然でないなら、故意だろう。誰かがやったんだ。それに、ぬかるみを走れば泥はつく」

またそれだ。会話は通じるのに、そして個々の理屈は破綻していないのに、会話がかみ合わない。

「あのさ、今すぐどうこうとは言わない。――でもさ、ちょっと想像して欲しいんだ。もしも大きな事故を起こしてしまったら、取り返しのつかないことになる。賠償金の問題だけじゃない。今は『高齢者の事故』というだけで、非難の目で見られる。事故当事者ではなくて犯罪者の扱いだ。まして、お父さんの経歴だったら、格好の餌食になると思うよ。しかも、それを放置していた息子は現役の教師だとか言われて……」

香苗が、腕を軽く突いた。

話しているうちに気持ちが昂ってきてしまった。父親の顔が心なしか赤くなっている。

「そうか。そこまで気になるなら、こんど検査を受ける。それで納得するだろう」

「ほんとに？　だったら、申し込みの手続きとか……」

「そんなものは自分でやる」

ほっとして香苗と顔を見合わせると、武が先を続けた。

「しかしな『事故の恐れがある』という程度の理由で、車を手放すわけにはいかないぞ。おまえが住んでいたころより、さらに不便になった。このあたりでは、現実的に車がないと生活できない」

その言い分には一理ある。あのころは近所に数軒の個人商店があった。野菜や肉、鮮魚、調味料ぐらいはそこで買えた。だが、後継者の問題か、車で十五分ほどのところにできた大手スーパーの影響かわからないが、今では一軒もなくなった。たしかに、車がなければ米も味噌も買いに行けない。

だからといって、ここで引き下がれない。建物を破壊したり死傷事故を起こした高齢ドライバーにぶつけられる「なぜ自力で歩くのもやっとな体力なのに免許を返納しなかったのか」という問いに対して、本人たちの返答のほとんどが「足腰が弱ったからこそ車が必要だった」「車がないと買い物にも病院にも行けない」「そのうち返納しようとは思っていた」だ。

しかし被害者側は、いや事故とは無関係な連中も「それじゃあしょうがないか」とは言ってくれない。むしろそんな言い訳を口にすれば憎悪をかきたてるだけだ。

さらに武への説得を試みる。

「でも、永遠に運転はできないでしょ。まだ元気なうちに、次のステップのことを考えておくのが合理的だと思うけど。たとえば、宅配システムを利用するとか」

「まあ、おれも色々と考えてはいる」

そう結論づけられては、これ以上強要はできない。何か手伝うことがあれば言って欲しいと告げて、この話題は終わりになった。

「帰ろう」

あまり納得がいっていない表情の香苗に声をかけたときだ。

がたん。

奥の部屋で音がした。あきらかに人がたてた音だ。シーズンオフの衣類などを収納し、親戚などが泊まりに来た時は客間としても使う部屋だ。

「誰かいるの？」

今さら声をひそめて訊いた。

「ああ、幹人が来てる」武がさらりと言った。「最近、よく来る。昨夜も泊まった」

「泊まった？」

つい声が大きくなってしまい、奥の部屋をうかがった。

「知ってたのか」香苗に訊く。

「昨夜のことは知らなかった」

香苗が気まずそうに答え、武がそれをかばうように言った。

「近くに住んでるんだ。めずらしいことでもないだろ」

11

武のもとを訪れた翌日の午前七時過ぎ、朝食をとっているときだ。

火曜の今日は、香苗の仕事は休みで敏明は出勤だ。

話題が幹人のことになった。

「昨夜も泊まったのかな」

「昨日は帰ってきたみたい」

「いつから知ってた？」

「そんなに前じゃない。今年になってからかな」

「どうして教えてくれない」

「言ったらまた怒るでしょ」

「馬鹿いうなよ。なんでもかんでも怒るわけじゃない。むしろ秘密にされたほうが腹が立つ」

「お義父さんのことが気になるのかもね」

「あいつが？　まさか。行けば小遣いでもくれるんだろ。それが目当てじゃないのか」

香苗が悲し気な顔をした。

「ときどき思うけど、あなた幹人に対する愛情が少ないんじゃないかって」

「そ」怒りが湧き上がった。「そんなことはないぞ。何を根拠に……」

「ごめんなさい。言い過ぎました」

口論になるまえに下手に出られたので矛を納めるしかない。

「まあとにかく、あの家の冷蔵庫にあった菓子とか加糖コーヒーのパックの意味がわかった」

なんとなく流していた番組が、今朝の主だったニュースをまとめて紹介するコーナーになった。

〈東京都日の出町で轢き逃げ事件がありました〉

つい箸を止めて画面に見入る。

〈昨日の午後五時ごろ、東京都日の出町の山道で、近くに住む吉田健一さん七十四歳が、大腿骨を折るなどの大怪我をして動けなくなっているところを発見され、救急搬送されました〉

原稿を読むアナウンサーのアップから、現場らしき映像に変わった。「山の中」という雰囲気で、右は鬱蒼とした森、車が一台やっと通れるほどの道を挟んだ左は、葦か薄などの背の高い雑草が生い茂っている。

〈――警察の発表によりますと、吉田さんはおとといの午後、山菜採りに行くと言って家を出たきり戻らないと家族から届けがあり、警察では地元消防団などとともに捜索していました。吉田さんの話によりますと、現場近くの山道を自転車を押して歩いていたところ、猛スピードで走ってきた車に、自転車ごと撥ねられたとのことです。

警察の聞き取りに対し、吉田さんは「車が自転車にあたり、そのいきおいで撥ね飛ばされた。運転していた人物の顔は見えなかった。ぶつかった直後に一度車を停めた気配があったが、降りて様子を見ることもせず、そのまま置き去りにして立ち去った」ということです〉

リポーターは派遣していないらしく、現場周辺を映した映像に、要点を箇条書きにしたテロップが重なった。アナウンサーが続ける。

〈――現場は町の中心部である日の出町役場から車で十分ほどのところにありますが、普段から交通量も少なく、吉田さんは当時一人で、携帯電話なども持っておらず、助けを求めることができず、丸一日現場付近から動けずにいました。近くにはこの事故で変形したと思われる自転車も放置されていました。

吉田さんはほぼ丸一日飲食はしていませんでしたが、命に別状はないとのことです。消防の話では、『まだ夜間は冷える時期だが、幸い吉田さんは防寒用のダウンジャケットを持っていたため、寒さをしのぐことができたのではないか』ということです。

警察の発表によりますと、逃走した車は白っぽい乗用車で、ナンバーまでは確認できなかったということです。警察では悪質な轢き逃げ事件として捜査を進めています〉

警察署で撮影したものだろうか。コンクリートの床の上に置かれた自転車の映像が映った。大きく変形しているようには見えなかった。映ったのが一瞬だったので確信はないが、青っぽい色をしているようだった。

テーブルが揺れている。手で押さえようとして、揺れているのはテーブルではなく、めまいがしているのだと気づいた。

敏明に少し遅れて食事を始めた香苗も、箸を止めて画面に見入っている。

「あれって――」

その先が続かないらしく、敏明を見て困惑の表情を浮かべた。敏明も言葉が出ない。

「まさか」ようやく絞り出すようにそう口にした。「顔もナンバーも見てないんだろ。白っぽい車なんて、山ほどあるし」

「でも、山道って言ってた。日付とかも合ってない？」

「多摩地区の奥のほうへいけば、田んぼも畑もまだまだ残ってる。青い自転車の交通事故だって、毎日のようにあるんじゃないか」

言ってしまってから、ずいぶん苦しい理由づけだし、そもそもニュースでは「青い」と言っていなかったことに気づいたが、香苗は「そうよね」とうなずいた。認めたくない気持ちは同じだろう。

ニュースはすでに次の話題に移っている。敏明は《消音》ボタンを押した。部屋の中がしんと静かになる。

「まあ、偶然だよ、偶然。考えすぎ」

敏明が笑うと、香苗も再び「そうよね」と笑い返した。

武は、もしも本当にそんなことをして、覚えていたなら警察に届け出る性格だ。つまり、まったく無関係か、しでかしたことを忘れている、のどちらかだ。

口では否定しながらも不安だ。

「だけどさ、昨日も言ったけどドラレコのカードが抜いてあった。絶対に入れた自信がある。だから、誰かが抜いたとしか思えない」

「えー。嫌なこと言わないで」香苗が眉根を寄せた。

「まあカードを抜いた理由は、ほかにも可能性があると思う。——たとえば、事故なんかとはぜんぜん関係なく、そのときの記録を残したくなかったとか」

「どういうこと？」

「つまり、親父の車に同乗者がいて、何か見られたらまずいものが映ってたとか、聞かれたらまずい会話が録音されてたとか」

「何かって？」

「それはわからないけど」

「その同乗者って、つまり、あの人ってこと？」

その先の名は出すまでもない。小さくうなずいただけで充分だった。

もちろん、西尾千代子が同乗していて事故も起こした、という可能性もあるのだが、どちらもその点には触れない。

「とにかく、一度その西尾って女に会って、直接訊いてみるよ」

「そうしてみたほうがいいかもしれない」

なんとなく、うやむやにその話題を終えた。

「その前にさ、枡田さんっていったっけ？　市役所に勤めてる友達。その人に、その西尾とかいう女がどんな人物なんだか、もうちょっと詳しく訊いてみてくれないか。目撃情報をわざわざ親切に教えてくれるんだから、きっと噂好きなんだろう」

香苗の眉間に皺が寄る。

「枡田さんは心配して言ってくれたんだと思うけど。――今は個人情報の扱いとかすごく厳しいらしいけど、頼めばこっそり教えてくれるかもしれない。訊くだけ訊いてみる」

「頼むよ」


そろそろ家を出ようかというときに、スマートフォンに着信があった。武からだ。気は乗らないが、出ないわけにもいかない。どうか事故などではありませんようにと、祈るような気持ちで応答する。

「もしもし――」

〈ああ、おれだ〉

不機嫌そうだがあわてた様子はない。ひとまずほっとする。

「どうかした？」

〈修理工場が開いてなくてな〉

「え、何？」

〈もしもし、聞こえてるか？　車だ、車〉

「車がどうかした？」

〈忘れたのか。左側に、ひどい傷がついていただろう〉

「覚えてるけど――」

最近、武とこの手の会話をするたびに、頭の芯が揺れるような感覚がある。

〈それでな、とりあえず修理しようと思って、ディーラーに電話しても、機械の音声しか流れない。営業時間は十時からだとか言うばっかりで。――どこか修理工場を知らないか〉

「こんなに早くから開いてるところなんかないと思うよ」

〈電話ぐらい出られるだろう〉

これでは問答しても無駄だ。

「じゃあ、ネットとかで探してみるよ。それまで乗らないほうがいいよ」

〈今日は出かける用事がある〉

「誰と？」

〈まあいい。じゃあな。切るぞ〉

「あ、ちょっと――」

プツンと切れてしまった。

「どうかしたの？」

香苗が心配そうに見ている。武からだとはわかっただろう。

簡単にいまのやり取りを説明する。

「認知症って、そんなに急に進むものなのか」

もしかしたら、と疑っていたあたりから、ここまでがずいぶん急だ。

「パート先の人の親がやっぱり認知症になったそうなんだけど、『そのうち病院で診てもらおう』って言ってるうちに、どんどん症状が進んじゃったって」

答える代わりに深いため息をついた。仕事に行かねばならない。香苗が続ける。

「それと、全体が同時にぼやけてくるわけじゃないんだって。人にもよるらしいけど、はっきりしてるところと、すっかり抜け落ちているところが、まだら模様みたいなんだって。あと、おかしな行動をとっても、少し経つとけろっと忘れてたりとか……」

「わかった、わかった。もういいよ」

香苗は、ふだんならもうそれ以上は言わないのだが、今回はなかなか引き下がらなかった。

「いいたくないけど、さっきのニュースのことも、絶対に関係ないっていいきれないじゃない。なんだか、どんどん悪い方へ行くような気がする。今のうちに何か対策を立てたほうがよくない？」

「たとえば何だよ」

「『そのうち』じゃなくて、なるべく早く病院で検査を受けるとか。認知症にも原因はいろいろあるけど、いずれにしても病気なんだから恥ずかしいことじゃないし、放っておけばひどくなるって、テレビでもやってた」

「恥ずかしいなんて思ってないさ」

香苗は、もうそれ以上は責めてこなかった。

「わかったよ。病院の件は考える。――仕事、行ってくる」

「行ってらっしゃい」

玄関を出た。幹人の部屋からは物音ひとつ聞こえてこない。何をしているのか知らないが、静かすぎないか。

12

朝から気分は果てしなく重かったが、事故にだけは注意を払いながら出勤した。

今日も現代国語の補講を二コマ受け持っている。そのほかの時間帯は、新学期に向けたクラス編成や、指導方針に関する新三年生担当教員によるミーティングなどの予定だ。

いくら通常通り出勤すると言っても、学期中よりは緊張感がゆるむところもある。生徒の数も教職員の数も少ないので、どこか閑散とした雰囲気があるからだ。教職員は交互に有給休暇を消化しているし、補講や部活のない生徒は登校しない。

朝一番の補講を終えて、がらんとした雰囲気の廊下を職員室へ戻る途中、メッセージが届いた。香苗からだ。すれ違う生徒の挨拶に会釈で応えながら、文面を確認する。

《店名：カトレア。住所：七峰市西本町――》

細かい番地と七峰市の固定電話番号も記載されている。いったい何のことかと思ったが、続きがあった。

《説明したいので都合のいいときに電話ください》

廊下を折れて人影のない隅のほうから、香苗宛てに電話を入れた。待っていたらしく、すぐに繋がった。

「ああ、わたしだけど、メッセージ見たよ」

学校や出張先などにいるときは、「わたし」と自称することにしている。どこに耳があるかわからない。

〈枡田さんに西尾さんのこと訊いたら、すぐに返事をくれたの〉

あんな会話のあとだが、香苗は約束を守ったようだ。しかし、と腕時計を見る。まだ十時にもならない。

「ずいぶん早いな。役所は暇なのか」

〈せっかく親切に教えてくれたのに、そんなこと言わないで〉

「それで？」

〈西尾さんていう人、お店やってるんだって。『カトレア』っていう名前で、喫茶店とかスナックとか、なんだかそんな感じのお店なんだって〉

「そうなのか」

「喫茶店とかスナックとか」と聞いた瞬間、水商売のイメージが浮かんだ。水商売だから即いかんということはないが、武の印象と重ならない。

「あとで自分で調べてみるけど、この住所ってどのあたりだろう」

〈さっきちょっとスマホで調べてみたんだけど、最寄り駅は、ひとつ隣の西七峰駅みたい。でも、駅前じゃなくて、ちょっと離れた住宅街の中っぽい感じ。――西尾さんは受講生仲間とかにもお店のカードを配ったりしてるから、そのこと自体は秘密でもなんでもないって枡田さんが言ってた〉

「へえ、なるほどね。――それで、自宅はどこかは訊いてないよね」

〈それは教えてくれなかった。っていうか、それ以上は訊かなかった。ただ『自宅はお店の近く』

って言ってた〉

「ありがとう。それで充分です」

敏明が切ろうとするのを、めずらしく香苗が遮った。

〈あ、それとね、西尾さんが受講生になったのって、今年の一月の途中からなんだって〉

「途中から？」

〈そう。一月始まりのコースに、途中から入ったんだって〉

「そんなに面白そうな講座なのかな」

郷土の史跡がどうしたとかいう内容だったはずだ。

「それとも、何か目的があったか。──まあ、ありがとう。参考にするよ」

この情報量からして、メールやメッセージではなく、直接会話したようだ。やっぱりその枡田という友人も、武と西尾千代子のことを、香苗に話したくてしかたがなかったのかもしれない。香苗が言うように親切心もあるのかもしれないが、野次馬的な好奇心もないとはいえないだろう。悪く捉えすぎだろうか。

〈あ、それとね、もう一つ枡田さんが教えてくれた。お義父さん、講座の生徒さんに『校長先生』って呼ばれてるんだって〉

「校長先生か──」

通話を終えるときには、腹は決まっていた。今日は残業の予定もない、帰りに少し回り道をしてその店のようすを探ってみよう。

その西尾千代子という女性の顔写真すら見ていないが、得たばかりの情報から、人物像をぼんやりと想像していた。

学期中は、絶対的にその時刻であがることはないが、とりあえず定時は決まっている。午前八時から、昼休憩を一時間挟んで午後五時までだ。今日はこれという残業案件もなく、定時より一時間早い午後四時に上がらせてもらった。

まだ日のあるうちに『カトレア』という店を下見しておきたかったのだ。

仕事の合間に、香苗に教えられた住所をネットで調べ、場所も特定してある。たしかに、最寄り駅はＪＲ七峰駅のひとつ隣の西七峰駅のようだ。駅前商店街というわけではなく、バス停で四つ分ほどの距離がある。歩けば二十分ほどかかりそうだ。

自分の車で近くまで行き、まずは外から様子をさぐることにする。

店はすぐに見つかった。まばらになった商店街から完全な住宅街へと変わる境界域にあり、市道だがあまり窮屈さを感じさせない道路に面している。

商店街というほどの構えではなく、商売をやっている店が三軒並んでいるだけだ。三軒とも、一階が店舗で二階が住居スペースという造りで、長屋風に並んでいる。中央がカトレアで、両脇が美容院と整体院だ。そしてその両側は生活道路に挟まれていて、注意していないと前を素通りしてしまいそうだ。

ゆっくりと車で店の前を通りすぎる。

カトレアを外から見ただけでは、店内の雰囲気まではわからない。木製のドアにはめられたガラスは、向こうが見通せないタイプで、道路に面した窓にはレースのカーテンが引かれていてやはり中は見えないようだ。

縁に、兎と小鳥があしらわれたアンティーク風の《ＯＰＥＮ》のプレートがかかっているので、営業はしているらしい。昼は喫茶店、夜はカラオケスナックというような店だろうか。

脇道に逸れてＵターンしてから、店の向かい側の路肩に停めた。

敏明自身は、あまり夜の街を飲み歩くほうではない。酒をたしなむことのできる体質としては、むしろ頻度は少ないだろう。通勤に車を使っていることもあって、「帰りがけに一杯」という機会はほとんどない。仕事場の忘年会などは居酒屋での一次会で帰る。二次会に行ったとしてもカラオケぐらいだ。女性が相手をしてくれる店にはほとんど縁がなかった。

なので勝手に想像をふくらませる。

カランカランと鳴る昔ながらのドアベル。もわっと煙る店内。常連客が、ニックネームを書いたボトルとアイスペールなどの「水割りのセット」を前に、顔を真っ赤にして唾を飛ばしながらその場にいない仲間の悪口を言っている。

「その校長先生とかってじいさん。いい歳こいて、ママに熱を上げて、毎日のようにドライブに誘うらしいじゃない。ねえ、ママ」

カウンターの向こう側で「ママ」と呼ばれた女が、「でもいい人なのよ」などと苦笑する。

和服に割烹着を着て、厚い化粧、作り物のまつ毛、パーマをかけて盛り上がった髪、きつい香水。カウンターに肘をつき、指先に挟んだ煙草から紫煙を立ち上らせながら、酒と煙草に焼けた声で、「あらいらっしゃい」などと妖艶に微笑む——。

そんなイメージが湧いて、苦笑した。それこそ、ドラマや映画で見ただけの世界だ。単なる空想だ。

しかし、もしもそんな女に「あなたのお父様に求婚されてるのよ」などと言われたら、どう答えていいかわからない。

しかもその父親は、人を撥ねて走り去った、いわゆる「轢き逃げ」犯なのかもしれない。そして、その隣に「ママ」が座っていたのかもしれないのだ。

そんなことを夢想していると、『カトレア』のドアが開いて、中から誰か出てきた。ドアベルはならなかった。

女のようだ。白いブラウスに赤いカーディガン、下は膝下丈のスカートだ。なんというデザインなのか敏明にはわからないが、タイトではなくふわっとした雰囲気だ。

あれが西尾千代子だろうか。ほうきとちりとりを手に、店の前を軽く掃きはじめた。

想像していた雰囲気とはかなり違った。やや傾いた日を浴びてのことだから正確には判断できないが、化粧は控え目のようだ。年齢も不詳な印象だが、五十代半ば以降だろうとは思える。

ただ、西尾千代子本人かどうかはわからない。雇われているだけの店員かもしれない。

スマートフォンのレンズを向け、背景の店ごと何枚か写真に収めた。もちろん、気づかれた様子はない。

13

自宅に向かって車を走らせている途中、スマートフォンに着信があった。

助手席のシートに放りだしてあったので、画面が見える。七峰市の市外局番だが、登録していない番号だ。固定電話は学校や役所関係のことがあるので、スピーカーモードにして応答した。

「はい」

〈もしもし？　そちらは大槻敏明さんですか〉

セールス特有の馬鹿丁寧さがない。

「はい、そうですが――」

淡々とした男の声が先を続ける。

〈こちら、警視庁七峰警察署です〉

顔から、すっと血の気が引いてゆく感覚があった。真っ先に浮かんだのは「親父、まさかやらかしたのか」という思いだった。

「あ、あのう、どういった――」

〈もしもし。失礼ですが大槻武さんのご家族のかたですか？〉

やはりそうだ。呼吸が荒くなり、視界が狭くなる。急ぎウインカーを出して路肩に停めた。

「失礼しました。わたし、大槻武の息子の敏明と申します」

ハザードランプに切り替えると同時に向こうの声が響いた。

〈敏明さんご本人ですね〉敏明が誰かを知っていてかけたようだ。〈今どちらにいらっしゃいますか？〉

「ええと、外にいます」

〈その感じですと、お車ですか？〉

「はい。車で帰宅の途中です」

するとと〈お待ちください〉と言うなり、保留音になった。

上司の指示を仰いでいるのだろうか。何課か知らないが、この警察職員の話し方には高圧的なところはなく、淡々と事務的だ。

〈お待たせしました。大槻さん、これから、署まで来ていただくことはできますか？〉

「どういった用件でしょうか。父が何かしましたか」

〈じつは、大槻武さんをこちらでホゴしています〉

ホゴ？　ホゴとは保護のことだろうか？　逮捕ではなく？　ならば事故に巻き込まれたのか。しかし、病院ではなく警察署にいるとなると、怪我をしているにしても軽いはずだ。となるとやはり加害者側か。相手の状態は？　まさか死亡事故ではないだろうな。これから逮捕するという通告か。

ここ数日の不穏な想像の下地があったせいか、そんなことを一瞬のうちに考えた。

〈もしもし？　大槻さん？　もしもし？〉

「あ、すみません」

〈実はですね〉

聞かされたのは、交通事故とは無関係の意外な説明だった。

武は二時間ほど前、七峰市内のとある市立中学校へ行き、通用口から中に入ろうとして職員に止められた。入れろ、入れない、の押し問答となり、武が職員の胸を突くなどしたため警察に通報された。

すぐにパトカーもやってきて、ちょっとした騒ぎになったが、中学校側にたまたま武を知っている教員がいて、「このかたは危険人物ではない」とかばってくれた。それどころか、そこは昔、武が校長を務めていた中学校だということもわかった。幸い春休み中で、部活なども早めに終わって生徒は校内に残っておらず、胸を突かれた職員も怪我というほどでもない。学校側としては大ごとにはしたくないという意向だそうだ。

なんだそれは――？

説明を受けても意味が理解できない。

「その学校へ、父は何をしに行ったのでしょうか」

お門違いかとは思ったが、訊かずにはいられない。警察職員も親切に応じてくれた。

〈それが、よくわからないんですね。本人に説明を求めても肝心な部分が要領を得ませんので〉

「逮捕されたのでしょうか」

〈いいえ。先ほどもお伝えしましたが、学校側も大ごとにしたくないと、特に被害届などは出されていませんので。それに、酒気を帯びたり、危険物を所持されているようすもありませんし――〉

強制的に身柄の拘束はしていないが、言動にやや不審な部分もあったため、ひとまず警察で保護することになった。そしてスマートフォンに登録されていた連絡先にある、《敏明》が息子だというので連絡をした。親族が迎えに来てくれるならば、すぐにお引き取りいただける。ちなみに、乗ってきた車は学校側で保管してくれている。

そんな説明だ。

車で行ったのか――。

あきれ、腹が立った。人が死傷するような事故でなくてほっとするのと同時に、「何をやってんだ」という舌打ちしたいような思いが湧きあがる。気がつけば全身にぐっしょりと汗をかいていた。手の甲で額を拭いながら、シートの上のスマートフォンに向かって頭を下げた。

「申し訳ありません。ご迷惑をおかけします。これからすぐ向かいます。——三十分ほどでうかがえると思います」

相手は少し肩の荷が下りたような口調で、それでは二階の生活安全課の受付で用件を伝えてくださいさい、と告げて切れた。

大きくため息をつき「さて」と独り言ちる。

さっきから着たままだった上着を脱ぎ、ハンカチで首筋の汗を拭った。しかしその程度では、背中や脇腹にかいた汗は引かない。

最初は心臓が止まるかと思ったほどの緊張だったが、それが解けてみると、脱力感に包まれた。

「何をやってるんだ、親父」

こんどははっきり声に出した。

轢き逃げよりははるかにましだが、関係のない中学校に無理やり入ろうなどとすれば、逮捕されてもしかたがない時代だ。敏明の学校なら、通報はもちろんだが、二年前に導入した「刺股（さすまた）」で取り押さえていた可能性もある。

香苗に簡単に連絡する。電話だと面倒になりそうなのでメッセージを送る。

《親父が何かあって警察に保護されたらしい。事故とかではなさそうなので心配いらない。これから迎えに行く。またあとで連絡する（運転中なので電話無用）》

五分と経たずに、香苗から返信が来た。

《了解しました。とても心配です。一段落したら電話ください》

警察署をたずねて案内図に従い、二階の生活安全課へ寄った。応対した職員に用件を告げると、少し待つよう言われた。

少し離れた席からやってきて応対してくれたのは、敏明と同世代にみえる私服の警官だった。声からして、さきほど電話した相手のようだ。

敏明本人であることを確認したあと「刑事課の田代と申します」と名乗り、身分証を開いて見せてくれた。ドラマや映画では見たことがあるが、実物を見るのは初めてだ。刑事課ということは、これがいわゆる「刑事」という人種なのだろうか。

「電話でも申しましたように、本来、生活安全課の管轄なんですが、警察も人手不足でして、わたしのほうで案内させていただきます。どうぞ」

そう言って、同じ二階の通路脇にあるドアの前に案内された。

田代刑事がドアを軽くノックすると、中から「はい」という聞き慣れた声が聞こえた。

「どうぞ」刑事がドアを開けてくれた。六畳ほどあるかどうかという小さく殺風景な部屋だった。事務机が向かい合って二台置かれ、その一つに向かってぽつんと武が座っていた。

「そちらにどうぞ」

指示されて、武と向かい合う形で腰を下ろす。

ここがいわゆる「取調室」というものだろうか。小さめの窓が一つ。壁には装飾の類はなく、丸い時計がかかっている。

机の上にはコンビニのものらしいレジ袋が置かれ、中からおにぎりやサンドイッチが顔をのぞかせている。しかし、手はつけていないようだ。日本茶のペットボトルにも口をつけていないらしい。

武はやや肩を落とし、敏明にちらりと視線を向けたが、再びそれらの食品に目を戻した。いや、視線を落とした先に食品があるというのが正しそうだ。

「何があった？」

ほかにかける言葉もなく、武にそう訊いた。

武は、どこかぼんやりしたようすで「ああ」とだけ答えた。

署まで来る途中、武のようすをあれこれ想像してみた。まず最初に浮かんだのは、パジャマやそれに近い、いわゆる「だらしない」格好をしていたら嫌だなという思いだった。つまり、いかにも徘徊老人のような雰囲気だったら世間体も悪い。

次に浮かんだのは、怒気を含んだ表情で、早く帰してくれだとかこれは不当な扱いだとか、警官に悪態をついている姿だった。

目の前にいる武はそのどちらとも違った。まず服装だが、まさに現役時代のように白いワイシャツを着て、裾はきちんとスラックスの中に入れてある。ベルトも締めているし、履物も革靴のようだ。つまるところ、武の普段の「外出着」だ。

しかしその表情は、敏明が初めて見るといっていいほど、しょんぼりとしていた。悪さをみつかって職員室に呼び出された小学生のようだ。

服装や態度しだいでは、警官の前であってもさすがに少しきつく言おうかと思っていたが、その気が萎えてしまった。

そんな敏明の表情を読み取ったのか、田代刑事が説明する。

「反省されているようです。さきほど、反省文も書いていただきました」

そう言って、バインダーのようなものに挟んだ手書きの書面をちらりと見せてくれた。見覚えのある文字が並んでいる。

《この度私こと大槻武は——》で始まるその文書にさっと目を通したが、《多大なご迷惑》《深く反省し》《二度と》などと、始末書の見本にあるような言い回しが並んでいる。もしかすると、言われるとおり書いたのかもしれない。

その文面からは、具体的な顚末（てんまつ）はほとんどわからなかった。

「詳しい調書も別にありますが、そちらはちょっとお見せするわけにはいきませんので」

「わかりました」

田代刑事は、電話では逮捕されるようなことはないと言っていた。しかし書類を残すということは、なんらかの前歴として記録が残るのではないか。

知らぬうちに険しい表情をしていたらしい。何も言わないのに、田代刑事は笑って「いえいえ」と手を振った。人の心を読むのが得意なようだ。

「あくまで形式的なものです。一応通報がありましたし、こちらも警官が出動したわけですので、記録には残さないとなりません。しかし、先ほども言いましたが被害届も出ていませんし、事件化もされていませんから、大丈夫です。ただ——」

そこで田代刑事は言葉を切って、敏明の目を見据えた。

「あの車、左側にけっこうな傷がありましたが、事故を起こしたわけではないようです」

またしても汗が噴き出るのを感じた。こちらから触れないようにしていたが、警察なんだからそれは気づくだろう。

「あれは、なんというか、本人に聞いたら何かにこすったらしいんです」

苦し紛れにそう答えた。田代刑事は目を見たまま受け答えする。

「本人もそのように言っていますね。このあたりで被害届も出ていませんし」

「父には『たとえガードレールでも公共物を壊したなら届け出ないと』ときつく言ってるんですが、はっきり覚えていないらしくて」

「おっしゃるとおりですよ。ドライブレコーダーを積んでいるようですが？」

「それが、操作ミスして記録用のカードを壊してしまったらしくて、取り替えなくちゃって思っています」

「何かあったときのために、そのほうがいいかもしれませんね」

そう言いながら、ちらりとしょんぼりしている武のほうへ視線を走らせたが、特に事件性はないと判断したのだろう。話題を戻した。

「息子さんには身元引受けの書類を書いていただきますが、これも形式的なものですから」

すでに用意してあった身元引受けに関する書類を目の前に出された。田代刑事がしつこいほど言うように、良くも悪くも「形式的」であるらしく、フォーマットを印刷した紙に、氏名や連絡先などを記入すればよいようになっている。

ここで拒否することも法的には可能かもしれないが、さっさと終わりにしたかった。

書き終えたあと、田代に頼んで武に聞こえないところでその中学へ電話をかけた。まずは詫び、あつかましいのだがと願いを伝えた。こちらも教員、というのが効いたのか、聞き入れてもらえた。

そのあと、ようやく放免されることになった。

出入口の自動ドアの前で、別れ際に田代刑事が、「わたしにも同じ世代の両親がいますが、やはり年寄りが二人だけで暮らしているので不安はあります」とうなずいてみせた。

14

「帰りに、あの中学校に寄ってくれないか」

車に乗って二人きりになったとたん、武がそう切り出した。まだ署の駐車場も出ていない。

「なぜ？」

シートベルトを締めかけていた手を止めて、武を見る。前方をみつめる武の目は、やはりどこか寂しげだ。

「あそこに車を置きっぱなしなんだ」

やはり、車のことか。

「それもそうだけど、きちんと謝罪もしないとね。迷惑かけたんだから」

「そうだな。じゃあ、手ぶらというわけにはいかないか。ちょっとどこかスーパーの菓子売り場にでも寄って……」

「今日は行かないよ」

慎重に車を発進させながら、すっかり行く気になっている武に釘を刺す。

「なぜ」とこちらを見た。

「もう遅いし、またいきなり行くのも失礼だからさ。明日にでも、きちんとアポイントをとってからにしようよ」

本当は、敏明一人で今日これから行くつもりでいる。武は連れずに。

「そうだな」と納得したかに見えたが、すぐに、しかし、と続けた。

「せめて車だけでも取りに行かないと。あのまま置いておけないし、そもそも車がないとどうしようもない」

「それはだめだよ」

「なぜ」

「なぜも何も、車はぼくが取りに行く。あとでタクシーにでも乗って」

「そんなことしなくたって、自分で運転できる」

会話するうち、だんだん元の元気な口調に戻ってきた。車の運転が絡むと、どこからか生きるエネルギーのようなものが湧いてくるのだろうか。

しかし、さすがにここは譲れない。今きちんと釘を刺しておかないと、それこそタクシーにでも乗って、一人で取りに行ってしまいかねない。

どう説得すべきか考えていると、武が言葉遣いも荒く主張した。

「車で事故を起こしたわけじゃないぞ。警察がしゃしゃり出て来たから敏明には迷惑をかけることになったが、問題なく自分で運転して帰れる」

テクニックの問題ではない。詳しい事情はわからないが、中学に侵入しようとして警察沙汰になったということは、平常の精神状態ではないということだ。そして田代刑事にも指摘されたあの目立つ傷だ。ここは譲れない。

「そもそも、あんな状態で乗り回さないでくれって言ったじゃないか」

「おまえが修理工場を探すと言ったきりにするからだ」

「とにかく、今日だけはだめだ。細かい事情とか理屈とかは抜き。今日はだめ。絶対に。危険すぎる」

先ほどの電話で確認したのだが、武が乗って行った車は、親切なことに中学校で預かってくれている。職員用駐車場の空きスペースに停めてあるので、夜の八時ごろまでなら、インターフォンを鳴らしてもらえば門を開けるから、車を持ち帰ってもらってもかまいませんと言ってくれた。キーは警察に返してもらってある。今は七時二十分だ。ぎりぎり間に合いそうだ。

普通なら、いきなり押しかけてきた不審者にこんな応対はしないはずだ。やはりかつて校長職にあって、その時代を知っている教員がいるというのが大きいのだ。

だからこそ、武がまた挨拶もせずに入っていって勝手に乗って帰ったりしたら、どういう印象を与えるだろう。それに、あの傷だ。「この学校の元校長」というプラスのバイアスがなかったら、立派に危険人物扱いだったはずだ。そのイメージが崩れれば、あっというまに教員の横の繋がりで、噂が広がってしまう。

「なんだか変な人だけど、あれ、うちの元校長なんだろ。大丈夫か」

「変っていうか、ほとんど犯罪でしょ。やばいよね」

「長いこと校長やってて、そこそこ有名らしい」

「こんな人が来たら注意しましょうって、一応拡散しとく？」

そんなささやきが耳に聞こえてきそうだ。

今ならまだ傷が浅くて済む。一時的に何か勘違いしたようだ、で収まりがつくだろう。しかし、これ以上奇行を重ねたら、教育界で実績を残しただけに、好奇の目に晒される。それこそ、人身事故でなくとも、どこかの店舗や街路樹に突っ込んだりすれば「以前から奇行と危険運転が評判だった」などと言われるに決まっている。

その上、多少でも温情の処遇を受けたりすれば「元校長だからって特別扱いするのか」と火が付くのが今の時代だ。

自分にも飛び火する可能性も大きい。

それに、さきほど第一報を受けたあと、冷静になってから敏明が抱いた想像は当たっていそうだ。

こんなことをしでかした動機だ。

武は、ふとしたきっかけで自分が校長職であったときの気持ちになり、当たり前のように学校へ入ろうとしたのではないか。

しかし今はセキュリティが厳しい。見とがめられて「ちょっと待って」とストップをかけられた。ついかっとなって「おれを誰だと思っている」という態度に出た。今の若い職員にそんな権威は通用しない。押し問答でもみ合いになった――。

そんな流れではなかったか。

そのとき、武の脳の活動はどうなっていたのだろう。短い時間とはいえ、みじんの疑いもなく「自分は現役の校長だ」「あの校舎の中に自分の机がある」と信じていたのだろうか。

それとも、自我が崩壊し、自分が何者であるかわからなくなり、まだらになった記憶を手繰り寄せ、道に迷い、気がついたら昔の職場にたどりついてしまっていたのか。出てきた学校職員にきつくあたったのは、最近敏明に対してもよく見せる、自分への腹立ちの裏返しだったのか。

わからない。しかし、いずれにせよ早急に対策を立てねばならない。

はっきりしている課題が二つある。

一つは、似たようなことをまた繰り返す可能性があるということ。つまり「栄光の時代」を思い出し「居心地のよかった場所」へ行ってしまいかねない。

だがそれだけなら「多少人騒がせな老人」で済むかもしれない。もう一つの、そしてはるかに切実な問題は、運転に関することだ。

もし現実認識能力がそこまで低下しているなら——あるいは一時的にでも低下する可能性があるなら——運転だけ問題ないとはいいきれない。現にあの傷だ。

万が一、コンビニに突っ込んだり高速道路の逆走などをしたら、取り返しのつかない大惨事を招く可能性がある。

「まずはお父さんの家に行って、お父さんを降ろして、それからぼくが車を取りに行くから」

二度、三度とそう説明すると、武は何も言わなくなった。あきらめてくれたのならいいが、静かさが不気味でもある。もしかすると、何か別の手を考えているのかもしれない。長い親子のつきあいだからなんとなくわかる。現に、例のリングノートを出して、何か書きつけている。

だとすればどうする気だろう。

運転時に武が持っていたキーは、今は敏明のポケットに入っている。しかし、家に戻れば予備のキーがあるはずだ。

つまり武が考えているのはこういう筋書きではないか——。

敏明が武を家まで送り届ける。その後、敏明は一旦自宅まで戻ってタクシーで向かうという意味のことを言った。武は、その間に自分もタクシーを呼んですぐに中学へ向かう。そうすれば先回りできる。

そんな作戦を練り始めたから、急に文句を言わなくなったのだ。ものごとによっては、昨日や一昨日のことも忘れてしまうのに、そんな計算はできるのか。感心している場合ではない。先手を打つことにした。

「言っとくけど、さっき学校に連絡して、ぼく以外の人間が行っても引き渡さないようにって言ってある」

武がこちらに顔を向けた。

「どうしてそんなことをする」

やはり図星だったようだ。ついに堪忍袋の緒が切れた。

「だから、言っただろ。せめて今日ぐらい運転はやめてくれよ。いいかげんにしてくれ。こっちは仕事を早退してきてるんだ。これ以上、面倒をかけさせないでくれ」

父親に対して、多少の口答えをしたことはあった。しかし、ここまで声を荒らげたのは初めてだ。嘘もついた。ちょうど信号待ちで停止しているときだったので、力任せにハンドルを叩いた。

さすがにふだんと違う敏明の剣幕に、武はそれ以上の抵抗をみせなかった。

敏明は、武を家まで送り届けると、当初の予定を変えてすぐに問題の中学へ向かった。

さっきの警告ぐらいでは効き目がないはずだ。武はきっと車を取りに行く。以前の武ならともかく、今の武は信用できない。先回りしなければならない。

まだ七時四十分、さきほどの電話での話なら職員は残っているはずだ。

まずは自分の車を、学校近くの車通りのなさそうな路肩に駐車し、校門脇のインターフォンを鳴らした。

応答がない。

え、帰ってしまったのか。引き取りは明日になってしまうのか。そうなると、自分は出勤するし、武には時間がある。めんどくさいことになる。

再度インターフォンのボタンに指をかけたとき、応答があった。

〈はい。どちらさまでしょうか〉

ほっとしてレンズに向かって一礼し、名乗り、用件を簡潔に話した。

今日の非礼を詫び、礼を言い、武の車を移動したい旨を告げる。

〈今、行きます。少々お待ちください〉

応対してくれた教諭は、わざわざ職員室から出てきて案内してくれた。

詳しい事情は説明しなかったが、敏明の切羽詰まった雰囲気に何か感じとってくれたようだ。世間話のようなことはせず、すぐに車へむかった。

「日をあらためて、お詫びとお礼にうかがいます。申し訳ありませんが、本日はこれで失礼致します」

何か訊かれる前に頭を下げて、素早く乗り込み、学校の敷地から出した。

地理の案内はなかったが、最近住宅街でよくみかける小ぶりのコインパーキングがすぐにみつかった。ひとまず武の車をそこへ停め、急ぎ自分の車のところへ走る。同じコインパーキングへ走らせ、すぐ隣の空きスペースに停めた。つまり、武と自分のと二台を確保した。

二台の車のあいだに立ち、おもわず伸びをした。

「くうう」

これでひとまず武の目からは隠した。このあと、この二台の車を敏明のマンションまで移動するつもりだ。コインパーキングは料金がかさむし、面倒だ。マンションの来客用スペースに停めれば世話がない。ただ、移動は運転代行サービスを頼もうと決めた。考えただけでうんざりするが、しかたがない。

それにしても疲れた一日だった。この先、こういったことが特別ではなくなるかもしれない。いやその可能性は、むしろ大いにあるのだ。

こんなことは長くは続けられない――。

つくづくそう思った。今日はまだ春休み中だったから、時間の自由がきいた。新学期が始まれば、とてもこんな対応はしていられない。時間の問題だけではない。とても身が持たない。

地獄と呼ぶには大袈裟かもしれないが、簡単に試練と片付けるには重すぎる荷物だ。みんなこんなものを背負って生きているのか。

まずは香苗宛てに電話をかけると、最初の呼び出しで応答があった。

〈もしもし〉

「ああ、おれなんだけど」

〈どうしたの？〉

不安を隠さない声も当然だ。

「実は、親父がやらかしてくれて――」

カトレアへ寄って様子を見て帰る途中に、警察から電話がかかってきたこと。武が保護されたこと。その理由。急遽警察へ行って手続きを済ませ引き渡してもらってきたこと。武を家まで送り届けて、このあと車の移動をせねばならないことまで話した。

〈大変ね。大丈夫？〉

「大丈夫でもないけど、ほかに誰にも頼めないだろ。香苗も運転できないし」

そんな八つ当たり気味なことを口にしたときだ、目の前の道路を一台の車が通りすぎた。タクシーだ。運転手がカーナビを確認しているようで、やけにゆっくりだ。その車内に目が釘付けになった。

「あっ」

〈もしもし、あなた？　――もしもし？　もしもし？　どうかした？〉

いま見たものがショックで、しばし言葉を失っていた。

「親父だ」

〈えっ？〉

「親父が通った」

〈え？　お義父さん？〉

事態が理解できない香苗の、困惑した声が返ってくる。

悪い予感が当たった。武は、おそらく自宅へタクシーを呼んだのだ。それにしても、こんなに早くやってくるとは。

「ボケてるんじゃないのかよ」

つい汚い言葉を吐いた。怒りが湧く。さきほどの沈黙は、やはり反省や納得からではなかったのだ。腹の中では「取りに行けばこっちのものだ」とでも思っていたに違いない。

〈ねえ、大丈夫？　お義父さんがどうかした？〉

突然会話をやめてしまった敏明を心配して、電話の向こうで香苗が大きな声を上げている。

「あ、大丈夫だ。ちょっと一回切る。あとで連絡する」

パーキングの料金を精算するために、急ぎ車のドアを開けた。

15

「おかえりなさい」

敏明がドアを開ける音を聞きつけて、香苗が玄関まで小走りに出てきた。眉根を寄せて心配げな表情だ。当然だ。

「ただいま。騒がせたね」

ため息まじりに答える。靴を脱ぐのも億劫（おっくう）な気分で、乱暴に脱ぎ捨てた。

「大丈夫だったの？」

その靴を揃えながら香苗が訊く。パーキングでの通話を一方的に終えてから、香苗に電話はしていない。

ほとんどのことが終わったところで、ようやく《終わったので、これから帰る。帰ってから説明する》とメッセージを入れただけだ。

「連絡しなくて悪かった。その余裕がなくて」

「それはいいんだけど、どうなったの？」

「その前に、ちょっとひと息つかせてくれ」

洗面所に寄って、手洗いうがい洗顔を、いつもより雑にやってから、リビングへ入った。

「いやあ、まいった。疲れた。ひどい目に遭った」

椅子の背もたれにぐったりと身を預けて、首をぐるりと回すと、ぼきぼきと音が鳴った。頭の芯がしびれるようだ。香苗がそれまでつけていたテレビを消した。

「ビール、飲む？　もう運転はしないでしょ」

「うん。頼む」

香苗が、冷蔵庫から発泡酒の缶を出して、敏明の前に置いてくれた。普段はこんなことは自分でやるのだが、今夜は立つのも面倒なほど疲れていた。

タブを開ける瞬間、「ほんとに今夜はもう運転はしないかな」と自問した。武のあの勢いだと、「車がないぞ」とでも電話してきそうだが、さすがにもう何を言われても応じないことに決めた。いい加減にしてくれと怒鳴りつけよう――。

テーブルにはまだ箸をつけていないらしい夕食が載っていた。鶏肉を焼いて甘じょっぱい市販のタレをからめたものが今夜のメインらしい。要するに串に刺していない焼き鳥のようなものだ。あまり手間がかからずにできて、敏明の好物なので、こんなごたごたした夜には向いている。

香苗が、野菜サラダや副菜を冷蔵庫から出して、テーブルに並べてくれた。

「ありがとう。先に済ませてくれてよかったのに」

「なんだか、食欲なくて」

それはそうかもしれない。申し訳ない、と再度詫びた。

「だけど、香苗がやきもきしてもしょうがないよ」

缶を半分ほど空にして、ようやく人心地がついた。鶏肉をつまんで口に入れる。向かいの席に座った香苗も箸をつけた。アルコールを飲まない香苗は、自分で淹れたハーブティーを口にした。

「電話で、お義父さんをみかけたって言ってたけど、どういうこと？」

「目の前を通り過ぎてくタクシーに乗ってたんだよ。——ああ、それじゃわからないか」

武を引き取ったあとの経緯をざっと説明した。

「たしかに、驚くわね」

「だろ。笑い話みたいだけど、現実にあれを目にしたらホラーだよ。まじで鳥肌が立ったよ。めまいがしたよ」

「それで追いかけたの？」

うん、とうなずき、もう一個鶏肉を口に入れた。食欲はなかったが、発泡酒をあおり、ひと口食べたら腹が鳴った。実際は空腹だったらしい。

「もう車は引き上げたあとだったから、放っておいてもよかったんだけど、でもそうすると親父はまた中学校へ乗り込んでいくだろう。『車を返せ』とか言って。先方に迷惑をかける。下手をしたらまた警察に通報される。二度続けば、こんどはすんなり帰してくれないかもしれない」

「そうね」

うなずく香苗に、その後の状況を説明した。

タクシーが通り過ぎたのを見て、大急ぎでまずは自分の車のパーキング料金を精算し、後を追った。

校門近くに着くと、すでに料金を払い終えたらしい武が、タクシーから降りるところだった。そのまま、まったく逡巡（しゅんじゅん）することなく、正門脇の通用口へ向かうように見えた。タクシーは走り去った。敏明は路上に車を停め、走り寄った。

「お父さん」

聞こえないようなので、もう一度、もう少し大きな声で呼びかけた。

「お父さん」

気づいた武が立ち止まり、こちらを見た。

「ああ、敏明か」

武のほうでも意外だったようで、驚きつつも、さすがにとまどったような顔つきになった。

「何してるの？」

何してるもなにもないのだが、ほかに訊きようがない。

「車を取りに来た」

「だから、もうないよ。回収したって言っただろ」

そんなことは言っていないが、結果的に回収してあるし、そもそもこの状態の武が、そんな細部を覚えているとは思えない。

それにしても、ここ数日で、武に対する言葉遣いが一気に荒くなった。今まで「だろ」などと口にしたことはなかった。要するに、なりふりかまっていられないという気持ちの表れだ。武のほうでも、特に気にした様子はない。もっとも、車のことで頭がいっぱいだからだろう。

武の声に怒りが混じった。

「どこへ持って行った」

とっさに架空の場所が思いつかなかった。

「うちの団地だよ」

「乗って帰ると言っただろう」

言葉を失う。怒りよりも驚きが大きい。

人はこんなにも急激に認知機能を失っていくのか。さっき敏明の車の中で会話を交わしてから、まだ一時間も経っていない。これはもう忘れたというより、初めから記憶にとどまっていないとしか思えない。いや、都合の悪いことや不愉快なことなど、感情が絡む案件ほど記憶にとどまらないらしいとわかってきた。

「じゃあ、家まで送っていくよ」

「いやいい。タクシーを捕まえる。おまえも仕事だなんだと疲れてるだろう」

どの口が言うのかと腹を立てるべきか。

「車、呼べるの？」

「流しが通るだろう」

「こんなところで、タクシーなんて捕まるわけがないよ」

正門前の道路を挟んだ向かい側は住宅街になっているが、それ以外の三方は、畑と雑木林だ。現
に、さきほどからこの学校脇の道を一人も通らない。

探せば近くにバス停があるのかもしれないが、今の武を一人で乗せるのは不安だ。

「さ、もう帰ろう。こんなところに立ってたら、不審者だと思われてまた警察に通報されるよ」

武の顔に嫌悪感が浮いた。ようやくしかたがないという顔でうなずいた。

「ってことで、アプリでタクシー呼んだ」

「すぐ来た？」

「うん。十分もかからなかったけど、長く感じたよ。そのタクシーに乗せて、自宅まで送るよう指示して、親父に金を渡して――要らないって言ったけど、無理やり五千円渡した。で、こっちはそのあと、ようやく近くの運転代行業者を検索して電話して、さっきのパーキングの場所を説明して来てもらって、親父の車を運転してもらって、ここまで帰ってきた。日付が変わるかと思ったよ」

箸を止めて聞いていた香苗のほうが、ふうと大きなため息をついた。

「お疲れさまでした」

深々と頭を下げた。こんな話、聞く側も疲れただろう。

「まあ、自分の父親だから、誰も恨めないけどどね」

「お義父さんの車は？」

「このマンションの来客用スペースに停めた。とりあえず、二十四時間で申込書を出しておいた。それでも三百円だから、コインパーキングに停めるよりは安い。それにすぐにようすを見に行ける。それにしても、今回のことでだいぶ散財したよ。申し訳ない。何かで節約するから」

「しょうがないわよ。それより、いつまでも預かれないでしょ。――もちろん、駐車場代のことを言いたいんじゃなくて、お義父さんの足が困るってことだけど」

「それだよなあ」

「わたしとしては免許は返納して欲しいけど、こんなにいきなり、それも強引に取り上げちゃって大丈夫かしらね」

「それだよなあ」

簡単に結論など出ない。缶に残った発泡酒をあおって、最後まですすった。

「風呂に入って寝るよ」

「そうね」

その話題から逃げることにした。

16

ひどく疲れていたし気は乗らないが、出勤はしなければならない。

いつものように、朝五時半にタイマーの世話にならずに起き、朝食のテーブルについた。

「ごはん、どのぐらい？」

「普通でいい」

朝刊とテレビに交互に視線を向けながら、おかずなどをテーブルに並べる香苗と会話する。

「お義父さん、今日は一人にして大丈夫かしら」

「だからって、どうしようもないだろ。香苗が面倒見に行ってくれる？」

「わたしは今日は仕事だから。――終わったあとなら寄れるけど」

「いいよ」よそってもらった味噌汁をずずっとすする。「車が運転できないんじゃ、行くだけで大変だし、行っても意味ないし」

昨夜の残りの、鳥のタレ焼きを白米に乗せて齧(かじ)った。あまり食欲がないと思ったが、あまじょっぱいタレが胃を刺激してくれた。

「また変なことしないか心配で」

「変なこと、か――」

そこで敏明が新聞をばさばさいわせたので、会話は終わった。

出勤途中も、学校についてからも、いつスマートフォンがブーブーと震え《武》の文字が浮き出るかと、気になってしかたなかった。

今日は補講が二コマあり、学年主任のミニ会議があるので少し忙しい。早退もできればしたくない。親父よ、おとなしく庭木の手入れでもしていてくれ。そんな祈るような気持ちだった。

ひとまず午前中は無事に過ぎ、昼食は学食で食べることにした。

昼食時間は限られているので学期中はほぼ満席になる学食が、この時期は閑散としている。もともと登校している生徒の数が少ない上に、受験熱心な生徒は教室で弁当をほおばりながら、単語を暗記するからだ。

かなり絞ったメニューしかない食堂で、カレーライスの最初のひと口をスプーンですくった瞬間だった。ブーッ、ブーッとスマートフォンがテーブルの上で震えた。

来たか——。

しかし、香苗からだった。どうしていつもそうやって最初のひと口を邪魔するんだと、内心ぼやきながらも応答した。

〈あ、あなた？〉

「何か？」

〈ごめんなさい。お仕事中に。いま、お昼休みかと思って。わたし、このあと仕事に行かないとならないから。それでね、さっきちょっと下におりたら、駐車場にお義父さんの車がないみたいなの〉

「親父の車が？」

つい大きな声で反応してしまい、周囲を見回した。二つ離れたテーブルに若手の教員が二人で談笑しているだけだ。小声で続ける。

「今朝見たときはあったぞ」

〈うん。朝のゴミ捨てのときに見たらあった。でも、今、ちょっと買い物に出て戻る途中に見たらないのよ〉

「見落としじゃない？」

〈違うと思う。朝はあったんだから。でもどうしてここにあるってわかったんだろう〉

たしかに「団地だよ」とは言ったが、こんなに早く探し当てるとは。

「妙に勘がいいからな。とにかく、親父に電話して心当たりがないか訊いてみる。悪いんだけど、そっちももう一回周囲も含めて見てくれないか。それと、管理事務所に心当たりがないか」

〈うん。仕事に行く前に確かめてみる〉

通話を終えた。食欲は急になくなったが、大急ぎでカレーライスをかきこんで、食器を下げ、食堂を出た。ほぼ無人の一年生エリアの廊下の隅で武に電話をかける。

〈はい。大槻です〉

「ああ、敏明だけど」

〈なんだ〉

「車、持っていってないよね」

〈なんの車だ〉

「お父さんのだよ。昨夜、ぼくがこっちへ運んだ」

〈ああ、あれならさっき持って来た〉

「ふざ――」

ふざけるな！　と怒鳴りかけて、ぎりぎりで思いとどまった。幼いころから父親に強く口ごたえしたことがない習慣が、こんなときブレーキをかける。

しかし、はらわたは煮えくりかえっている。いっそ、自爆の大事故でも起こして一生運転できなくなっちまえとさえ思った。

言葉に詰まっていると、武が続けた。

〈足がないからタクシー呼んで、そっちまで行った。団地に乗っていったなら、来客用スペースだろうと思ったら、図星だった。だから乗って帰った。タクシーの値段も上がったな。——どうかしたか？〉

呼吸を整えて、ようやく言葉を吐けた。

「あのさ、しばらく運転したらだめだって言っただろ」

〈どうしてだめなんだ。免許も持ってるぞ〉

「危ないからだよ」

〈だから、どうして危ないんだ〉

神様、お願いです。平常心を保てているあいだに、この迷宮から救い出してください。

〈さっきから、なんだか変だな〉

「いいよ。そんなことは」

〈わかってると思うが、車がないとどうにもならない。いちいちタクシー呼んでたら金がかかってしょうがない〉

「バスがあるだろ」

〈何本あると思ってる。昼間なんて三十分に一本だぞ。しかもいちいちバス停ごとに止まってまだるっこしい〉

「とにかく、今夜にでも行く。それまで運転しないで」

〈修理に出すぞ〉

「修理？　どこに？」

〈まあ心当たりはある〉

一方的にぷつっと切られた。固定電話なら、受話器を叩きつけているところだ。

通話を終えた画面を見ながら、しかし修理に出すならむしろ好都合かと思った。あの傷ならその場で簡単にというわけにはいかないだろう。修理に出してしまえば、数日は返ってこないはずだ。

少し呼吸が落ち着いたところで香苗にメッセージを送った。

《車を持って行ったのはやはり親父でした》

午後はしばらく受け持ちの補講がないので自席に戻り、自分で淹れた緑茶を飲むことにした。

あわててカレーをかきこんだので、胃がじんじんと沁みる感じだ。そのあたりをさすりながら、袖机の一番下の引き出しを開け、今日持って来た本を取り出した。

あれは年が明けてまもなくのころだろうか。テレビで認知症のことを扱っていて、それを見ながら香苗がぼそっと言った。

「これ、意外に大事なことかも」

「え、何？　この服装の乱れとかいうやつ？　服装の乱れが認知症なら、幹人のほうが危ないだろう」

そう冗談で答えたことに少し腹を立てたのかもしれない。香苗にしては深刻な顔で説明した。

「なんだか、自分の親でもないのに、あら探ししてるみたいで言えなかったんだけど」

「けど？」

「お正月に会ったとき、お義父さんのシャツのボタン、ひとつずつずれていたなって思って」

「なんだ、そんなことか。――たしかに、あの親父にしたら珍しいけど、おれだってよくやるよ。下着のシャツを裏返しに着てることもあるし」

「でも、お正月でそれなりにきちんとした格好してたけど」

この件はそれっきりになっていたが、話題のちっぽけさと、やけに深刻だった香苗の表情の落差のせいか、喉にひっかかった小骨のようにずっと気になっていた。

香苗には言わなかったが、武のところにシチューを持っていったとき、武の履いている靴下が左右で合っていなかったことに気づいた。認知症についてと、高齢ドライバー問題に関して解説してある本を購入しようと思ったきっかけのひとつだ。

途中まで読むのが止まっていたが、それをこっそり勤務中に読むつもりだ。

《認知症の初期症状として、いつもきちんとした身なりだった人の着衣が乱れることがあります》
「認知症とは何か」について書かれた入門書のそう記述のあるページには付箋を貼った。
振り返ってみると、武と会話が嚙み合わないことが以前からときおりあった。それが具体的に何年何月ごろからかと正確には覚えていない。もともと偏屈なので、「また始まった」と決めつけて、ろくに話を聞かなかった点は少し反省している。
武は、車で人をはねて、しかもそれを記憶していながら、あれほどみごとにとぼけられるほどの悪党ではない。それは息子の自分がよく知っている。むしろ、正義感は人並み以上に持っているほうだ。もともとの性格に加えて〝聖職〟に長くついていたために、さらにその性向が強まった感さえある。

だからこそ——人をはねたのにそのこと自体を忘れてしまっている、という最悪の可能性も想像してしまうのだ。しかし、さすがにそれは飛躍のしすぎだろうと自分で否定する。

ここから先は想像でしかない。そしてこれも、にわか仕込みの知識に拠るものだ。

おそらく武は、自分の記憶がときおり怪しくなることを自覚している。そして、認めたくはないが、その症状が進行することを避けられないかもしれないと覚悟し始めている。

だから、一番腹を立てているのは、武自身なのかもしれない。

記憶の空白を埋めようと、とっさに話を作ってしまう行為を「作話」と呼ぶらしいが、これを身内の人間があっさり「嘘」と片づけてしまっては身も蓋もないかもしれない。しかし、それは少なくとも他人に迷惑をかけない範囲でのことだ。

もうひとつ気になることがある。最近手放せない感のあるノートの存在だ。買い物の品目や予定の時刻をちょっとメモする、という範囲をあきらかに超えている。

ある種の認知症の場合、短期記憶が苦手になるらしい。予定や約束を完全に忘れてしまえばまた別なのだが、「忘れてしまったのではないか」「忘れてしまうのではないか」「忘れたような気がする」という不安だけが残るケースがままあるのだとか。

「約束は〝明日〟だったよね」などと、相手にしつこく何度も確認して迷惑がられる人がそれだ。しかし、プライドが高かったりすると、それができない。

だから「そんな約束はしていない」と頑として言い張るのは、本当に忘れてしまっている場合と、忘れたような気もするが認めたくないので白を切っている場合がある。そして後者の事例だと、確認したり弁解したりしなくて済むように、細かいメモや予定を書き留める習慣が生まれる。

　ふだん接している息子の勘として、武はそれではないかという気がするのだ。

　あの傷はどこかで何かにこすったのだ。しかし、それが思い出せない。思い出せないことも認めたくない。それで、ああいう頑なな態度に出ているのだ。

　いずれにせよ、車を修理に出せば数日は乗れなくなるだろう。その間に病院にでも連れていって――。


「あ」


　思わず声が漏れた。あわてて周囲を見渡すが誰も気にしていない。

　重要なことに気づいた。いや、考えが及ばずにいた。

　あの派手な傷がついた車を、暢気（のんき）に修理になど出していいものだろうか。

　もしも――考えたくはないが、もしもあの傷が、もしも万が一、日の出町事件の自転車と接触したときの痕跡なら、修理になど出したら一発でばれてしまう。法律的な裏付けは知らないが、あきらかに事故を起こしたような車が持ち込まれたら、修理会社は警察に通報するのではないだろうか。

　昨日の刑事がほとんど気にとめなかったのは僥倖（ぎょうこう）と考えるべきだ。

　急に心拍数が上がった。暑くもないのにこめかみあたりに汗が浮いた。どうかまだ修理に出していませんようになどと願いつつ電話をかけた。


〈なんだ。まだ用か〉

「車の修理はいつ出すつもり？」つい早口になった。

〈なぜ〉

「代車とかどうするつもりかと思って」

〈そんなものはこっちでなんとかする。それより、今日は修理に出さない。考えてみたら使う予定があった〉

「使う？　まさかまたドライブ？　あのさあ、それは危険だって……」

〈用があるから切るぞ〉

またしても一方的に切られた。

17

さすがに二日続けて早上がりはしづらい。

ただ、残業が必要なほどの仕事はなかったので、午後五時の定時にあがった。帰宅途中、寄り道をする予定だ。昨日行ったばかりだから道は覚えている。

今日は店の中に入って、直接西尾千代子の人となりを観察しようと思っている。もちろん、客として入るだけで、初対面からいきなり「あなたはわたしの父親と交際していますか」と訊くつもりはない。車は近くのパーキングに停める。

昨日はやや離れた場所から観察しただけの、店の前に立つ。

木製のドアに、筆記体で《CATTLEYA》と印字された、ヨーロッパ風の陶器のプレートが固定されている。オーダーメイドかもしれない。それとは別に《OPEN》の木製の札もぶら下がっている。

ドアには小さめのガラスが嵌め込みになっているが、曇りガラスなので店内は見えない。建物は奥に長い造りのようで、道路に面した窓は小さなものが二つあるだけだ。厚手のレース生地のカーテンがかかっていて、やはり中は見えない。隣の建物との間には人が通れる程度の隙間があって、そちらにも窓はあるが、さすがにこの隙間に入っていって窓からのぞくわけにはいかない。

ひとつ深呼吸して、ドアノブを引いた。


「いらっしゃいませ」

想像していたのより控えめなチャイムに促されるように店内に入ると、カウンターの中にいた女性が挨拶した。

とっさに、そちらに目を向ける。白いブラウスに淡いグリーンのカーディガンという、昨日見かけたのと同系統の趣味のようだ。下はカウンターが邪魔でよく見えない。

近くで見ても、化粧は濃すぎるということはない。「ごく普通」という表現が合いそうだ。今風に言うならナチュラルメイクというやつだろうか。六十五歳という年齢を聞いているが、五十代と言われれば信用するかもしれない。

昨日も思ったことだが、この女性が西尾千代子本人かどうかはわからない。雇われているだけの店員かもしれないのだ。つい、例のシートにあった毛髪と、彼女の髪質を比べてしまった。似ているようだが断言はできない。

「こんにちは」

敏明は会釈して、無難な挨拶を返す。まさかいきなり「あなたが西尾さんですか」とも訊けない。

席を探し迷うふりをして、さっと店内を観察した。

ドアを入って左手がカウンターで、椅子が五、六脚ある。さっき外からのぞき込んだ路地に面しているのが右手の壁で、その壁に沿って大人が四人座ると少しきつそうなテーブル席が三つある。全体にこぢんまりとした印象だが、狭いという雰囲気ではない。そしてスナック風の雰囲気はなく、ごく普通の喫茶店という印象だ。カウンターの向こうに酒瓶は並んでいないし、煙草の臭いもしない。少しほっとする。

ひとりだけ先客がいた。高齢の男性が、一番奥のテーブル席にこちら向きに座って本を読んでいる。常連客のオーラを放っている。

「空いているお席にどうぞ」

突っ立っている敏明に、女性が静かで落ち着いた声をかける。

「では」

出入口に近いカウンター席に腰を下ろした。

「何になさいますか?」

おしぼり代わりのウエットティッシュと水の入ったグラスを置かれた。紙のコースターにも、ドアのプレートと同じ書体で《CATTLEYA》と印字されている。

テーブルに置かれたシンプルなメニューにさっと目を通す。

「ブレンドコーヒーをお願いします。ホットで」

「ミルクはお付けしますか」

「ブラックでけっこうです」

「ブレンドのホットですね」

言い終える前に、支度にとりかかっている。ケトルで淹れるドリップ方式のようだ。なんとなく緊張して、せっかくのチャンスなのに近くで顔の表情をうかがうことができなかった。

コーヒーを淹れる間を利用して、店の中を不審に思われない程度にもう少し観察する。

さっき入ってきたドアに近い壁際が展示スペースになっていて、本棚のようなラックに小物雑貨が並んでいる。アンティーク風の食器やカトラリーなどのようだ。真鍮や陶製のものが主流のようだ。ドアプレートと通じるものを感じる。そういう方面の趣味がないので、価値はわからない。値札は小さくてここからでは読めない。

カウンターに座ると背を向ける形になる壁には、いくつか小ぶりな窓があり、やはりカーテンがかかる。その窓と窓のあいだに、額に入った小さな油絵が何枚か掛かっている。すべて風景画で、ヨーロッパの街並みをモチーフにした連作らしい。印象派風ではないかと思うが、絵もやはり門外漢なので、価値はわからない。ただ、小物雑貨と趣味は統一されている。

全体的に、武がらみの先入観がなければ、趣味は悪くないと思ったかもしれない。

「そういえば、ツジさん、またぎっくり腰やったらしいよ」

奥で本を読んでいた男性客が声を上げた。

「あら、そうなの」と彼女が答える。「じゃあしばらく安静にしないと」

「家庭菜園だかなんだか、無理するからなんだよ」

「前にキュウリいただいたけど、美味しかったですよ」

ごく普通の、こういった店にありがちな会話だ。

ふと、カウンターの中の壁に、写真が一枚掲示してあることに気づいた。朝焼けか夕日か、とにかく燃えるような赤い雲を背景に、山がシルエットになっている。富士山以外はどれも同じに見えるので、どこの山かはわからない。

これも価値はわからないが、ほかの雑貨や絵とは趣味が違っており、統一感を損ねているのは感じる。

コーヒーのいい香りが漂ってきた。

「お待たせしました」

目の前に、カップを載せたソーサーが置かれた。白いベースに青で繊細な模様が描かれている。高級品のように見えるがこれもよくわからない。知っているのはウェッジウッドぐらいだ。

中ではコーヒーが湯気を立てて、いい香りを放っている。

「いただきます」

そっとひと口つけたが、熱くてうっかり落としそうになった。少し待つことにする。

さて――。

どう切り出したものだろう。これという理由もなく、この店の中で唯一自分の雰囲気に似合っていそうなあかね雲と山の写真を見ていると、女性に声をかけられた。

「お父様が撮った写真ですよ」

コーヒーを飲みかけていなくてよかったと、つくづく思った。

もし、口に含んでいたら吹き出すか、ひどくむせたに違いない。

「わたしのこと、ご存知なんですか」驚いて訊く。

女性はにこっと微笑んでうなずく。

「はい。大槻武先生の息子さん、敏明さんでいらっしゃいますね」

「それではあなたは、西尾千代子さんですか」

再び、微笑んだままうなずく。

「はい。いつもお世話になっています」

ほんの少し前まで、どう切り出すかと悩んでいたが、今は何をどういう順で訊けばいいのかで、頭が混乱している。

「どうして、わたしのことをご存知なのでしょう」

まずはその点だ。奥の男性客が耳をそばだてている気配があるが、気にしてはいられない。

「お写真を見せていただきました。お孫さん――たしか幹人さんでしたっけ、その幹人さんが小学生のときに、家族で高尾山に登ったときの写真です。五、六年前とおっしゃっていましたが、敏明さんはその写真の雰囲気のままでしたので、すぐわかりました」

「そうでしたか」

自分でも理由がよくわからないが、照れて頭を掻いた。

「今日はこちらのほうにご用事で？」

西尾千代子は、カウンターの中で洗い物をしながら訊いた。まさか「あなたの顔を見に来ました」とは言えない。

「はい。仕事で人と会う用があったので、寄らせていただきました。父の講座を受講されている中にわたしの知り合いがいて、そのかたにこのお店のことを聞いて。――あ、そうそう。その前に、いつも父がお世話になっています」

軽く頭を下げる。「お世話になって」と口にすることにためらいはあったが、武が講師を務める講座の生徒なら、不自然ではないだろう。

「あら、そうなんですね。――こちらこそお世話になっています。わたし、一月の途中から参加した新顔なんですけど、とてもわかりやすい講義で、毎回楽しみです。ほかの受講生さんたちにも評判がいいんですよ。これ、お世辞じゃないです」

「うん。あの校長先生は話が上手だ」

奥の男性客が割り込んだ。この人物も受講生なのかもしれない。そちらを見て会釈すると、ちらりと敏明を見て、鷹揚（おうよう）な雰囲気でうなずき返して来た。

西尾千代子に向き直る。

「こんど野外散策会があるとかで、地図を睨みながら張り切って準備しています」

やはり、そこから話題を繋げたほうがいい。

「はい。とても楽しみです」

「まあ、あのあたりじゃこれというほど珍しい遺構もないけどね」

また割り込んだ男性客の存在が邪魔だが、黙っていてくれないかとも言えない。

「本人は下見に行ったりしてるみたいです」

「そうなんですか」

西尾が目を見開いて驚いた表情を浮かべた。

これもまた判断がつかない。本当に知らなかったのか、もしかすると一緒に行ったのに、男性客の存在を気にしてとぼけたのか。

少し冷めたコーヒーをすすって、心を決めた。

「じつは、ちょっとお訊きしたいことがあります」

「なんでしょう」

わずかに首を傾(かし)げて、こちらの目をじっと見つめる。なんとか視線を逸らさずに訊き返す。

「父と、ときどきドライブに行かれますか？」

表情を観察した。とっさに嘘をつける人間でも、一瞬、目のあたりに本音が出る。これまで生徒を何百人、いや千人以上見てきた。大人以上に狡猾(こうかつ)だったり嘘の上手い高校生などざらだ。しかし、いきなり核心をついたときの目の動きをごまかせる人間は少ない。

それがこの二十年間に学んだ、人間観察術の結論だ。しかし、観察する必要はなかった、西尾千代子はあっさりと認めた。

「はい。先生がよく郊外にドライブに行かれるとかで、何回かお供をさせていただきました」

「そうですか。お恥ずかしい話、父に訊いても照れているのかはっきり言わないものですから」

苦笑してみせ、頭を掻いて続ける。

「もう何度も？」

「そうですね。正確に数えていませんけど、四、五回ほどでしょうか」

その回数については何も判断ができない。ひとまず信用して先へ進める。奥に座っている客の存在は気になるが、初対面でこんな会話ができる幸運を逃す手はない。

「息子の立場としては訊きづらいんですが、――なんというか、父の運転に何か危なっかしいところを感じたことはありませんか？」

「危なっかしいところ？　それはつまり、最近問題になっている高齢ドライバーの危険運転のようなことでしょうか」

「はっきり言ってしまうとそうです」

「そうですか」

西尾千代子はそう答え、少しうつむき加減になり考え込んだ。どう答えようか迷っているというより、ほんとうに思いだそうとしているように見える。

その姿を観察する。たしかに実年齢より若く見えるかと問われればそうかもしれないが、驚くほどではない。スタイルにはそこそこに気を遣っているようだし、顔も整っているといわれれば整っている。そんな、つまりは「普通の」やや高齢の女性だ。少し前から市民権を得たらしい「熟女」という、どこか品のない語感は似合わない印象だ。

「失礼なことを申し上げますが、先生もそれなりのお歳ですので、たまには少し危なっかしいと感じることもあります。でも、危険とまで感じるようなことはありませんでした」

それは嘘だと思った。敏明だけでなく香苗も「何回か危ないと思った」と言っている。一月以降だけで四、五回も乗ったなら、一度や二度はひやっとしたはずだ。

嘘をつかれたことで、それ以上突っ込んでみる動機が生まれた。コーヒーに口をつけて先を続ける。

「単刀直入にうかがいます。三日前の午後から夕方ぐらいにかけて、父と日の出町方面へドライブに行かれましたか？」

いきなり核心に触れたつもりだが、西尾千代子の表情に変化はなかった。いや、あえていえば、微笑から本格的な笑いに近づいた。

「どうしてわたしにそんなことを？　先生に直接お訊きになったらいかがです？」

視界の隅に、先客の男が少し不思議そうにこのやり取りを見ているのが映った。自分勝手とは思いつつも、飲食店に一匹だけ飛んでいるコバエのように気になる。

その客の存在も千代子の言い分も無視して続けた。

「人に聞いた話で恐縮ですが、西尾さんとは、受講生の中でも特別親しくしているという噂があるとか。講座を離れて二人でドライブとなると、ぼくらの世代にしても、それはかなり親密な関係かと思われますが」

「さきほども申し上げたようないきさつで、たまにドライブのお供をしていますが、ただそれだけです。どなたにお聞きになったのか存じませんが、そこでの会話も、講座で教わっていることの延長線上のような内容です。ほかの受講生のかたが一緒のときもありますし、人に見られたり聞かれたりして恥ずかしいようなことはしていません」

最後のほうは笑みがほとんど消えて真顔になった。かといって、怒りだしたのでもない。「そういうのを下衆(げす)の勘繰(かんぐ)りと言うんですよ」と静かにたしなめられた感じだ。

しかしここでひるんではいけない。

「細かいことまで口を挟むつもりはありません。しかし、わたしも妻も父の運転を多少危険に感じることがあります」

「そうですか」

「ときどき、どこかでボディに傷をつけてくるのですが、本人はそれを覚えていないらしいんです。それに、これは身内としては申し上げにくいんですが――」

そこで言葉を止めて奥の客に視線を走らせた。さすがに、この先は聞かれたくないのでためらったのだ。すると意外なことが起きた。西尾千代子がその客に向かって言葉を放った。

「ゴトウさん、遣って悪いんですけど、いつもの買って来てくださらない？　二袋ぐらい」

ゴトウと呼ばれた客が、読んでいた本から顔を上げた。

「ええ、今？」驚いている。

「そう、切らしちゃって」

「客、いないじゃない」手のひらを上に向けてさっと払う。

「お客さんが入ってからだと、よけいにお店を空けられないでしょ。お願いします」

「わかった。わかりました」

そう言って立ち上がり、読みかけの本などは置いたままショルダーバッグをかけ、帽子を被（かぶ）った。

「二袋ね。まったく人使いが荒いんだから。コーヒーサービスしてよ」

「わかりました。よろしくね」

ゴトウ氏は敏明をちらりと見て、扉を開け店を出ていった。まんざらでもないとはあの表情のことだろう。それにしても、露骨なまでの人払いに驚いたし、客が言いなりになることにも驚いた。

「ごめんなさい、話の途中で。モーニングのときとか、ちょっとしたお通し代わりにサービスする、ミックスナッツを切らして、それを買いにいってもらったんです」

そう言って、カウンターの下から取り出したものを敏明の目の前に置いた。普通に市販されているらしい、小分けの袋に入ったミックスナッツだった。

「どうぞ」

「ああ、いただきます。なんだかすみません」

ナッツよりも、人払いに対して謝罪した。千代子は勘よく、「いいんです」と笑った。

「あのかた、どうせ一日ほかにすることがないんですから、むしろ用事ができて喜んでますよ」

敏明は初対面なのであまり感じないが、この西尾千代子という女性には、ある種の男性を引き付ける、いや従わせる何かがあるのかもしれない。「熟女」は似合わないが「女帝」は似合いそうだ。

それはそれとしてせっかくの好機なので話を進める。

「本題の前に。もしかしたら、父に料理を作っていただいていますか？　保存容器まで用意して」

千代子は少し目を見開き、微笑みを浮かべた。

「ああ、あれですか。お恥ずかしいです。残り物みたいなものばかりで」

「独り身で栄養が偏りがちなので、助かります。ありがとうございます」

「いえいえ、お礼を言っていただくようなものじゃありませんから」

社交辞令はここまでだ。口調も変える。

「おそらくお気づきだと思いますが、父は認知症の可能性があります」

「あら」

少し驚いて見せた。会話の流れの上の礼儀、という印象で。

「恥ずかしながら、わたしも我が身に降りかかるまでほとんど無関心でした。父親がそうである可能性があると気づいてから、にわかに勉強を始めました。なのでまったく詳しくはありません。その前提で聞いていただければと思いますが、認知症にもいろいろタイプがあって、父のように、生活のほとんどはこれまでのようにしゃきっとしていても、ふとしたことで記憶が抜け落ちるようになる。それは去年の旅行のことであったり、今朝食事をしたかどうかであったり、明日の約束であったりさまざまだそうです。

そして進行してくると、運転中にその症状が起きて『あれ、自分は今何をしてるんだ。ここはどこだ。これはなんだ』みたいになって、パニックに陥ることもあるとか」

千代子は黙って聞いているので先を続ける。

「なので、父の運転を止めてくれ、とまでは言いません、身内でもないかたにそんなことは頼めない。ですが、お願いです。誘われても乗らないでください。父の運転する車に。――いいえ、はっきり申し上げます。ドライブに誘わないでください」

西尾千代子は「あら」とさっきよりも大きく目を剝いて、少し上半身をのけぞらせた。

「なんだか、だんだんわたしが無理にお誘いしているようなお話になってきましたね」

「いいえ。そうは申していません。ではシンプルに『今後は』というお願いでもけっこうです」

「よくわかりませんが、そうおっしゃるならそのようにいたします。ただ、そのことを先生にも同じようにお伝えしてくださいね。あんなに名声のあるかたに強く誘われると断りづらいですから」

「女帝」とも違う。言葉遣いは丁寧で笑顔は柔らかいが、やはり最近マスコミなどが好んで使う「毒婦」の素養があるかもしれない。

「さきほどの質問の繰り返しになります。三日前、つまり三月三十一日の午後、日の出町あたりにドライブで行かれませんでしたか？」

西尾千代子の表情に大きな変化はない。

「たしかに、お車に乗せてはいただきました。おっしゃるように、午後でしたね。先生から、少しドライブしないかって、ご連絡いただきました。日曜でお店がお休みだったので、それじゃ少しだけと乗せていただきました。でも、わたし地理にうといもので、どこをどう走ったか覚えていません」

ああいえばこういうとはこのことだ。だが、とても重要なことを引き出せた。誰かが夜のあいだに忍び込んでシチューがなくなったと電話してきたあの日、吉田某が日の出町の山道で轢き逃げにあったというあの日、武はこの女とドライブに出かけたのだ。

千代子が続ける。

「先ほども申しましたけど、先生に直接うかがったらいかがですの？　先生のお話だと、ご家族との仲はよろしいとか。それに、いつも先生は何か細かくメモしていらっしゃるのを見ますけど」

ふわふわとしているようで、反撃できないように攻めてくる。

「おっしゃるとおりです。父ともう一度よく話してみます。――お会計をお願いします」

「お代はけっこうです。校長先生にはいつもお世話になっていますから」

妙にアクセントをつけた発言を聞いて、小さな怒りが湧いた。

「いえ、そうはいきませんので」

やや語気を強めて言い返すと、笑みを浮かべてうなずいた。そのとき、彼女の肩越しにレジの後ろの壁にカレンダーがかかっているのを見た。四月はお約束の桜の古木がアップになった写真だ。

「では、税込みで五百五十円いただきます」

財布にちょうど足りる小銭があったので、会計皿に置き、レシートも受け取らずに店を出た。

腹が立っていた。

どれにと特定できないほどいろいろなことに腹が立っていたが、一番はやはり西尾千代子の本性だ。

あれは決して「普通の女」なんかではない。

きのうも同じことを考えたが、認知症の症例の中に「自分がもっとも充実していた時代に心が戻ってしまう」ということがあるという。武が「昔、校長を務めていた中学校へ押し入ろうとした」というのは、まさにその状態だったと思えてならない。

だとしたら、武をそんなふうに逆戻りさせた原因は、武のことを「校長先生」などと呼んで持ち上げているあの女や、面白がってそれに同調した受講生たちではないか。そして、武があの女に心を許す理由もそこにあるのではないか。

武が警察に保護されたことは、触れずにおいて正解だった。これ以上、父親を馬鹿にされたくはない。

『カトレア』への寄り道をしてもなお、学期中よりは早く家に戻れた。しかし、精神的にはぐったりとなっていた。

「ただいまあ」

リビングから声をかけると、台所に立った香苗が後ろを振り向くことなく返事をした。

「ごめんなさい。まだ夕飯の支度が終わってなくて」

「いいよ、先に風呂に入るから」

「あ、お風呂も沸いてない」

「だったらシャワーを浴びる」

熱めのシャワーをざっと浴び、新しい下着に替えると幾分気分がさっぱりした。

いつもの発泡酒を飲みながら、夕刊を広げたが、記事が頭に入ってこない。

ぼんやりと、西尾千代子とのやり取りを反芻するうち、目の前の記事ではない、あの週刊誌の記事の一節がまたしても思い起こされる。

《現代では、加害者一家が破滅するまで世間は許さない》

《加害者が著名人であればもちろん、多少でも裕福であったり公務員であったりすればさらにその傾向は強まる》

今、そこからさらに連想されるのは、武の未来ではなく我が身に起きた苦い過去だった。


敏明は大学を卒業してすぐ、当時はかなり厳しかった競争を抜けて、市立中学の「国語」の教師の職に就いた。しかしわずか二年目に交通事故を起こした。相手は自転車だった。

まさに出合いがしらというタイミングで、双方ほとんどノーブレーキだったことを考えると、向こうの一名が腕を骨折しただけで済んだのは、かなり幸運だったといえるだろう。

敏明には言い分がある。法定速度はほぼ守っていた。こちらが優先道路だった。向こうは脇道から一時停止をせずに自転車で飛び出してきて、しかも無灯火で二人乗りだった。

道義的に、自分に落ち度はまったくないと思っている。しかし「車対自転車」であり「怪我をさせた」という事実から、前方不注意を問われた。「どうしても、動力がついている側が不利になります」と保険会社の担当員に言われた。免許停止になり、損害賠償の割合も七対三だった。

それだけでもとんだ災難だったが、さらに間の悪いことに、相手は、よりによって敏明が教師をしている中学校の生徒だった。

教諭仲間や保護者の中にも敏明を擁護する声はあったが、間の悪いことは重なる。

怪我をした生徒のクラスに、社会活動に熱心な親がいて「このまま授業をされては、生徒たちが動揺する」という声を上げた。敏明としては「何が動揺だ。ろくに授業も聞いてもいないくせに」と反論したかったが、ついに「転任」を求める署名運動まで起きた。

校長や教頭などは武のことも知っていて、「鎮火」と「傷が残らない転任」の両面で動いてくれた。

しばらくして、教頭に会議室に呼ばれ「校長にもお骨折りいただいて、このままいてもらっても大丈夫そうだ」と言われたとき、敏明の中で何かが切れた。「お情けで置いてもらうのか」と。

子供は、誰かの弱みを見つけるとそこを攻撃する本能を持っている。親がそれを肯定しているなら、なおさら容赦はしない。教職に就いて一年数か月だったが、敏明はそのことをすでに痛感していた。

おそらく「事故先生」だとか「暴走君」などと渾名(あだな)をつけられ、授業は成り立たなくなる。考えただけでうんざりした。

辞職しようと決めた。

もしも今だったら、背負うものを天秤(てんびん)にかけて、ありがたく提案を受け入れたに違いない。しかし当時は妻子もなかった。若かったせいもあり、勢いのようにして辞表を出した。

中学の教師を辞めても、教員免許は無効にならない。こんなところにしがみつくより、新天地を探そうと思ったのだ。教頭が形ばかりの慰留をしたが、内心は厄介払いができて喜んでいるようだった。

その後、塾の講師などを経て今の高校に就職した。必要に迫られて自家用車通勤をしているが、慎重にも慎重を期して、たまにごくわずか速度制限を超えてしまうことを除けば、ほとんど無違反で通してきた。「こちらはルールを守っていたのに悪者にされた」という過去は消えない傷だ。

〝次〟があったら、裁判を起こしてでも「わたしは違反を犯していない」と主張するために、ルールは守っている。一昨年、ドライブレコーダーを高性能なものに替えたのもそれが理由だ。

ところが――。

自分の苦い記憶から一転、こんどは武の仏頂面が浮かんだ。もしも、あの日の出町の轢き逃げ事件が武の起こしたものだったら。

元中学の校長職にあった人間が、そしていまでも市が主催する市民講座の講師を務める人間が、「とっさの踏み間違い」などではなく、轢いた相手を山の中に置き去りにしたなどと知れたら――。

身の破滅だ。比喩でも大袈裟でもなく、自分の今の立場は終わりだ。

これ以上は何も起きないでくれ。身が持たないと思いながら、眠りについた。

ブーブーという振動音が耳障りだ。

半分寝ぼけた頭の中で、またかよ、こんどはなんだよとぼやく。

枕元のスマートフォンに手を伸ばし、表示を見た。やはり、またしても父親の武からだ。うんざりだ。表示されている時刻は午前五時九分。

「もしもし――」

〈ああ、おれだ〉

あまりあわてた様子はない。

「何さ、こんなに早く。どうかした？　またどこかぶつけた？」

眠さと「いいかげんにしてくれよ」という感情から、多少邪険で嫌みな物言いになるのは大目にみてもらいたい。

少しの間のあと、あまり元気のない声が返ってきた。

〈いや、なんでもない〉

「は？」

〈なんでもない。朝早くに電話して悪かった〉

すぐにも切りそうな雰囲気だ。しかし、単純な勘違いや掛け違いではなさそうだと感じた。

「まさか、ほんとにどこかにぶつけた？」

〈というわけでもないんだが〉いつになく歯切れが悪い。

「どういうこと？」

〈まあ、いいよ。忘れてくれ〉

「あ、ちょっと待って」

ちょうどいい機会だ。普段より武の口調が素直そうな今、訊いておこう。

「こっちからも訊きたいことがあったんだ」

〈なんだ〉さっそく声に警戒心がにじむ。

「この前の日曜日、日の出町へ行った？　山道みたいなところらしいけど」

〈日曜日？　日の出町？　――なぜ？〉

「知り合いがね、お父さんを見かけたって言うんだよ。その日の夕方ごろ、あのへんで」

父親相手にも、この程度の方便はすらすら出るようになった。

〈誰が？〉

ＹＥＳかＮＯかを答える前に、まずそこを突くのがいかにも武らしい。

「近所の人。中学のときにお父さんのいた学校で生徒だったらしい」

沈黙だ。四日前のことを思い出そうとしているのかもしれない。あるいはどう答えるか考えているのかもしれない。

〈ちょっと待て。――掛け直す〉

「え、そんな大げさな話じゃないんだ。行ったかどうかを訊きたかっただけだから」

〈メモ帳で確認して掛け直す〉

切れてしまった。

それはそうと、いま本人の口が「メモ帳」と言った。例のＢ６サイズのノートのことだろう。西尾千代子も半ば嫌みのように話に出した。あれがつまり、認知症を自覚し始めた人がつけるという

〝備忘録〟なのかもしれない。

「またお義父さん？」香苗が布団に横になったまま訊く。

「ああ、起こして悪い」

「ううん。どうせ、そろそろ起きる時間だし」

そう言いながら布団に半身を起こした。昨日も思ったが、認知症の親を抱えるということはこういう毎日が続くことを意味するのだ。明日も、明後日も。

それがさ、と武の電話の内容を説明した。

「事故とかじゃないんでしょ」

「本人はそう言ってたけど、なんだかよくわからない電話だった」

「事故じゃないならよかった」

そこが気になるのだろう。わからなくはない。

「もしかすると、あの女のことで相談でもしたかったのかな」

武があんなに煮え切らない態度をとるのは、今のところそれしか考えられない。

「そうなのかな」と香苗が寝癖のついた髪をかき上げた。

「どうしたもんかな」

あのとき、「女帝」の命を受けて、いそいそとナッツを買いに行ったゴトウ氏の楽しそうな顔が、見慣れた武の仏頂面とダブって起き抜けから気分が重くなった。

私生活にどんな事情が生じ、波風が立とうと、世間はおかまいなしに動く。

いつもと同じように車で出勤した。そしていつものようにつけっぱなしのラジオでは、ニュースのコーナーになった。ヨーロッパの紛争が激化しているとアナウンサーが告げる。これという感想はない。早く収束してくれないと、物価が安定せずに困るというぐらいか。

もうひとつ政治がらみのニュースが流れ、次にそれが来た。

〈続きまして、三月三十一日に東京都日の出町の山道で、町内に住む吉田健一さん七十四歳が轢き逃げに遭い、大腿骨骨折などの重傷を負った事件で、警視庁は先ほど七十二歳の男を、道路交通法違反の疑いで逮捕しました〉

思わず「えっ」と声を漏らした。しかし、すぐに車を停められそうな場所がない。ラジオのボリュームを上げて、安全に気を配りながらそのまま運転する。

〈――逮捕された男は、同じく日の出町に住む自称無職、吉田寛太(かんた)容疑者です。近所の住人から、この容疑者が普段毎日のように乗っている車に、ずっとシートがかぶされたままになっている、と通報があり、警察が調べたところ人をはねたようなへこみと、衣類の切れ端のようなものを発見し、任意同行を求め事情を聴取した結果犯行を認めたため、逮捕に至ったとのことです。

捜査関係者への取材によりますと、容疑者は『吉田健一さんとは従兄弟(いとこ)関係にある。土地の権利の問題で以前から揉(も)めていた。山菜採りに行く健一さんの姿をたまたまみつけて、嫌がらせのつもりで発作的に車を当ててしまったが、殺すつもりはなかった』などと供述しているものの、怪我をした健一さんをひと気のない場所に置き去りにするなど犯行が悪質であるため、警察ではいずれ殺人未遂や危険運転致傷罪などに切り替えて再逮捕する予定とのことです。続きましてトラフィック情報です。日本道路交通情報センターの――〉

五叉路（ごさろ）の赤信号で停まった。ここは、次の青までがやや長いのが特徴だ。

「よかった」

ひとりぼっちの車内に、独り言にしては大きな声が響いた。大きく深呼吸して、ハンカチで顔をぬぐう。

「よかった」

カーナビの画面をテレビに切り替えるが、ニュースの時間ではないらしく、どこもやっていない。スマートフォンのニュースアプリを立ち上げると、すぐに見つかった。最新ニュースの三番目あたりの扱いで、動画もついているようだ。さっそくそれを再生する。

若い女性アナウンサーのアップになり、たった今聞いたのとほとんど同じ文面を読み上げ始めた。すぐに画面は切り替わって、どこかを上空から撮影したものになった。

山林の中を細い道路が一本走っている。これが日の出町の事件現場なのだろう。再び切り替わり、地方の農家風の家から警官に囲まれて出てくる高齢の男が映り、その下に字幕が出た。

《日の出町在住　自称無職　吉田寛太容疑者（72歳）》

男はマスクをしているが、目のあたりは隠していない。また、手元は映っていないが、前で組み合わせた格好からして、手錠を嵌められているようだ。

この容疑者は開き直っているのか、自分のしでかした事件が思った以上に世間を騒がせていることに驚いているのか、こんな状況下にもかかわらず、まるで他人事のように無表情だ。

その無機質とも呼べる顔に、またしても武の顔が重なる。そうこうするうちに、短いニュースの動画は終わってしまった。

「ほんとによかった」

三度目が漏れた。武がしでかしたことではなかった。もちろんそう信じていたが、こうして犯人が捕まれば安心だ。ずっと胃のあたりがもやもやした感じだったが、ようやくそれが消えた。

信号が青だ。ギアをドライブに入れ、サイドブレーキを解除し、アクセルを軽く踏んだ。とたんにピピピピという警報音が鳴って、自動ブレーキが働いた。

前の車はぴくりとも動いていない。考え事をしていたせいで、斜め前の信号と見間違えたのだ。

19

敏明の今日の受け持ち補講は、二時限目のひとコマだけだ。それまで多少時間がある。

自席で、学校貸与のノートパソコンを起動した。今日は出勤者の数が少ないので、後ろから「何見てるんですか」などとのぞき込まれることもなさそうだ。

起動させるなり、いくつかキーワードを打ち込んで検索をかける。

今朝、通勤途中に赤信号待ちの車に突っ込みかけて、警報音とともに急ブレーキがかかったとき、このことに思い至った。

今回の事故は武のしでかしたことではなかった。しかし、だからよかったと頭から切り離すことはできない。むしろ、これをいい機会に対策を検討しておくべきだ。

敏明の乗るコンパクトカーは、「交通事故死ゼロをめざす」を謳(うた)い文句にするメーカーのものだ。もうすぐ二度目の車検、つまり買ってから五年近く経つ。それでも、そこそこに優秀な自動ブレーキシステムを搭載していて、今朝のように危険な場合は警報音を鳴らし、自動で減速、あるいは停止してくれる。今朝のケースなど、もしもこの機能がなかったら接触していた可能性もある。そう思うと冷や汗がでるし「高齢者はまったく」とばかり言えない気もするのだ。

一方で武の乗る車は、国内大手メーカーが主力とするハイクラスのセダンで、落ち着いた雰囲気が人気の車種だ。もちろん、グレードでいえば敏明のものよりだいぶ上だ。しかし、もうすぐ買って十年になる。

これまで何度か同乗したが、自動ブレーキシステムも搭載していたと認識している。しかし、よくテレビで『高齢男性の運転する車が、コンビニの駐車場から店内に突っ込みました』などというニュースの際に流れる映像では、この車種が映っていることも多い。ＳＮＳなどで「金持ち高齢者の自爆機」などと揶揄されたこともあるらしい。

これまではそんなニュースに接しても、ネット上の「炎上」を知っても、「またか」とは思ったが、我が身にかかわる事態だと考えたことはなかった。

映像に映ることが多いのは、高齢者の多くがこの車種を好み、販売実数が多いからだろう、単に絶対数の問題だろう、という程度の認識だった。

しかし、仮に自分の父親が事故を起こしたとなれば、そして「ブレーキを踏んだのにスピードが増した」という可能性が本当に一％でもあるなら、とことん究明することになるだろう。

社会問題にまでなっていて解決できずにいるのだから、詳しく調べるのに時間がかかるかと思ったが、意外なほどあっさりと事情がわかった。

要は「自動ブレーキシステム」にも、いくつかのグレードや種類があるということだ。さらに踏み込んでいえば、「安全性」を取るか「操作性」――言い換えるなら「自主性」を取るか、の違いでもある。これはメーカーごとの、そして車種ごとの方針でもあるようだ。

そもそも、こうしたシステムを『プリクラッシュブレーキ』と呼ぶということも、初めて知った。たとえば、敏明の乗っている車の最新モデルでは、安全性を最優先にした『プリクラッシュブレーキ』を採用している。極端にいえば「人を轢こうとしても轢けない」を売りにしている。

一方、「自動ブレーキ」はあくまで補助的なものであり、最後は人間の判断に委ねる、という方針のメーカーも少なくない。

武の車に搭載されたシステムも後者らしい。「危険が迫っているのにもかかわらずブレーキを踏まない場合に、警報音を発して減速し、場合によっては停止する」という方式だ。そして、武が乗る車種の設定では、警告しても尚アクセルを踏めば、車はそれに従うらしい。その根底には「車が勝手に判断して停まってしまっては、かえって危険なこともある」という発想があったようだ。

なるほど、いろいろな発想があるのだなと理解した。運転者の意図に反してでもストップしたほうがよいのか、機械はあくまで道具であるという認識で、人間の意思を尊重すべきか。

後者だとすれば、なおさら運転者の資質が重要になってくる。

ただ、さすがにこれだけドライバーの高齢化が進んだので、最近では完全停止するシステムに移行しつつあるようだ。が、少なくとも、武の車はそれではない。

さらにいえば、システムが最新型であっても、山道のように地面に凹凸があり、まして道路わきに草などがぼうぼうに生えていれば、作動しないこともあるようだ。

今回の現場もまさにそれだった。

しかし、ともう一度安堵する。武がやったのではなかった。本当によかった。

その後は、昨日までと同じように、入学式や新学期に向けた準備やミーティング、その合間に補講をこなした。

昼の食事休憩が終わり、午後、新学期の資料作りをしているときだ。着信があった。またしても武だ。

「またかよ」と腹を立てたいところだが、ひとまず疑いは晴れた。今朝の不審な電話の件も、あきらかに以前の武とは違うと感じている。母が危篤になったときも、こんなに頻繁に電話をかけてはこなかった。武の脳に何か起きているのだ。

職員室から出てひと気のないほうへ廊下を進みながら通話状態にした。

「もしもし」

〈ああ、おれだ〉

「どうかした？」

〈日の出町に行った件だ。掛け直すと言っただろう〉

「その件はもういいよ」

〈なぜ〉

「お父さんを見かけたっていうのは、勘違いだったらしいんだ」

〈そうか。だがな、行ったぞ〉

「え？」

〈聞こえなかったか。日の出町を通ったと言ったんだ〉

少し混乱した。いや、いいんだ。犯人は捕まったのだ。しかし、念のために訊く。

「何しに行ったの？」

〈昔、家族でハイキングに行ったあたりへ行こうと思った〉

「ハイキング――？」

ハイキング？　と胸の内で繰り返し、はっと思い当たった。なるほど、そうだったのか。

なぜ西尾千代子と一緒だったのかはともかく、あのあたりを通った理由がわかった気がする。

武が言うとおり、あれはかなり「昔」のことだ。敏明が中学一年か二年のころだったから、三十年以上も前になる。

両親と敏明の家族三人で、奥多摩湖周辺まで紅葉狩りに行ったことがある。家の車で行き、公営の駐車場に停め、ハイキングの真似事をした。

正直をいえば、中学生あたりの年頃では、紅葉だとか新緑だとか言われても、ほとんど興味はない。行かないと父親の機嫌が悪くなるので、しかたなく同行したのだ。

しかし、現地に行ってみて驚いた。どぎついほどの赤や黄色の広葉樹と、深い緑色の針葉樹のコントラストが湖面に映え、まるで絵を見ているようだった。

敏明は素直に感動して「すごいなあ」を連発した。入学祝いに買ってもらった安価なカメラを持参していたが、それもまた持っていかないと父親に「なぜ持ってこない」と追及されるからという理由だった。なのに、初めからそのつもりだったかのように、熱心に写真を撮りまくった。

後日、武がそれをすべて現像、プリントしてくれた。

夕焼けが近づいたころに撮った、山を背景にした逆光気味の一枚が、一番よく撮れていると自分でも思ったが、武も褒めてくれた。

『カトレア』に飾ってあった写真は、あのとき敏明が撮った写真に構図が似ていた。もしかするとと思った。武の脳内でしばしばあの記憶が蘇るので、懐かしくなり、これという目的もなく、奥多摩方面へ行こうとして、あのあたりをうろうろしていたのではないか。カーナビにあまり頼らない性格の武は、ショートカットする途中の日の出町のあたりで道に迷ってしまった可能性もある。

ごく短い時間に、そんなことが頭をよぎっていった。

しかし犯人は捕まり、武の行動の理由もわかった。あの女のことは別の問題として気になるが、今はいい。

「さっきも言ったけど、そのことはもういいよ」

〈おれも、そのことで電話したんじゃない〉

「は？」

〈別の用事で電話をかけたんだが、おまえが知りたがっていたから最初に教えた〉

こんどは何を言いだすんだ？

話がややこしくなりそうなので、そのまま廊下を進み、無人の施錠されていない教室に入った。

「じゃあ、この電話の目的はなに？」

〈人を轢いたかもしれない〉

「なんだって？」

〈何かを轢いたんだが、相手は人かもしれない〉

干からびたような口調で言った。

あわてるな、落ち着け。この男の言うことはくるくる変わるし信用できない。自分にそう言い聞かせる。

「でもね、日の出町の事件はもう犯人が捕まって、自供も……」

〈だから日の出町のことじゃないと言っただろう〉怒りだした。〈何を聞いてる。あきる野市だ。秋川(あきがわ)渓谷のほうだ〉

こんなやりとりにも慣れてきて、あしらいかたがわかってきた。

「わかったよ。日の出町のことじゃない。それとは別に、秋川渓谷にも行ったんだね」

もう少し早く病院へ行くべきだった。

〈そうだ〉

「そのとき、人を轢いたかもしれないと、今ごろ思い出したわけだ」

〈まあ、そうだ〉

「いつ？」

〈昨日だ〉

「もしかすると、今朝の電話はこのことだったか？」

〈ちょっと待て〉

ノートをめくる気配がする。

〈おそらくそうだ〉

「間違いないんだね。人を轢いたっていうのは」

〈だから、さっきから『かもしれない』と言ってるだろう〉

　このめまいのような感覚は、怒りとは少し違う気がする。絶望なのか、もっと違う感情なのか、自分でもわからない。わかりたくもない。

「なんだか頭痛がする」

〈すまんな、忙しい時に〉

　途方に暮れる、という言葉が浮かんだ。ぼんやりしていると、武に心配された。

〈少し落ち着いたか？〉

「大丈夫だよ」苦笑して答える。

〈じゃあ、最初から説明するぞ。一昨日の夜、中学校から持ち帰った車を、おまえが団地の駐車場に置いた。覚えてるか〉

「覚えてるよ」

〈しかし、どうしても運転する必要があって、昨日の午前中、受け取りに行った〉

「それも知ってる」正確には黙って乗っていった。

〈その後、車に乗って秋川渓谷のあたりへ向かった〉

「あのあと？　何しに、誰と」

〈何をするつもりもない〉

「え？」

〈何かをしに秋川渓谷へ行ったわけではない〉

おそらくノートに理由が書いてないのだろう。「誰と」の部分ははぐらかされたが、そこは意図的である気がする。

「でもさ、理由もなしにあんなところへ行くの？」

〈強いて言うならドライブそのものが理由だ〉

「さっき言った、昔の家族の思い出とかいうやつ？」

〈そうかもしれない〉ここは妙に素直だ。

「まあいいや。それより、一番肝心なこと。そこで人を轢いたかもしれない？」

〈そういうことだ〉淡々とした口調だ。

「ひとつ訊きたいんだけど、そもそもこのことを警察に連絡した？」

〈いや、してない〉即答する。

「なぜ？　お父さんらしくないね」

あまり現実離れした発言が続くので、かえって冷静になりつつある。医者の感覚もこうかもしれない。

〈しかし、問い合わせた〉

「何を？」

〈あのあたりを管轄する、あきる野警察署の交通課に電話して、昨日、秋川渓谷で交通事故があったか訊いた〉

「それで」

〈申し訳ないが七峰市役所職員と嘘をついた。市民に認知症の者がいて、あのあたりへふらっと行

くことがあると相談を受けていると、方便を使った〉

「それで教えてくれるの？」

〈交通事故統計など、公然たる事実だからな。隠す必要もない。それに、役人どうしは融通を利かせ合うものだ〉

またノートをめくる音がする。

「それで？」

〈人身事故はないそうだ〉

「じゃあ、よかったじゃない。無事に疑念も晴れて」

〈しかし、納得がいかない。――《再調査要す》とメモしてある〉

認知症について解説した本の中に「ひとつのことに固執する」という症状もあっただろうか。その点に関する記載は自信がない。

「まさか、これからもう一度行って、見てくるつもりじゃないよね」

〈そのつもりで電話した〉

「電話して、ぼくにどうしろと？」

〈なんというか――〉

言葉に詰まっている。思い出しているのでもなく、理屈を考えているのでもなく、単に詰まっていると感じた。なので、催促せずに待つ。

〈――誰かに知っていて欲しかった。みっともない話だが、あんなところでもしもおれが自分の名も名乗れずに見つかったとき――想像しただけで死にたくなるが――おれがあそこへ行ったという

ことを誰かに知っておいてほしかった〉

急に目の前の机の落書きが滲(にじ)んだ。さっきまであれほど腹を立て、あきれていたのに、武の弱気になった発言を聞いて、ふいに涙が込み上げたのだ。少なくとも、武本人も苦しんでいる。

「ひとつ訊きたい」

〈なんだ〉

「そのとき、誰かを轢いたかもしれないと思って、降りてみた？」

無言だ。

「確認しなかったんだね？」

〈まあな〉

「なぜ？　お父さんらしくないよね。昔だったらすぐに降りて適切に対処したよね」

また無言――。

武の認知症を疑うようになったそもそものきっかけは、記憶のあいまいな部分を作話してでもつなげてしまう点だった。武のプライドがそうさせるのだろうと、それはそれで理屈として納得できるところがあった。

この電話での連続の無言は、明らかに何かを隠そうとしている。しかし、人を轢いたかもしれないという告白の電話をしておきながら、それ以上に隠したいことがあるのだろうか。

「もう一度訊くけど、轢いたのは人じゃなかった可能性もあるよね。現に警察は事故は起きていないって言ってるんだし。それに最近、奥多摩のあたりでも熊が出るっていうし」

〈そうかもしれない〉

核心を突いてみる。

「あのさ、そのとき降りてみなかったのは、もしかして、同乗者に止められたからじゃないの」

無言だ。つまりイエスだ。

「同乗者がいたんだね？」

〈いた〉

苦し気に、ようやく認めた。

「誰？」

〈誰でもいいだろう。このことと関係ない〉

「関係なくはないよ。もしお父さんの想像どおりになって、相手が人間だったなら、結果的に立派な轢き逃げだよ。免停どころか逮捕されるよ」

〈わかってる〉

「轢き逃げのとき同乗してて見ぬふりしたら、その人も罪に問われるでしょう」

とっさのことでわからないが、たしか法はそうなっていた気がする。

〈道路交通法第七十二条でそう定めてある。とにかく、今はそれはいい。万一のことがあればノートにメモしてある〉

「その場所を特定できる？　どのルートだったとか目印とか」

〈できると思うから行く。昔、檜原村(ひのはらむら)の払沢(ほっさわ)の滝を見に行ったとき、栗を買ったあたりを折れた〉

驚いた。武の中でそういう記憶は消えないのだ。今の早さは、備忘録を見て思い出したわけではなさそうだ。

「わかった。ぼくも行くよ」

〈何を言ってる〉

それはこっちのせりふだ。

「いい？　絶対にその車に乗ってはだめだよ。勘違いだと思うけど、人を轢いたんじゃないことがはっきりするまで。ぼくも一緒に見に行く。その後のことはそれから決めよう」

〈しかし〉

「中途半端なことをすると、それこそ市役所の人にも迷惑をかけるよ。講座の生徒さんにも」

言っている自分でも意味が通じないと思う理屈だが、武には効き目があった。

「早退の手続きをしたら、連絡する。そっちへ迎えに行くから、絶対に車を運転してはだめだ」

〈わかった。待ってる〉


通話を終え、時刻を確認する。ずいぶん長く話したような気がするが、まだ午後一時をわずかに回ったところだ。

まるで夢を見ているようだった今の会話を反芻する。

秋川渓谷はあきる野市にある。地理的な関係で言うと、七峰市のやや北西、日の出町の南側に接している。もう少し東寄りには東京サマーランドもあり、あきる野市全体が多摩地区の観光の中心地といっても大げさではないだろう。敏明も家族で何度か訪れた覚えがある。

そうか――。

檜原村、払沢の滝――。

紅葉狩りで奥多摩へ行ったのと同じぐらい古い記憶だ。家族三人で武の運転する車に乗って、檜原村の奥の方まで行った。敏明たちが訪れたころに、東京都で唯一「日本の滝百選」にも選ばれた『払沢の滝』を見に行ったのだ。

百選に選ばれただけあって、空気は冷たく澄んで神秘的な雰囲気の滝だった。その帰りには秋川渓谷でサワガニを獲ったのも覚えている。

あのとき、たしかに道端にいくつもの露店が並んでいた。地元の農家が、車で運んできて、ベニヤ板で急ごしらえの売り場を作って、農産物を売る、あれだ。

その露店の一軒で栗を買った。翌日あたりに栗ご飯を炊いてもらって食べた記憶がある。

武が言った「栗を買ったあたり」のその露店のことだ。

日の出町へ行ったのも、その思い出が忘れがたくて徘徊していたのだとすれば「行くことが目的」という言い分も理解できる。

「しょうがない。放っておけないだろ」

今日の受け持ちの補講はもうない。重要な会議もない。急用だと言えば、早退させてもらえるだろう。さっそく職員室へ戻りながら、スマートフォンを繰ってネットニュースの速報を確認した。やはり武の言うとおり、昨日、秋川渓谷あたりで轢き逃げ事件が起きたというニュースはどこにも見当たらない。しかし、行くと言ったからには行かねばならない。放っておけば武は一人で行ってしまう。別の事故を起こす可能性もある。

時計を見てスケジュールを素早く検討する。

午後一時十五分だ。今から現地へ行くまでの流れを、もう少し具体的にシミュレーションしてみる。

　武の家まで、道路事情にもよるが約三十分、武を拾って秋川渓谷付近まで、多少余裕を見て約一時間といったところか。

　つまり、すぐに出発すれば午後三時頃には着く。つい数日前に「今日の東京の日没時刻は午後六時ちょうどです」とテレビで言っていたのを思い出した。山の中は日が沈むのが早いが、それでもなんとか視界はきくだろう。状況把握ぐらいはできるはずだ。

　早退の理由は「妻が高熱を出して勤務先まで迎えに行きたい」と申告することにした。

20

　助手席に武を乗せ、敏明の車で都道を北へ走っている。

　七峰市からあきる野市の秋川渓谷方面へ向かう道だ。

　武は視線を窓の外に向け、不機嫌でもなさそうだが、楽しんでいるようにも見えない。

　敏明のほうから、無理に間を持たせるような発言もしないので、車内は無言の状態が続く。タイヤとアスファルトのたてる、ゴーという摩擦音だけが聞こえる。

　少し気分が落ち着いてきたところで、この先のことを考える。

　武に付き添ってきたのは、一人で行かせたら危ないからだけではない。武の記憶力はまだらに欠けて、それを糊塗（ことと）するために前後繋がらない発言をしたりする。しかし、臨機応変な判断力は衰えていないと思うのだ。

だから、ノートに《再調査要す》と書いたなら、何かの不具合があった可能性も否定できない。

万が一、武が動物や切株以外のものを轢いた可能性について考える。仮に警察に出頭しても、武がここ最近のような応対をしたなら、心神喪失だかなんだかで無罪になるのではないか。

都合のいいように考え安堵しかけたが、いや、そんなことで事態は好転しないと思い直す。刑事責任としては、それで済むかもしれないが、そんな温情で——温情ではないのだが、世間はそう考える——無罪になどなったら、家族に対する風当たりはよけいに強くなるだろう。

心神喪失が裁判で認められるほど重い症状が出ていたのに、家族はどうして黙って運転させていたのか——。

まず間違いなく、そう指弾される。先日聞いた、香苗の同僚の息子の友達だか知り合いだかの一家が見舞われた事態だ。

たしかに、一人暮らしの女性宅に押し入り、なにがしかの金品を持ち去った。しかし〝不同意わいせつ罪〟に関しては未遂だと聞いた。犯罪には違いないが、一家が離散に追い込まれるほどの重罪だろうか。

さらに、民事の補償はまた別問題だ。武の車は任意保険に入っているから、〝事故〟であるなら治療費や示談金は払えると思うが、こんなに時間が経ってしまった上に修理などの隠蔽工作をしたら、保険金は支払われないのではないか。

万が一、それらがすべて自費などということになったら、とても払いきれない。破産だ。いや、たしかに故意や重過失の場合は、破産しても賠償金を免責されなかったのではないか。轢き逃げはそれに該当するのだろうか——。

そんな恐怖感が完全には払拭できなかったから来たといってもいい。

ほどなく、武蔵五日市の駅を右に見ながら左折する。これが檜原街道だ。何度か通ったことがある。父の運転で、そして自分の運転で。父は自分の家族を乗せ、敏明も自分の家族を乗せ。しかし、幹人が親となってのそんな光景は、ちょっと想像できない。

ちなみに、左折せずあのまま北上すればすぐに、四日前武が道に迷ったと思われる日の出町に入る。秋川渓谷に行こうとして迷った可能性もある。

では、そもそも武はなぜ秋川に行ってみたかったのか——。

平日の日中で比較的空いていたこともあって、目標の午後三時より前に着きそうだ。

ほどなく、広義の「秋川渓谷」と呼ばれるエリアに入った。ヤマザクラの花がちらほらと咲きはじめていて、ところどころに淡い色が見える。

後続車に注意を払いながら、スピードを落として車を進める。やがて、敏明自身がなんとなく見覚えのある場所に出た。

ハザードランプを点滅させ、左に寄せて停車した。このあたりは、ところどころガードレールが途切れ、路肩が広くなっている箇所がある。作業車両用のスペースかもしれないが、そこを使わせてもらう。

ドアを開けて降り立ち、周囲を見回す。

西へ向かう主要路線である都道から、進行方向右手に道が分かれている。T字路というよりも、Y字路に近い三叉路だ。その先は、本格的な〝渓谷〟に分け入っていく雰囲気だ。

武も車から降りてきた。

「ここ、なんとなく覚えている」

敏明はそうつぶやいた。道路の反対側、三叉路の鋭角が作る空き地のような一帯に、雑草に半分埋もれて、ベニヤ板の廃材のようなものが放置されているのが見える。

左右を確認し、道路を渡る。武もついてきた。二人並んで、廃材が散らばったあたりに立った。そこに積まれたまま、雨風に当たり朽ちかけた木材は、かつての露店の残骸かもしれない。この様子では、数年からひょっとすると十年近く経っているかもしれない。

「この場所をなんとなく覚えてる。昔、ここで道を訊いた。あれはたぶん払沢の滝へ行った帰りだ。この先にあるらしいマス釣り場を見ようかという話になった」

敏明が言うと、武が「そうだな」と答えた。本当に覚えているのか、なんとなくそういう気がしたのか、単なる相づちなのか、今の武では判断がつかない。

敏明は樹木と空の境目あたりを見上げ、記憶をたどる。

「あのとき、たしかお父さんはこの三叉路で、そっちの支道に入っていいのか迷った。地図を見ただけでは、もう少し先にある別の三叉路とどちらが正しいのか、自信がなかった」

武に語り掛けるというよりは、独り言だ。敏明が吐く言葉を武は黙って聞いている。

「それで、ここにあった露店で道を訊いた。野菜かなにかを売っていたおばさんが『この道を入っていけば、渓谷がある。釣り場やキャンプ場もある』と教えてくれた。それで、それで――。そうだ、そのお礼に、栗をひと山買ったんだ」

敏明は、ここへきた本来の目的も一瞬忘れ、嬉しくなって軽く手を打った。

「昔、このあたりに来たな」

少し遅れて、武が同意した。敏明はそれには答えず、自分の記憶の糸をどんどん手繰り寄せる。

「そして昨日も、この道を上っていった」

敏明は、ゆるい上り坂になっている支道に目をやった。

「行って見よう」

車に戻り、武が乗るのを待って出発する。

支道は、本線から分かれてすぐはそこそこに道幅もあったが、途中から急に狭くなった。乗用車でも、二台がすれ違う場合には、どちらかが路肩に寄せて待っていないとやり過ごせないような道幅しかない。対向車が来ないようにと願いながら、車を走らせる。

再び分かれ道に出た。何か看板が立っているが、朽ちて退色して、まったく読めない。カーナビも役に立たない。

「どっちだろう」という敏明のつぶやきに、武が「こっちだ」と明瞭に答え、左手を指さした。

「ほんとうに？」

「間違いない」

今日の道中で、もっとも自信に満ちた響きだ。半信半疑ながらも言われたとおりの道に進んだ。ときおり、森から伸びた枝が車のボディをカリカリとこする。

「なんでこんなところに入ったの？」

「なんとなくだ」

何か隠しているような印象を持ったが、それは西尾千代子に関係があるのだろうか。

すでに集落もまばらとなり、もちろん行きかう車もない。当時の武の心情を考える。

カーナビを見ても、山の中に細い糸のような道が延びているばかりだ。道に迷い、武はふいに少し前の武に戻り「どうして自分はここにいるのだろう」と不安になったのかもしれない。隣席には見知らぬ女が座っている。そんな心細さを想像すると、少しだけ責める気持ちが萎えた。

さらに道は急な上りとなり、鬱蒼と茂る雑木林が続く。ときおり視界が開けて何かの畑が見えたりするが、見渡せる範囲には人家もなくなった。

やはり記憶違いではないかと指摘しようとしたときだ。

「このあたりだ」

武が、独り言のようでもあり、敏明に語りかけているようでもある言葉を吐いた。

「何かを轢いた場所？」

敏明の問いに、武がうなずく。

「そうだ。ここだ。正確にはもう少し先だったが」

にわかには信用できない。こんな山の中の一点を記憶できるとは思えない。

「たとえば、何か目印とか……」

問いかけた敏明の言葉を、武が遮った。

「間違いない」自信ありげにうなずく。「あの看板のあたりだ」

武が指差した二、三十メートル先に《クマ出没注意！》という黄色の派手な看板が立っている。

しかし、あんなものはどこにでもあるだろう。

「まあ、ちょっと降りてみようか」

林道によくある、すれ違うための車寄せのスペースに駐車し、二人とも降りた。

「間違いない、ここだった」

再度そう言われて、あらためて周囲を見回す。

進行方向左手は急な上り斜面で、植林された杉林になっている。その中を縫うように、おそらくは管理者が往来するための小径が見える。

反対側、右手のガードレールの向こう側は、ほとんど手入れされていないように見える雑木林が鬱蒼と茂っている。崖と呼んだほうが近いような、急な下り斜面だ。こちらにも、雨が降ると小川になると思われる、小石だらけの筋のように細い径が一本下っている。

ならば事故はなかっただろうと思った。いくら人通りが少ないとはいえ、丸一日近くここに人が倒れていたら、発見されないはずがない。事故はなかったのだ。

ほっとしかけて、日の出町の事件を思い出した。あの現場がどの程度人里離れていたかわからないが、少なくとも自転車ででかけられる距離だった。それなのに、しかも生きているのに、被害者は丸一日発見されなかった――。

「ちょっとその辺を見てくる。お父さんは危ないからここにいて」

聞こえたはずだが、不服なのか何か考え事か、武は返事をしなかった。

ざっと見回したところ、左手の杉林には異常はなさそうだ。仮に〝何か〟が転がっていれば、すぐに目につくだろう。道路脇と右手の雑木林に注意を払いながら《クマ――》の看板のあたりまで進むことにした。

ときどき立ち止まり、野草が生い茂る斜面をガードレール越しにのぞきこむと、吸い込まれそうな気分になって、なんとなく尻のあたりがむずむずとする。

木々が密に茂っているがゆえに、どこまでも転がり落ちることはなさそうだが、一旦滑り落ちたら、這い上がるのは困難を極めそうだ。

ふと振り返ると、武が、今乗って来た車のバンパーをしきりに調べている。敏明の車だから、へこみなどない。昨日のことと混同しているのだろうか。

ここ数日、武の心——どうしても「脳」というより「心」と考えてしまう——の状態について考える機会が多かった。

年老いた人の言動を「ぼけ」と揶揄することが多い。病気と老化の区別がなかった時代の名ごりだ。しかし、その「ぼけ」た状態にもひとくくりにできない種類があるのだと、いまさらながら認識している。

代わり映えのしない毎日で刺激がなくなり、ただぼんやりと生きているのが日常になってしまった人。まだまだ現役でやらねばならないことがあるのに、病に蝕(むしば)まれた人。特に、病気が原因で発症した人には同情する。まさに、明日は我が身、だ。

武の場合は、ある日気がついたら走れなくなっていたアスリートの気持ちなのかもしれない。自分では颯爽と走れるつもりでいるが、いざとなると、足がもつれる、筋がつる、石もないのにつまずいて倒れる。こんなはずではなかったと、他者に原因を探し、老いのせいだとは認めたくない。だから何か思い出せなかったり、ショックなことがあると、心が痛まないようにその部分を都合よく補修してしまうのではないか。そしてそれを最小限に食いとどめようと、ああしてなんでもノートにメモしている——。

武が示した看板を通り過ぎ、ふと武のことが気になって振り返った。逆方向へ見に行ったのか、姿が見えない。置き去りにして大丈夫かと少し気になるが、さっきから一台も通る車がないので、そのまま先へ行くことにした。

きょろきょろと見回しながら百メートルほど進んだが、これという変わったものは見当たらない。向こうから、軽トラックがやってきた。森林作業の人たちかもしれない。作業服の男性が二名乗っており、すれ違いざまに助手席の男性と目が合った。

軽トラは少し行き過ぎてから停まり、助手席の窓が開いて先ほどの男性が顔をのぞかせた。

「何かお困りですか」張りのある声が山間（やまあい）に響く。「エンストとか」

「ありがとうございます。ちょっとひと休みしているだけです。迷っていませんので大丈夫です」

礼を言って笑顔を作ると、向こうでも納得して走り去った。

そろそろ車に戻ることにした。

少ないとはいえ、やはり人通りはあるのだ。仮に、武の運転する車に当たったのが倒木だったとしよう。こんな狭い道に転がっていたら通行の邪魔だ。今のような作業車が通ったなら、雑木林の斜面側に転がし落とした可能性はある。そんな痕跡でも見つかれば、それで一件落着だ。斜面側に注意を払いながら戻りかけたそのときだ。

ふと、斜面下で何かが光った。

「あれは――？」

小さく漏らし、ガードレールに手をかけ目を凝らす。ずっと下のほう、枝葉の隙間の向こうに、木や草の色ではないものが見える。あきらかに人工の色だ。背中から首筋にかけて、そして二の腕あたり一面に鳥肌が立った。

「あれは、なんだ？」

はっきり声に出した。

もう一度斜面下方をのぞく。さきほどちらりとでも見えたのが奇跡的だったと思えるほど、見通しがきかない。視界がききそうな角度を求めて、ゆっくり移動する。ほどなく、ガードレールが途切れている場所があった。例の看板のすぐ近くだ。

二メートルほどの幅で、ガードレールがない。破損したわけではなく、初めからないようだ。管理作業用の進入口かもしれない。

その切れ目からこわごわとのぞき込んだ。やはり、枯れた小川なのかけもの道なのかわからないような細い筋が一本、下まで延びている。もちろん、整備などされておらず、角の尖った小石がごろごろと転がっている。

どうする。下りろという心と、やめておけという心が戦っている。

気がついたときには、踏み込んでいた。足元に注意しながら、その小径に足を置く。いきなり、がりっと音を立てて、最初の一歩が十センチほど滑った。いくつかの小石が転げ落ちてゆく。近くの小枝を摑み、危ういところで尻もちをつかずに済んだ。

バランスを取りながら、注意深く左、右、と交互に進む。数メートル下ったあたりで、ひと息つこうかと気を緩めたとき、ずるっと今度は三十センチほど足が滑って、完全に尻もちをついてしまった。思わずついた手が、小石の角に当たる。

「痛たた――」

思わず手のひらを見る。幸い出血はしてない。尻の泥を払いながら立ち上がり、ふたたび慎重に下りる。あと二メートルほどで斜面も終わる、というあたりで動きが止まった。

細い川が見える。河原は狭く岩だらけだ。秋川に注ぎ込む支流だろう。

あった。その流れに半身を浸すようにして、何かが横たわっている。

木の枝に邪魔されて全体は見えないが、樹木でも看板でも動物でもない〝何か〟だ。グレーのズボンらしきものと、紺色のジャンパーかウインドブレーカーのようなものが見える。手前の大岩が邪魔で頭部は見えない。

どうみても、人間か人間を模した人形だ。少なくとも、熊や猪やそのほかのどんな野生動物でもない。

「あ、あ、あ」

慌てたせいか、まともな言葉が出て来なかった。

気がつくと、今、下ってきた小径をあわてて上っていた。

じゃりじゃり、がらごろと音を立てて、足元の石が滑り落ち、思うように進めない。いつしか四つん這いになっている。指先や手のひらが痛むが、かまっていられない。

「あ、あ」としか声が出ない。

はみ出すように伸びた小枝や、根を張っていそうな雑草を摑み、滑っては上りを繰り返して、ようやく道路に戻った。はあはあと息が荒くなり、その場にしゃがみ込んだ。

なんだ、あれは——。

あそこにいたのは——いや、あったのは、なんだったのか。

それよりも。

逃げた――。

自分は逃げてきた。あそこに見えたものから逃げていた。

道路に尻をついて座り込んだまま、痛む指先をみつめ、自問自答する。

逃げたのか。いや、逃げたんじゃない。ただ上ってきただけだ。足場が危ういからひとまず上っただけだ。どうする。このあとどうする？　警察に連絡するべきか。するべきだろう。するべきだ。

だが、どうする。どう……。

「どうかしたか」

「うわっ」

突然頭上から声をかけられて、ひっくりかえりそうなほど驚いた。

「お父さん」

武は「どうしたんだ、おまえ。大丈夫か」とでも問いたげな顔で見下ろしている。

「――驚いたよ」

「何を驚いてる。大丈夫か」

「大丈夫。すごい急な山道で、ちょっと疲れて休んでた」

自分は何を言っているのか。今、下で見たあれについて話さなくていいのか。

「どうだ。何かみつけたか」

武が静かな口調で訊く。

すぐには答えず、ぱんぱんと、大きな音をたてて尻を払いながら立ち上がった。興奮した反動からか、立ちくらみがしてガードレールに手をついた。

「痛たたた」

再度、細かい傷がいくつもついた自分の手を見た。ところどころ皮がむけ、血がにじんでいる。

どうしてこんな目に――。

その時だった。自分のなかで、何かが切り替わった。

「何もない。――特別変わったものは見当たらないよ。そっちは何か見つけた？」

「いや」と首を振った。「念のため戻ってみたが何もない。もっと奥のほうだったかもしれない」

「この山の中じゃ、探すのなんて無理だよ」

「たしかにな」腰に手を当て、杉林の斜面を見上げている。

「何もなさそうだから、帰ろう」そう声をかけた。

「そうだな」

まだ未練が残っていそうな武に少し腹が立った。しかしそんなことよりも、谷川の河原で見たものが脳裏から離れず、本音をいえば早くこの場を去りたかった。

「Uターンできそうなところを探して、帰ろうよ」

二人並んで車まで戻り、エンジンを始動させた。

21

来た道を戻るときも、武は景色を眺めながら「昔はこのあたりは、舗装もされていなかった」などと話している。

敏明は上の空で返事をしつつ、さっき見たものを自分の中で総括しようとした。

あれは不要になったマネキン人形かなにかを、業者が不法投棄したのだ。あるいは、着なくなった衣類を大量に捨てたのがあのあたりに滞留し、それがなんとなく人の形に見えただけだ。あそこへ行く途中の道路わきの草むらにも、タイヤが捨ててあったではないか。

そもそも、かりに武が撥ねたか轢いたかした人間だとしたら、どうやってあの谷川まで移動したのだ。さすがにあそこまで撥ね飛ばすほどのスピードは出ないだろう。かりにそうだとしたら、武の車もダメージを受けて「バンパーがへこんだ」などという程度では済んでいないはずだ。

そうだ、あれはゴミだ。もう忘れろ。なぜこんなところへ来たのか、今では激しく後悔していた。

ゆっくりとした呼吸を繰り返し、無事あの三叉路まで戻った。その後も法定速度をきっちり守って走る。刺激のない風景が窓の向こうを流れてゆく。

「おまえ、昨日の夕方、あの店へ行ったそうだな」

危うく急ブレーキを踏みそうになった。せっかくの安全運転が台無しになるところだ。

「あの店って『カトレア』のこと？」

「そうだ。お前が帰ったあと、あの人が電話をよこした。『根掘り葉掘り』という感じでいろいろ訊かれたとこぼしていた」

自分の父親が、母親以外の女を「あの人」と呼ぶことに抵抗感があった。しかし、こんな込み入った状況下ではあるが、彼女の存在をはっきりさせる好機だ。いままでどうしても名前を出せなかったあの女のことを。

「あの人って、西尾千代子さんだよね」

武は口頭では答えず、鷹揚にうなずいた。敏明が続ける。

「ちょうどいい機会だから、話したいことがある。あまり人の交友関係に口出ししたくないけど……」

「え？」

「わかってる」

「おまえが言いたいことはわかってる。講座の連中からも、のぞき趣味みたいな噂を立てられていることもな。しかし、おまえや香苗さんが心配しているようなことはないから安心しろ」

「香苗も何か言ったの？」

「直接は言われていないが、顔つきを見ればわかる」

「だったら……」

「いいから聞け。そんな夢想の話ではなく、重要なことかもしれない。――今朝早くに、おまえと電話で話したあと、あの店に行った」

耳に意識が集中してしまい、制限速度以下にスピードが落ちた。後ろの車が煽っているが、今はそれどころではない。

「それで？」

信号が黄色に変わった。普段なら突っ切るところだが、安全に停まった。後ろの車が、これみよがしに急ブレーキを踏んで、がくんと前のめりになるのが見えた。

「だが、店には入らなかった」

「なぜ？」なぜ急にそんなことを言いだす？

「いつも停める店の駐車場が満杯だった。作業服を着た男が二人いた。少し年配の男と、まだ二十代ほどの若い男だ。年配のほうが、見覚えのある赤い車に乗り込もうとしているので、出すのかと思い少し待っていた。それと、その車に興味があった」

話の内容よりも、その話しぶりに興味を抱く。理路整然と話していた昔と少しも変わらない。

「どんな興味？」

「ちょっと時間の順序としては逆になるんだが、一度話し始めたので続ける。まずは、今話している今朝のできごとだ。すぐにも車を出すのかと見ていると、店のほうから彼女が歩いてきた」

「それはつまり、『カトレア』から西尾さんがってこと？」

「まあ、そうだ。咄嗟（とっさ）にダッシュボードで隠れるぐらいに身を低くした。おそらく気づかれなかっただろう。彼女はその赤い車に近づき、すでに運転席に座った年配の男と何か会話をしている。もちろん内容は聞き取れないが、笑っているように見えた。

そのあと彼女は車の前方に回ってバンパーのあたりを覗き込んだ。車は道路側に尻を向けて停まっていたので、おれのところからはどうなっているのか見えなかった」

ここまで、ちらりとノートを見ただけで、一気に語った。

「それで？」

「年配の男は、赤い車を慣れた感じでバックですっと道路に出して、そのまま走り去った。もう一人の若い男は、道路に停めてあった軽自動車に乗ってそのあとをついていった」

「西尾さんは？」

「二台を見送って、すぐに戻っていった。おそらく店に」

「男たちは知ってる顔だった？」

「年配のほうは見たような気もするが、確証はない」

「知り合いなのかな。どんな感じの男だった」

武はノートの文字を指先で追った。ひとつうなずいて続ける。

「中年で中背、肉付きはいいほうだ。元は筋肉質だったが運動をやめて腹が出たタイプだ。短髪、半分ほど白髪。色は浅黒い。薄いベージュ色の作業服を着ていた。建築現場の監督が着てるみたいな上下に分かれた作業着だ」

武の観察力に今さら驚きながら、そんな自分が「何を食べたか」ではなく「食事をしたかどうか」すら忘れてしまう道を歩み始めたとは、どうしても認めたくないだろうと同情も湧いた。

しかし、それはまた別の問題だ。

信号が青に変わりゆっくりスタートすると、対向車がいないのをこれ幸いと、後ろの車は追い越していった。

「その流れからすると、その赤い車は彼女の車のような気がするけど」

「おそらくそうだ。修理に出したのだろう。おれのところからは見えなかったが、異常があるのはバンパーのあたりだと思う」

「その車は、結局どこへ行ったか確かめた？」

「いや。おれは尾行なんてのは性に合わないし、そもそも危険だ」

「じゃあ、その男たちが誰だかわからなかったわけだ」

「いや、たぶんわかる」

えっ、と驚きの声を出してしまい、さすがにこの調子で運転を続けるのは危険だと感じた。ちょうど公園の前を通りかかり、駐車場があったのでそこへ停めた。すでに七峰市に入っているが、どちらかの家に戻ったり、わざわざファミレスなどに入るのも面倒だ。

「どういうこと？」

武は敏明に見えない角度にノートを開き「坂上自動車」と答えた。

「サカガミ自動車？」

武は自分のスマートフォンを操作して、その画面を敏明に見せた。道路に停まっている軽自動車を撮ったものらしい。やや距離があるがあまりぶれていないのは、停車して窓から撮ったためか。

「ちょっと拝見」

武の手からスマートフォンを受け取り、画面を見て拡大した。数台しか停めるスペースのない小さな駐車場に《月極（つきぎめ）》の看板が見える。店舗は一、二台契約しているのかもしれない。そこに赤い車が停まって、西尾千代子がこちらに背中を向け、車内の人物と話をしているようすが写っている。

敏明はあまり車に詳しくないが、赤いほうは外車のようだ。すぐ近くの路肩に軽自動車が停まっている。その脇腹に《坂上自動車》という字が読める。電話番号まで書いてある。

「向こうに気づかれなかった？」

「気にしていなかった」

「すごいね、といいたいところだけど、どうしてこのことを黙ってたの」

「今からそれを話す」

「ちょっと待って。その前に、この会社について調べてみるよ」

スマートフォンで検索すると、すぐに《七峰市：車検・修理・板金・塗装：坂上自動車》が引っかかった。地図を見るとたしかに七峰市内で《カトレア》から、直線距離で二キロほどと、近そうだ。

「なるほど」

西尾千代子の車を、近くの修理工場の従業員が持っていった。車検か修理に出すのだろう。通常であれば、だからどうという話題ではない。

しかし、続けて武がさらに驚くべき告白をした。今までと変わらぬ淡々とした口調で。

「さっき、時間の順序が逆になったと言ったが、昨日のことも話しておく。昨日、秋川渓谷にその赤い車がいたと思う」

「えっ」しばらく絶句する。「どういうこと？」

「正確には、こちらの車と一緒に行ったのだと思う」

武はそこで言葉を止め、窓から外の公園を眺めている。ほとんど日は沈みかけているようで、遊具やケヤキの樹皮などに夕日の赤みが射し、植え込みの影は薄暗くなりかけている。子供のころ、外遊びをしているとなんとなく物悲しくなった時間帯だ。

武の脳内がどうなっているのか、もともとわかりづらかったが、最近では闇の洞窟を覗くようだ。

やがて武はノートを、やはり敏明に見えない角度でめくり、確認してから説明した。

「順を追って話す。あれは昨日の昼過ぎだった。おまえのところから車を取り戻したあとだ。いきさつは省略するが、昼食後に少しドライブに行こうということになった。どこでもいいが、以前話に出た秋川渓谷あたりに行ってみたいと言うので……」

「ちょっと待って。その話のお相手は西尾千代子さん？」

　ここまで来ても、まだはっきりと口に出したくないようだ。

「まあ、そう思ってもらってかまわない。——それで秋川渓谷までドライブに行って帰って来ることに決まった」

「もうひとつごめん。『以前話に出た』ってことはすでに彼女と話題にしたことがあるんだね」

「そういう意味だ」

「どんな話？」

　少しの間のあと、ノートも見ずに「それはいい」と答えた。

「——話を戻すぞ。それで、出発して間もなくだったが、後ろからついてくる車がずっと同じ車であることに気づいた」

「念のために訊くけど、それは気のせいじゃなく？」

　武は怒ったようすも見せずうなずいて続ける。

「理由もある。出発してすぐ、おれが黄色で通過した信号を、すぐ後ろの車がほとんど赤になっているのについてきた。そのときは、乱暴な車だな、煽り運転はしないだろうな程度に思った。一度だけなら忘れたかもしれないが、短い間に二度続いた。しかも目立つ赤い色のおそらく外車だったので同一だとわかった。こっちを見失いたくないのだなと判断した」

「まさか、それがさっきの話に出た赤い車？　ナンバーは見た？」

「確認した。車種まではわからないが、ナンバーの四桁の数字をこっそり記録した。おまえの言うとおり、さっき見せた赤い車と同一だ」

「つまり誰かが西尾千代子の車に乗ってついてきたってこと？」

「その蓋然性は高いだろう。さっきのあの三叉路を曲がったとき、その車もついてきた」

背中のあたりがぞわぞわとなった。

「え、ちょっと待って、西尾千代子の車が、あの事故現場までついてきた？」

「正確には少し手前までだった。さっき見た、熊の警告の看板の少し手前で、気がついたらいなくなっていた」

「西尾千代子がお父さんの車に乗ってるのに、本人の車があとをつけてくる。誰が運転してたんだろう。さっき見せてもらった坂上自動車の男かな」

「それはわからない。顔までは見えなかった。しかし可能性はある。ドライブレコーダーを確認すれば映っているかもしれない」

「あのね、言わなかったけど、ＳＤカードが入っていない。新しいのを入れようと思ってまだやってないけど」

武がこちらを見た。

「おれはそんなものいじってないぞ」

「わかってる」

これで、誰がなんのために抜いたのかわかってきた。しかし、その検証をすると話がそれるので、先へ進める。

「それで、どうしたの」

「あの看板を過ぎて少し行くと、あの人が『そろそろ引き返しましょう』と言った。それで引き返すことにした」

「そもそも、あんな寂しい場所にどうして入っていったの？」

武は少し考えて「道に迷ったということだ」と答えた。

「あの女が『こっちへ行きましょう』とか言ったんじゃない？」

「道に迷ったということだ」

武はそこで一度言葉を切り、途中のコンビニで買ったペットボトルの麦茶をぐびぐびと飲んだ。

「――そして、さっきの看板の少し手前まで戻ったとき、あの人がたしか『止めて』と大きな声で言って、左の窓の外を指さした」

敏明はあの場を思い起こす。戻りかけていたなら、右手の運転席側は山肌と杉林で視界はほとんどきかない。左手、助手席側は谷川へ続く雑木林の斜面なので、やや見晴らしはいい。

「何かあったの？」

武は首を振って「わからない」と答えた。

「何か見たらしいんだが、あの人は『勘違いだったみたいです』と言った。――たしかに言った。視線を前方に戻し、再度走りだしたとき、何かにごつんと当たった。当たったというより、乗り越えた感じだった。だからブレーキを踏んで『今、何かに当たったか轢いたみたいだ』と言ってルームミラーを見ようとした。あの人はすぐさま自分に見えるように角度を変えて、『何も見えないから、石か何かに乗ったんじゃないかしら』と言っていた。場所を覚えておこうと見回して、さっきの看板を目印にした。正直なところ、どこで看板を見たのかはとっさには思い出せない。しかし、看板を含めたあの場所の光景は映像のように覚えている」

武がこれほど長く、これほど饒舌に語ったのは久しぶりだ。

「それで?」

「それで終わりだ。あとは帰宅した」

「家に戻ったとき、バンパーはへこんでた?」

「わからない。見ていない。あの人をあの店まで送り届けたから、自宅に戻ったときはもう暗くなりかけていたし、疲れていたのですぐに家に入った」

「『カトレア』に着いたのは何時ごろ?」

「コーヒーを一杯だけごちそうになって店を出るとき——」ノートで確認する。「午後四時四十三分だった」

なんということか。敏明が訪問する一時間ほど前まで、あの店に武がいたのだ。とんだニアミスだ。あの女の〝狸〟ぐあいは筋金入りだ。そんなことはおくびにも出さなかった。普通ならつい「少し前までお父様がいらっしゃいましたよ」と言うだろう。いっそ鉢合わせしたほうが話は早かったかもしれない。

武の説明が事実に近いと仮定して、武たちのあとをつけてきた赤い車が西尾千代子のものだとしたら、そして運転していたのが『坂上自動車』の男なら、その目的は何だったのか。その目的は達成されたのだろうか——。

再度、『坂上自動車』を検索した。

《口コミ》欄を開く。評価の平均が五点満点で三・五点とまあまあだ。そこに書かれた具体的な内容を見る。

《とても迅速に丁寧にやっていただけて大満足です》
《日帰り車検なので、代車の必要もなく明朗会計で安心でした》
明らかに関係者によるものと思われる、手放しで褒める似たような文面のコメントがずらっと並ぶが、五件に一件ほどの割合で、本物らしいクレームと思われるものが交じる。
《作業の間、すぐ隣の事務所で待っていたら、『パンクしていたので修理しました』と事後報告されて修理代を取られた。修理前のパンク状態は見ていないし、そもそもあそこまで問題なく乗って行ったのに信じられない思い》
《ラジエーターから水漏れしているとか言われて、このままでは車検が通らないと脅されて一方的に部品交換された。家の駐車場出るまで水漏れの跡なんてなかったぞ》
こちらが本物だろう。
心のもやもやが募る。彼女たちが企(たくら)んでいたことは、秋川渓谷で敏明が目撃したものと関係があるのだろうか。
「この会社、どんなところか見てみようと思う」
あえて軽い口調で言った。
武は、積極的に賛成も反対もしなかった。ただ単に「そうか」とつぶやいただけだ。肯定と受け止めていいだろう。
「だけど、今日は家に帰ろう」
「そうだな」
カーナビに『坂上自動車』を登録だけして、車を再発進させた。

22

不意打ちのようなニュースを聞きたくなくてラジオを切っているので、車の走行音しか聞こえない。

武から次々と衝撃の告白を聞いているときは気が紛れていたが、沈黙が続くと、再びさまざまな疑問や不安が浮かんでは消える。もはや「武の認知機能が落ちて運転事故が心配だ。この先どうするべきか」などという段階を超えているだろう。

客観的に、つまり自分の都合や感情を排して考えれば、やはりあれは「人」のように見えた。頭部は見えなかったが、マネキンや衣類の塊とは思えない。

もし、あれが人だとすれば、武の「人を轢いたかもしれない」という告白と一致する。いやいや、何を言っているのか。「だとすれば」じゃないだろう。武が「人を轢いたかもしれない」と言うから見に行ったのではないか。そしてそのとおりの結果があった。

これがもし他人だったら「無理やり見間違いにしようとするな。現実を直視しろ」と説教するところだ。

しかし、と逃げ道を探す。それでもなお、別の可能性がまったくないといえるだろうか。

たとえば、あの斜面を下りたところには沢が流れていた。何かの理由で沢に下りようとした人間が、足を滑らせた可能性はないだろうか。山菜採りに行って森の中で迷い、沢にたどりつきそのまま遭難したのかもしれない。

そうだ。きっと遭難者だ。その可能性が大きい。武は、偶然切株かなにかに当たった。その同じ日に、近くで遭難者がいるという確率は、高くはないがゼロではないだろう。日の出町の一件もあるではないか。

千代子の車を運転して、坂上自動車の関係者らしき男が跡をつけてきたのは、嫉妬からだった、あるいは彼女公認の護衛だった。

武は「気がついたらいなくなっていた」と言うが、あんなところまでついてきて消えるはずがない。周囲が寂しくなったので、目立たないように距離をとったと考えるべきだろう。観察はしていたはずだ。もしも武が人を轢いたなら、その瞬間とはいえなくとも、事故直後の写真なり動画なりはスマートフォンで撮れた可能性が高い。なのにまだ警察に通報しないということは、もともと何もなかったか、武を強請（ゆす）るつもりか、ではないのか。

武のようすを見るかぎり、脅迫されているような気配はない。だとすれば、もっと深みにはまってから強請るつもりなのか。たしかに、告発などしても一円の得にもならないが、強請りは金になる。大槻家の土地を売れば一億円前後の——。

「危ないっ」

武の叫び声と、同時に鳴った警報音で我に返り、あわててブレーキを踏み込んだ。

交差点だ。長いクラクションを鳴らした右折車が、前方数メートルのところを通り過ぎていった。敏明と同世代と思える男の運転手が、ものすごい目でこちらを睨んでいた。

「今のは、直進は完全に赤だったぞ」

武に指摘された。

「ごめん。考えごとをしていた」

「さっきから調子が悪そうだな。運転代わるか？」

思わず武の顔を見た。冗談や嫌味で言っているのではなさそうだ。

「いや、いいよ。もう大丈夫だ」

思考を戻す。あそこに横たわっていた人間が遭難者だった可能性についての検討だ。

この時期は、昼夜の寒暖差が激しい。昼間に気軽な装備で野外活動をして、夜になって遭難するという事故が毎年何件も起きる。

あの人物の死因も——あれが死体だったとしてだが——凍えたか心臓発作を起こしたか、そんな類ではなかっただろうか。事実、四日前に轢き逃げされた日の出町の男性も、ダウンジャケットを持っていたので寒さをしのげたと、ニュースでやっていた気がする。

遭難者だったのだと考えればいくらか気が楽になる。だが、それはそれで別の問題が発生する。

「もうすぐ青になるぞ」

「わかってる」

「こっちの気も知らずに」とぶつけたいところだが、よけいな言い争いはしたくない。

アクセルを踏み込んだところで、また暗雲の中に戻る。遭難者だと考えることで多少気が楽になったと思いたいが、そんな単純なことではない。あれを〝見た〟事実は消せない。

遭難者を放置した罪はどうなる？　「保護責任者遺棄罪」とかいう罪に問われるはずだ。たしか懲役刑もある重い罪だ。しかしあれは、「自分が保護すべき対象者を保護しなかった場合」ではなかっただろうか。ならばどうする？　そうだ。そもそも、気づかなかったことにすればいい。結果が変わるわけでもないのに、馬鹿正直に言う必要はない。

いや待て。あのとき、山林管理のような作業員に声をかけられた。すれ違っただけでなく、会話もした。路肩に停めた敏明の車も見ただろうし、それこそドライブレコーダーに映っている可能性が大きい。事情聴取を受けたりしないだろうか。マスコミは「事情聴取」イコール「犯人」扱いする。自分はなぜ、こんなよけいなことをしてしまったのか。

「ああくそっ」

つい声に出した。武が反応する。

「ほんとに大丈夫か。警察にはおれ一人で行くから大丈夫だ。警察に白黒つけてもらおう」

「警察？」

「ああ、何かあったときのためにおまえにも現場を見てもらったし、このあと警察に行こうと思っている」

「いや、ちょっと待って。警察はもうちょっと待とうよ」

「なぜ？」

今のこんな状態で警察が介入してきたら、最悪の事態になる。事実は変えられないとしても、いろいろ準備はしておいたほうがいい。「何も見ていない」と胸を張って断言できるように心構えをしておきたい。

武はこうと思い込んだらすぐにやらないと気が済まないせっかちな性分だ。しかも、最近その傾向は強くなっている。

「ちょっと弁護士に相談してみる」苦し紛れに口にした。

「弁護士？」

武の口調に訝しむような響きを感じたが、そのまま押し通すことにした。

「そうなんだ。うちの学校で問題があったときに、相談する弁護士がいるんだ。まずはその人に相談してみるよ。お父さんの立場からしたって、昔の経歴のこともあるし、今でも市の学習センターの講師を務めたりしているわけだし」

しゃべりながら、自分がこんなにすらすらと嘘をつけることに驚いていた。保身のためだろうか。たしかに保身には違いない。しかし、我が身可愛さだけではない。今の学校での立場は、一朝一夕や偶然に手に入れたものではない。長年、真面目にこつこつと積み上げてきた成果だ。しかしこの時代、失うのは一瞬だ。

例の週刊誌の一節がまたしても頭に浮かぶ。

《現代では、加害者一家が破滅するまで世間は許さない》

《加害者が著名人であればもちろん、多少でも裕福であったり公務員であったりすればさらにその傾向は強まる》

厳密にいえば、武は「元公務員」であるし、敏明も私立高校の教師だ。しかし、世間の風潮や空気はそんな細かい選別をしないだろう。教職にあるまじき行為として、絶好の攻撃対象となる。著名人が「夢は必ず叶う」と言っただけで猛烈なバッシングが起きる時代なのだ。

人生設計が、こんなことで瓦解したのではたまらない。自分は何も悪いことをしていないのだ。

自尊心を持ち上げるような言い回しをしたせいか、武は納得したようだった。

「あまり意味があるとも思えないが、そう言うなら少し待つか」

「そうしようよ」

夕食の買い物をしたいというので、食品系のスーパーに寄り、武を自宅へ送り届けた。時刻は午後七時近い。

香苗にどう連絡をしようかと思ったが、結局めんどうになり、何も言わないことにした。

帰宅時刻としても、それほど遅いわけでもない。黙っていれば何もわからない。もう少し状況が固まるまで余計な口出しをされたくない。

香苗に電話をするのをやめ、電話帳から高校の同僚の番号を探した。

〈はい。森本です〉

白葉高校で古文を受け持つ森本教諭だ。

「大槻です。突然申し訳ない。今自宅？」

同僚といっても、敏明のほうが森本よりも一年先輩で二歳年上だ。その気安さはある。

〈そうです。どうかしました？〉

声が硬い。たしか森本は今日は公休日だったはずだ。休みの日に職場の人間から電話があれば、やはりそれなりに身構えるのも無理はない。

「ああ、学校のことじゃないんだ。きわめて個人的なこと」

〈ああ、そうですか〉

どこかほっとしたような調子に変わった。

「たしか去年の秋ごろ、森本先生のお父さんが認知症になったとかで、病院で診てもらったって言ってたよね」

〈あ、ええ、まあ〉

仕事のことではなかったが、一転してかなりプライベートな話題になったので別の警戒心が湧いたようだ。無理もない。

「実はね――」

あまり深刻な口調にならないよう留意しながら、ここ数日の武の言動を説明した。車の運転が不安だとは言ったが、もちろん轢き逃げのことなどはおくびにも出さない。

「それで、もしいい病院があったら教えてもらおうと思って」

ネットなどで調べるより、体験者に訊くのが間違いない。それより、今はそんなことに神経を使いたくなかった。

〈そうですか。いい病院かどうかは保証できませんけど、うちの親がかかったのは――〉

森本が口にしたのは、敏明のマンションからなら車で三十分ほどの総合病院だった。認知症の検査や治療に定評があるらしいので、自分はそこを選んだと教えてくれた。

「ありがとう。おくつろぎのところ、失礼しました」

礼を言って切り、すぐに検索し、その病院のホームページをみつけた。

明日金曜日も外来を受け付けている。ブックマークに登録して、ひとまず一段落だ。明日、武を説得して病院へ連れて行く。そして、武が認知症であることと、それが明日わかったことを、病院で証明してもらうのだ。

あと二キロほどで自宅のある団地に着くというあたりで、武を降ろしたあとつけたラジオから二ュースが流れた。

〈——続きまして、東京都日の出町で起きた轢き逃げを装った殺人未遂事件の続報です〉

またそれかよと思って反射的に切ろうとしたのだが、続報というからには進展があった可能性が高い。聞きたくはないが、聞かざるを得まいと思った。

〈——四日前の三月三十一日午後、東京都日の出町の山道で、現場近くに住む吉田健一さん七十四歳が轢き逃げに遭い、大腿骨を折るなどの大けがをした事件です。警察は近くに住む、吉田さんの従弟にあたる吉田寛太容疑者七十二歳を、殺人未遂の罪で逮捕しましたが、その後の取り調べで、二人の供述に食い違いのあることが関係者への取材でわかりました。

警察によりますと、吉田寛太容疑者が『健一さんをはねたあと、すぐに自宅に戻った』と供述している一方、当時の状況を詳しく証言できるようになった健一さんは、『二度はねられた』と話しているということです〉

赤信号で停まった。サイドブレーキを引き、ラジオのボリュームを上げた。

〈——警察では、双方の主張の裏付けを慎重に捜査するとともに、別の車が通った可能性も視野に入れて捜査を進めています〉

ラジオのスポットニュースという性質上か、尻すぼみに終わった。

青信号になるのを待ち、コンビニの駐車場の隅に停めてスマートフォンでニュースをチェックした。この事件を扱った動画ニュースがあったので再生する。こちらはもう少し詳しく喋ってくれた。

〈——被害に遭った健一さんは事故とひと晩山中にいたことによるショックのため入院していましたが、ようやく事件当時のことを詳しく話せるようになったとのことです。健一さんによれば、あのあたりは路面が荒れてでこぼこしていたので自転車を降りて押して歩いているときに車にはねられた。このとき、倒れた拍子に何かに頭をぶつけ一時気を失い、少し経って意識を取り戻したところ、もう一度はねられた。一度目も二度目もにたような車で色も同じ白だったので、頭を打った自分の錯覚かと思ったが、やはり二度はねられたことに間違いない、と話しているそうです。

健一さんの自転車には何かが強く当たったと思われる傷があるものの、容疑者の車には自転車をはねたような跡はなく、また押収したドライブレコーダーの記録は削除されており、裏付けが取れない状況にあるとのことです。

捜査関係者の話では、現場は地元の人以外立ち入るような場所ではなく、偶然の事故が短時間で二度続く可能性は低い。吉田寛太容疑者が一度はねたあと、とどめを刺そうとどこかで車を乗り換えて現場に戻り、再びはねて大けがを負わせた可能性も視野に入れ、削除されたドライブレコーダーの記録の復元作業を進めるなど引き続き捜査を続ける方針です〉

停止した。香苗がこのニュースを知らなければいいなと思った。

自分から建設的意見は出さず「どうするの、どうするの」と訊くだけが関の山だからだ。

23

今日は新学期前最後の平日で、出勤予定日だったが休むことにした。

補講はないし、有休の消化だから査定にも響かない。もちろん、武にかかわる山積した問題を処理するためだ。昨夜も布団には入ったものの、今後のことをあれこれ考えていたら、熟睡できなかった。香苗は何か感じたようだが、あえて訊いてはこなかった。

白葉高校では、連絡窓口担当の職員は朝の七時に出勤する。午前七時をまわったところで、ゆっくりめに摂(と)っていた食事を中断し、電話を入れた。

「大槻ですが――」

父親の体調がよくないので病院へ連れて行きたい。せっかくなので、以前から調子の悪いところをじっくりと診てもらいたい。ゆえに今日一日休ませて欲しい。そんな趣旨で教頭宛てに伝言を依頼した。

以前にも似たような理由を使ったことがあるが、武の経歴については校長や教頭も知っているので、「それはどうぞお大事に」という扱いだった。今回もそれで済むだろう。

実際は、認知症ではないかと思われるほかは、武はいたって元気だ。月に一度ほど高血圧の経過観察と薬を処方してもらいにかかりつけ医へ行くほかは、ほとんど病院には縁がない。方便といえば聞こえはいいが、その打算的な思考回路に我ながらがっかりする。自分は元から、こんなに平気で嘘がつける人間だっただろうか。

たしかに、妻に対しても、ばれたら離婚騒動になるような嘘をついたことはない。しかしそれは正直者だからというより、浮気をしたりギャンブルで大穴を開けたりといった、思い切った行為ができない小心な人間だからだ。嘘をつかないというより、嘘をつく必要がない生活を送ってきた。

「お義父さん、大丈夫？　わたしも一緒に行こうか？」

妻の香苗が、テーブルの向こう側からそう声をかけてきた。学校への電話を終えても、箸の動きを止めたままぼんやりしている敏明を心配したようだ。

はっとして視線を上げ、妻の顔を見る。

「お義父さん、そんなに悪いの？」

心配の中にも、さぐるような気配を感じる。香苗には「親父の調子があんまりよくないみたいだから、病院へ連れて行く」としか説明していない。肝心なことは何も話していないのだ。昨日、秋川渓谷で見たもののことも。そんな敏明のうしろめたさを、敏感に感じ取ったのかもしれない。

「そうじゃないんだ」と無理に笑った。「人数の少ない日に休むから、少し大げさに言っておこうかと思って」

そう言ってみたが、香苗はあまり納得していないようだ。

「でも、あなたなんだか昨日はすごく疲れてたみたいだし。一人だと心配じゃない？」

「いや。いいよ。大丈夫だから。そっちも仕事があるだろう？」

「仕事は、連絡すればなんとかなると思うけど」

「でも、やっぱりいいよ。この先、もっと病状が進んで、手に負えなくなったら頼むかもしれない」

「そう」

うなずくと、香苗は自分の食べ終えた食器を下げに立った。

香苗の両親には今のところその兆候はないようだが、武の認知症については親身になって心配してくれている。だが、そんな日常の延長線上にある憂慮など吹き飛ぶような、もしかしたらとんでもない爆弾を抱えていると知ったら、どんな顔をするだろうか。

しかし話そうとは思わない。少なくとも今は。なぜか？　香苗が知ったら、迷わず「警察に通報」するからだ。そうなったら、自分のキャリアは終わってしまう。

あれは、あんなものは存在してはならないものなのだ。

「お茶、飲む？」

香苗の問いかけに「頼む」と答えて、テレビの電源を入れた。確認というより怖いもの見たさだ。

ＮＨＫではニュースの時間だが、今日は目玉となる大きな事件などがないのか、数日前に九州で起きた多重衝突事故の続報をやっている。あまり見たい内容ではないが、そのままにする。次に地球の裏側で起きている戦争の話題が出て、やはりそれが来た。

〈先月三十一日に東京都日の出町で起きた轢き逃げ事件について、逮捕された容疑者があらたな供述をしていると、警察の発表がありました。それによりますと……〉

リモコンを向け、電源を落とした。

食事を終え、テーブルに置いたノートパソコンを起動する。

病院についてもう少し調べるためだ。

武の病院の問題は、さすがに「行ったふり」というわけにはいかない。実際に診察を受け、診断書をもらわないと意味がない。今後、事態が悪化したり思わぬ展開になったときのために「父親の異変に気づいてすぐ、打てる手は打っていた」と、世間へ向けて言いわけの材料を作るためだ——。

その身勝手な発想に自分でもあきれるが、これを単なる「保身」と呼ばれたくないという気持ちもある。

ここ一日、二日で俄（にわか）に知識を得て、昨夜もネットで調べた。もしも本当に武が認知症で、それが進行するようであれば、最終的に『東京都認知症疾患医療センター』として指定されている病院にかからねばならないようだ。

しかしこの指定を受けている病院は、いずれもいわゆる「二次医療機関」という位置づけにあり、基本的に紹介予約制となっている。つまり、まずはかかりつけ医ないし近所のクリニックなどで診てもらい、その紹介状を持って受診する、というシステムだ。

次に、「認知症」「病院」で検索すると、七峰市周辺だけでも思った以上の数がヒットした。受診者やその家族の気持ちを考慮してか、「メモリークリニック」とか「もの忘れ外来」といった、ソフトな名称で呼ぶところが多いようだ。これまであまり意識したことがなかったから、街中で看板などを見ても記憶にとどまらなかったが、やはり今は需要が多いようだ。

ずらっと並んだリストの中に、同僚の森本から聞いた『七峰中央病院』の名もあった。昨日のうちに、スマートフォンで概要は見たが、念のためホームページを開いて詳細を確認する。紹介状なしの外来も受け付けている。

しかし、《もの忘れ外来は完全予約制》となっている。しかも初回は電話だ。受付開始は午前九時、まだ一時間以上ある。

それまでやりたいこともあるが、ひとまず武のところへ顔を出すことにした。病院へ行こうとは言ったが、今日行くとまでは約束していない。香苗が淹れてくれた日本茶を急いで飲み、家を出た。

車で武の家へと向かう。庭の隅に車を停めると、すぐに武の車をチェックした。

「あっ」

すぐにわかった。前面バンパーの、中心よりもやや左寄りのあたりが大きくへこんでいる。フロントグリルのプラスチック部分も割れている。しかし、ライトは無事だ。道路を走っていて信号待ちなどのときに、すぐ前の車の後部がこうなっているのを見かける。

武は「何かを轢いた」というようなことを言っていたが、これは石や枯れ木を踏んだような跡ではない。あきらかに何かにぶつかった跡だ。さすがに立っている人間を撥ねたとは思えないが、子熊や猪、そして——そして、四つん這いになった人間に当たった可能性は考えられる。

しゃがんで顔を寄せ、よく観察する。素人目には、人間も含めた動物に当たったようには見えない。念のため周囲をぐるりと回り、ほかに傷がないか確認した。例の擦り傷はたくさんあるが、これほどはっきりしたへこみは一か所だけだ。

そのまま玄関に向かい、インターフォンを鳴らし、返答を待たずに引き戸を開けた。

「あがるよ」

靴を脱いで奥へ進む。武はいつものテーブルで何か資料に書き込んでいたが、顔をあげて「おう」とだけ挨拶した。手元脇の皿には、コンビニで買ってきたらしい食べかけのサンドイッチが載っている。

「車、ぶつけたの?」

武が手元の書類から顔を上げた。

「車? ああ、前のバンパーか」

「うん。けっこうへこんでるよね。あれが、秋川渓谷で何かを轢いたかもしれないって言ってた跡?」

「そうかもしれない」

「何よそれ。かもしれないって、どういうこと？」

「もう説明したが、あの時の感覚は、当たったというより、乗り越えた感じだった。だから、あんなふうにへこむはずはない」

「そういう大事なことは、昨日のうちにちゃんと言ってよ」

「まあ、たしかにそうなんだが、言ってみてもしかたないという気がしてな」

　この問題をこれ以上追及しても、進展はなさそうだ。

「秋川渓谷以外のどこかで何かにぶつかった記憶——メモはない？　電柱とかポールとか」

「ない。秋川でなければ、夜のあいだに誰かにやられたんだ」

　またそれか。それ以上怒る気がなくなった。そう思ったとたん、武がさらに神経を逆なでするようなことを口にした。

「それより、昨日も思ったが、敏明、おまえ大丈夫か？　何かあるのか？　学校でトラブルか？　幹人のことか。幹人のことなら——まあ、いいか」

　こちらの感情が不安定だからやめておく、とでも言いたげだ。

　深呼吸をした。一気に深く吸い、細めた口からゆっくり長く吐く。それを二回やっただけで、激(げき)昂(こう)がずいぶんと収まった。

「幹人のことは関係ない。それに、たしかにいろいろトラブルを抱えているけど、今はぼくのことはどうでもいいよ。ことここに至ったからには、隠し事をせずに教えてもらえないかな」

「何が至ったって？」

「西尾千代子のことだよ」

武の表情が少しだけ曇った。

「なぜ彼女の話題が出る」

秋川渓谷で敏明が見たものについては伏せたままなので、そこは説明しづらい。むしろ、切り離したほうが流れがいいかもしれないと思った。

「ややこしくなるから、日の出町や秋川渓谷のことはひとまずおいておく。あの西尾っていう人は一月の途中で講座に入ってきたんでしょ」

無言なのは認めているということだ。

「まだ、二か月半程度だよね。それにしては、何度もドライブに行ったりして少し普通の感覚ではないと思う」

「なんだ、普通の感覚とは」

それならばと、ずばり訊いた。

「まさか、変な約束なんかしていないよね」

「変なとはなんだ」

ひとつ深呼吸を挟む。

「財産を残すとか、そういうことさ」

武は小さく肩を上下させて笑った。

「おそらく、そんな勘ぐりをしているんじゃないかと思っていた。香苗さんあたりに言われたのか」

「誰が言ったとかそういう問題じゃない。今、そういう詐欺もどきの……」

「わかった。わかった。おまえたちの言いたいことはわかった。こんなことを話題に出すのは彼女に失礼だと思うが、そういう疑いを抱いているならはっきり言っておく。あの人とのあいだで、結婚だの財産だのという話題になったことは一切ない、おれもこの先話題にするつもりはない。そもそも、そういう間柄ではない。ノベじゃあるまいし」

「誰？」

「いや、おまえには関係ない」

「とにかく、籍を入れるとか土地をどうするとか、そういう話にはなってない？」

「ない」

どこかで聞いたような名前が気になったが、細かいことはいい。言いたかったことをはっきりと言い、聞きたかった答えを聞けたので、いくぶん胸はすっきりした。

「それよりおまえ、学校は行かなくていいのか。今日は休みか」

再び自分の作業を始めた武が他人事のように言った。

「そんなことより、今日は病院に行こうよ。べつに難しい検査とかするわけじゃなくて簡単に済むらしいから、一度診てもらったほうがいいよ」

どうせ最初は拒否されるだろうと思っていた。その場合に説得するための口上を、何通りか考えてもきた。しかし、意外なことに武はあっさりと「たしかにそうだな」とうなずいた。手にしていたペンをテーブルに転がし、椅子の背もたれに体を預けてのけぞるようにした。

「自分の意思で行けるうちに行っておいたほうがいいかもしれん。何をされているのかわからなくなってから連れて行かれるよりも」

　これも、嫌味で言っているのではなさそうだ。いちいちがこんな口ぶりになってしまうのは、長年身についたもののせいだろう。

「九時になったら、病院に予約の電話を入れるから」

「わかった」ここも素直にうなずく。

「それまで、ちょっと車を見せてもらっていいかな」

「ああ。キーは玄関のキーボックスのところだ」

　了解、と答えたが、敏明はすでにキーをひとつ持っている。中学校に侵入しようとして警察沙汰になった日に預かった。いっそもうひとつも持ち帰りたいぐらいだ。

　武がテーブルに置いたスマートフォンを軽くタップすると、声が流れ始めた。ハンズフリーの電話かと思ったが違った。

「◯時◯分、市役所の××より電話あり。来月の講座の時間に関して――」

　メモ代わりに録音しておいたものを再生し、それを例のノートに書き起こしている。

　手元にノートがなくて咄嗟に書き留められなかった場合、ひとまずああして吹き込み、あとでそれを書き起こすのだろう。やるなら徹底するのが武だ。

　玄関で少し迷い、結局キーは取らずに庭に出た。

　車の状態を、もう少し詳しく調べてみたい。

　やはり、バンパーがへこんでいる。

しかし落ち着いてよく見れば、やはり人身事故ではないように思えてくる。電柱や樹木にぶつけた可能性はやはりありそうだ。以前、事故車の写真を見たことがあるが、歩行者を撥ねた車は、フロントガラスにまでその痕跡が残っていた。武の車は少なくとも一週間以上は洗車をしていないように見えるし、フロント部分だけ綺麗に拭き取ったようにも見えない。

そんなことを考えながら、へこんだ箇所を指先でなぞってみた。

それにしても、こんなにへこむほど〝何か〟にぶつけたなら、それなりの衝撃はあったはずだ。すくなくとも、運転していたなら自覚しただろう。

そしてまたあらたな疑問が湧く。

エアバッグは作動しなかったのだろうか――？

幸い、敏明は今までエアバッグの世話になったことはないが、たしかあれは一度作動してしまうと、ディーラーに持ち込まなければもとに戻せなかったはずだ。

ならば、エンジンを切っているときにへこんだ可能性もある。だとすれば、「秋川渓谷では石か何かを踏んだだけ、バンパーのへこみは夜のあいだに誰かにやられた」という言い分も可能性としてありうる。

そこまで考えて、ある嫌な発想が浮かんだ。

ここに、たとえばタオルなどを厚めに当ててハンマーや石で叩くのはどうだろう。それならば「誰かにやられた」という武の主張と矛盾しない。

正面のへこみはひとまずおいて、ボディ側面を見た。例の自転車とぶつかったのではないかと疑った、やや深めで長い傷はそのままだ。ふたつ合わせると相当雑な運転をするドライバーに思える。

駐車場で隣に停めたくないタイプだ。

　次にドアを開け、運転席に座り、まずはエアバッグのあるあたりを確認する。うっすらほこりが積もっていて、やはり最近作動したようには見えない。

　次にエンジンをかけてみた。スムーズに始動する。警告灯やメーター類にも異常はなさそうだ。続いて、ドライブレコーダーをチェックする。そもそも電源が入っていない。先日、敏明がカードが抜かれていることに気づいたときのままだ。新しいものを買ってきて入れようと思っていたのだが、次々に問題が起きて、うっかりしていた。念のためイジェクトボタンを押してみるが、やはり入っていない。

　あらためて思うが、これは証拠隠滅のためだろう。一度抜いて都合の悪いデータを削除してから、あるいは初期化してからカードを戻しておけば、誰かの作為が証明されてしまう。それならば「武がどこかへやってしまった」ということにしておいたほうがいい。それに、日の出町の事件のニュースでも言っていたが、データを削除しても警察では復元できるようだ。

「誰か」などと仮定してみても意味はない。そんなことをするのは西尾千代子以外に考えられない。彼女ならいくらでも機会はあったはずだ。もはや、あの女が絡んでいるかどうかではなく、あの女の目的は何か、という段階になっている。あの女はいったい何を企んでいるのだろう。武は「結婚だの財産だのという話題」になったことはないと断言した。信じたいところだが、詐欺師は詐欺師ですという札をぶら下げていないとよく言う。

　それらしい素振りを見せないのは、あの女にとっては、まだ仕込みの段階だからかもしれない。

　何年か前に流行語にまでなった、あの系統の犯罪ではないのか。つまり、資産家の高齢独身男性に取り入り、結婚ないしは事実婚状態に持ち込み、証拠が残らないように本人を始末して遺産を手にする。その資金を元手にもっと金持ちの男を狙う――。

あまりに若い、歳の差のある女が近づけば周囲はもちろん、本人も多少は警戒する。しかし、西尾千代子のようなある程度歳のいった落ち着いた雰囲気の女であれば、警戒心も薄れるのではないか。それに、店で会ったときの印象ではあまり金に困っていそうには見えなかった。

「ママ」としての人気もありそうだ。市役所が主催する市民講座でなら、目立つ存在かもしれない。男というものは、自分の好みであるかどうか以上に「皆が取り合っている」女性には本能的に惹かれるようにできているのだと、ドキュメンタリー番組でやっていた。

その一方で、「資産目当て」という動機に疑問も持っている。

たしかに武名義の土地をすべて売れば〝億〟に届く程度の金額にはなるだろうが、その程度の金額のために、こんなに手間をかけるだろうか。まして、武は気難しい。

仮に婚姻まで持って行ったとしても、遺言がなければ法定相続の割合は敏明と二分の一ずつだ。敏明が反対すれば不動産をすんなり売ることもできないだろうし、泥仕合になる可能性もある。仮に財産をすべて譲るというような遺言を書いたにせよ、敏明に四分の一の遺留分はある。現金資産はたかが知れている。

敏明から見ても、西尾千代子はたしかに年齢の割に色香はあるし、男心を引く手管にも長けていそうだ。だからこそ、武などではなく、もっと現金化しやすい資産のある、面倒くさそうな家族のいない相手を選ぶのではないか。古い町だからこその、騙しやすい手ごろな資産家がごろごろいそうだ。

金品が目的で近づいたのではないとしたら、なんのために？　まさか本気で武に好意を？

妄想を破ってセットしておいたスマートフォンのアラームが鳴った。午前九時だ。

シートに座ったまま、七峰中央病院の代表番号にかけた。用件を伝えると、午後三時三十分からの枠をとってもらえた。

機械音声ではないかと思うほど事務的に〈健康保険証をお持ちください〉と念を押された。

これで予約は取れた。しかし午後の三時半だ。それまで何をして時間をつぶせばいいのか。延々、武と夜中のドライブの是非について語り合うわけにもいかない。かといって、目を離せばまたどこかへ行ってしまう恐れがある。いくら春休み中とはいえ、そして有休も代休も溜まっているとはいえ、そうそう休みをとるわけにはいかない。せめて初診だけでも今日のうちに済ませてしまいたい。

それはそれとして、今後はどうしようという悩みも頭をもたげる。小さな怪我や風邪とは違う。一、二度通って済むものではないだろう。延々と――場合によっては武の寿命が尽きるまで――続く、果てしなく長い道かもしれない。

いや、そんな遠い先より当面の運転だ。キーを二つとも取り上げることは可能だろうが、そんなことをすれば、武のことだからレンタカーを借りるなどの手に出るだろう。根本的な解決にはならない。頭が痛いとはこのことだ。

香苗に協力を頼むしかないのかもしれない。

ここ数日の、香苗の心配げな顔が浮かぶ。何か言いたそうで呑み込んでいたのも、夫婦だからわかる。おそらく「何か隠しごとをしていない？」とでも問い詰めたかったのではないか。今日も一緒に来てくれると言ったが、敏明のほうから断った。しかし、今後二人三脚で乗り越えてゆくなら、折を見て打ち明けるしかないだろう。

　コンコン。

　窓を叩かれて、武が立っていることに気づいた。うなずいてドアを開け、降りる。

「今、病院の予約をしたよ。午後三時半からの枠。まだだいぶ時間がある」

「そうか。悪いな。何か持って行くものはあるか」

「保険証ぐらいだね」

「それなら持ち歩いてる」

　これという用事があったわけでもなさそうで、敏明と並んで玄関へ向かって歩く。

　そのとき、突然その考えが浮かんだ。

「昨日行った秋川渓谷のあの場所へ、もう一回行ってみない？」

　立ち止まった武がこちらを見る。

「これからか？」

「急げば、診察までには戻れる」

　武は敏明の顔をちらりと見て、庭の一角にある二坪ほどの何も植わっていない土地に視線を向けた。敏明の母親、弘江が生前家庭菜園の真似事をしていた土地だ。せいぜいミニトマトだのさやえんどうだのが収穫物だった。母の死後、たまに雑草を抜く程度でそのままになっている。

「わかった」

　武なりに思うところがあったのか、理由を訊かずにうなずいた。

24

秋川に向かって都道を北上している。道はほとんど混んでいない。

ここ数日、込み入った話をする機会が多かった反動か、今はどちらも口を開かない。

静寂を埋めるのはラジオから小さく流れる声だ。静かすぎては気詰まりなので敏明がつけた。ボリュームは落としているが、ニュースが始まりそうな気配がすると他局に変える。

助手席に座った武は、例の備忘録とはまた別のノートを膝の上に広げている。ときおり視線を落としてはすぐに顔を上げ、ぶつぶつつぶやきながら窓の外を見る、というようなことを繰り返している。次回の講義のシミュレーションでもしているのかもしれない。

このドライブのことは、香苗に言っていない。そもそも、昨日見た〝あれ〟のことも話していないのだ。

なぜまた現場に向かおうとしているのか。もちろん、〝あれ〟が何であるのかもう一度、たしかめるためだ。よく「犯人は現場に戻って来る」という。それに近い心境かもしれない。仮に、そうだとしても〝犯人〟は武だ。

正直にいえば、武の今後を心配しているのではない。本人は罪を軽減される可能性がある。いや、このスピードで症状が進めば、罪に問われていることも認識できなくなることもあり得る。

心配なのは自分のことだ。今の職を失い、二度と教職にはつけなくなるという強迫観念だ。職に就いてわずか二年目、自分にまったく落ち度がないと信じている交通事故で、中学の教員を辞めるはめになった。万が一、武が轢き逃げをしたなら、そしてそれをこの自分も把握していたことが知れたら――。

何度でもその二文字が浮かんでくる。「破滅」だ。

それだけではない。あの胡散臭い女、西尾千代子が絡んでいる可能性が大きい。沈黙しているということは、本当に古木でも踏んだか、あとで強請ろうと温めているのか。それを確かめずにはいられない。あんなところへもう一度見に行くなど愚かだとわかっていても、そうせずにはいられないのだ。

「そうだよ。どうせ小心ものだ」

あまりにそのことばかり繰り返し考えていたので、つい言葉になって漏れた。

「何か言ったか？」

「いや、なんでもないよ」正面を向いたまま答えた。

敏明の運転で、敏明の車で、昨日と同じ道をたどる。今回のことがなくとも、このあたりは何度も通った道であり、見慣れた景色だ。

「家族とはうまくいってるのか」

唐突に武が訊いた。さきほども似たようなことを訊かれた覚えがある。それだけ心配しているのか。それとも、もう忘れてしまったのか。ならば答えても意味がないと思えてしまう。

「どういう意味？」

視線を前方に据えたまま問い返す。

「香苗さんや幹人とうまくやっているのか、という意味だ」

もちろん、言葉の意味は理解できる。どうしてそんなことを訊くのか知りたかったのだ。

「まあ、そこそこうまくいってると思うよ」と答えた。ほかに答えようもない。ただ「幹人は多少反抗期気味だけど、あんなもんでしょ」と付け加えた。

「そうか」

これもまたどういう意図の「そうか」なのかわからなかったが、関心としてはその程度だったようだ。ならばとこちらから訊く。

「そういえば、幹人はよく泊まりに行くの？」

「よくというのがどの程度かわからないが、ときどき来る。昨夜も来たぞ」

「昨夜も？　何しに？」

武が、こういう会話の際にしてはめずらしく笑った。

「祖父の家にくるのに『何しに』はないだろう」

「だけど――あいつは、スマホでゲームやってるだけの落ちこぼれかと思ってた」

「そんなことはないぞ。色眼鏡を捨てて見てやったほうがいい。学校で若手にそう指導していないか」

嫌みを言われて、続ける気は失せた。たしかに、香苗がときどき指摘するように、自分は冷たいのかもしれない。

高齢ドライバー問題にしても、今までどこか他人事だった。いってみれば「地球温暖化」と同じで、たしかに我が身にもかかわることだし重大事ではあるが、考えてみたところでしかたない。そんなふうに捉えていた。しかしこれは「あちこちで起きている」などというレベルの問題ではない。

よほどの大都市の、しかも駅周辺などを除いて、日本中が抱えている問題だ。

〝現場〟が近づいてきた。もうすぐ例の三叉路、というあたりで一台のパトカーとすれ違った。一瞬身を固くしたが、向こうは止まることなく走り去った。

「なんでもないさ」と自分に言いきかせる。街中でよく見かける、コンパクトなタイプのパトカーだ。このあたりも見回っているのだろう。

三叉路を渓谷側に折れる。

あのあと、地図検索サイトでこのあたりを詳しく調べた。折れてすぐに、道はさらに二股に分かれ、右へ行けばマス釣り場やキャンプ場などがあるが、問題の左側の道は、地元の人間しか通らないような山道のようだ。武はその分岐点を間違えたのだろう。

昨日通ったばかりの道なので、間違えようがない。ほどなく民家は少なくなり、一気に山道の気配になった。もうすぐだな。そう思ってカーブを曲がったときだった。

「あっ」

ブレーキを踏む。助手席の武も、声は出さないが視線を前方に向けている。

しまったと後悔する。やはり、さっきパトカーを見かけたときに引き返せばよかった。小心者はクレバーなはずではなかったのか――。

もともと狭い道を塞ぐ形で黄色いテープが張られ、風を受けてひらひらと揺れている。警察だ。さっきの一台だけではなかったのだ。

見張り役らしい制服警官がこちらに気づき、右手に持った赤い棒と左手を交差させて、×印を作った。通行止めという意味だろう。その向こうには、無音のまま赤色回転灯をつけたパトカーが、二台、いや覆面らしいものを含めると三台停まっている。ここから見えないだけで、もっといるかもしれない。

制服や私服の警官らしき人物と、テレビのニュースやドラマなどで見る青い制服を着た鑑識の職員も忙しそうに動き回っている。

見つかった――。

それ以外のことが考えられない。頭が真っ白になるとはこういう状態のことを指すのだろうか。見つかった。見つかった。見つかった――。

短い単語が頭の中をぐるぐると回っている。

「警察が来ているな」

武が抑揚のない声を吐いた。

いきなり走り去ったらおしまいだと、歯を食いしばる思いでその場に留まった。

「行き止まりならしかたない」という雰囲気でUターンしようとしたとき、見張り役の制服警官がこちらに近づいてくるのに気づいた。目を合わせずにすぐに立ち去るのだ。

ギアをバックに入れようとしたが、あわてているせいかレバーが動かない。

「あれ、あれ」

がちゃがちゃやるうち、あっという間に警官が窓の脇に立った。手振りで、ウインドーを下げるように言っている。さすがに今さら逃げてはまずい。指示されたとおりにする。

下ろした窓枠からのぞき込むようにして、警官が話しかけてきた。

「この先にお住まいのかたですか」ちらりと武のことも見た。

「あ、いえ。ちょっと通り抜けようと思いまして」

「今、通行止めなんですよ。迂回していただけませんか」

そう言って、さっきの分岐点を説明した。怪しんでいるようすはない。

「ああ、はい。わかりました」

気持ちが急くことに変わりはないが、今の会話で少し余裕が生まれた。あらためてブレーキを踏み、レバーを〝R〟の位置まで押し上げる。

野次馬のふりをして、「何かあったんですか」と訊いてみたい衝動にかられた。しかし、危険すぎる。長く停まっていないほうがいい。職務質問されたりすれば、武が何を言い出すかわからない。

慎重にアクセルを押し込んで、その場で切り返しをする。その様子を、制服警官は疑う気配もなく見ている。

「どうも」

声をかけ、会釈し、オートでウインドーを上げながら、出発しようとしたときだった。

ルームミラーに、黄色の制止テープをくぐって、スーツ姿の男が一人駆け寄ってくるのが見えた。手を上げて「待て」の合図をしている。

顔からというより、脳味噌から血が引いてゆく感じがした。

気づかなかったふりをして走り去るか？　いや、すぐにパトカーで追ってくるだろう。何があったのかもわからないのに、逃げたらおしまいだと考える冷静さはあった。

しかしどうする？　とぼけるのか。嘘をつくのか。正直にすべて話すのか。今、決めろ。即断だ。

迷っている時間はない。

私服刑事らしい男は、最初に敏明の車の前方をのぞき込んだ。武の車で来なくてよかったと、心底思った。顔を上げた男は、軽くボンネットを叩いてから手のひらを上下させて、またウインドーを下ろすよう指示している。

「通行止めというのは聞きました」

愛想よく答えたつもりだ。

「ちょっとした事故がありましてね」刑事らしき男はそう答えた。ほとんど無表情だが、こちらもかすかに愛想笑いを浮かべている。「このあたりにお住まいですか」

制服警官と似たような質問だが、意図はまるで違って感じる。

「いえ、ちょっと通りかかっただけです」

「どちらにお住まいで？」

「七峰市です」正直に答える。

「七峰——結構離れていますね」

男の目に、かすかに疑念の色が浮かんだように思えた。気のせいかもしれない。

「奥多摩のほうへ行こうとしたんですが、なんとなく懐かしくなってつい寄り道をしてしまって」

「懐かしい？」

「はい。昔、家族とこのあたりに紅葉狩りに来たことがありまして」

「ああ、紅葉狩り。そうですか」

うなずいているが、どこまで信用したかわからない。

「ちょっと免許証を拝見できますか」

どんどん血の気が引いてゆく。白い顔をしていないだろうかと気になる。

「あ、はい」

後部シートに置いていたバッグを手にしたところまではよかったが、財布を出そうとして中身をバラバラと撒(ま)いてしまった。スマートフォン、三色ボールペン、メモ帳、アルコールスプレー、ティッシュ。

「大丈夫ですか」

「はい。ええと、ありました」

財布の中から免許証を抜いた。その動作の途中で武と目が合った。

その表情を見て、ぎょっとなった。武の顔から表情が消えている。あせり、怒り、そういった感情がまったく表れていない。愛想笑いや好奇の色ももちろん出ていない。

「免許証です」

財布から抜いたそれを提示する。受け取った刑事は、さっと目を通し、裏面を確認してから返してよこした。ちらりと武に視線を走らせ、敏明に向かって質問した。

「ここ数日のあいだに、この道を通りましたか？」

「いいえ」あっさりと否定し、首を左右に振った。

あまりに早すぎただろうかと心配になる。同時に「親父、余計なことは言うなよ」と祈る。

「さっきも言いましたが、ここへ来たのはずいぶん久しぶりです。キャンプ場の下見をしたかったので、道を間違えたみたいです」

「ああ、なるほど」

うなずきながら、やや前かがみになっていた身を起こした。先ほどの警官と同じ道を指した。

「そこの道を少し行くと、二手に分かれます。キャンプ場へ行くなら、そこを左ですね」

「わかりました。ありがとうございます。そっちへ行ってみます」

「お気をつけて」

男が車から離れたのを合図に、アクセルを踏み込んだ。ルームミラー越しに、男が小型のデジタルカメラで敏明の車のナンバーを写すのが見えた。

25

もちろんキャンプ場などへは向かわず、来た道を戻った。

途中、周囲に民家もない道端に車を停めて、首筋や額に浮いた汗を拭った。背中も濡れて気持ち悪いが、それは今はしかたがない。

突然、武が淡々とした口調で言った。

「何かあったんだろうか」

「何が？」

「いや、警官が何人もいただろう、こんな山の中に。何かあったのかと思ってな」

武の横顔を見た。表情が消えた顔つきのままだ。こんなときは、無理に記憶を引っ張りだそうとしないほうがよいのかもしれない。

「遭難者でも出たのかな。まあ、すぐ見つかるよ」

「そうだな。それほど険しい山でもないし」

それでこの件の会話は終わった。終わりにした。

ほどなく、都道に出た。そのまま七峰市方面へ向かう。

「少し早いけど、どこかに寄って飯でも食おうか」

食欲はなかったが、ひと息入れたかった。路肩やコンビニの駐車場ではないところで。

「そうだな」武もあっさりと同意した。

やがて広大な敷地で有名な墓地に近づき、墓参客目当ての飲食店がちらほら姿を見せた。その中から、駐車場が広めの蕎麦屋に入った。まだ正午まで一時間近くあるので、駐車場もがらがらだ。

あまりこってりしたものは喉を通りそうにない。蕎麦あたりがちょうどよいだろう。

「いらっしゃいませ」

広い店内の奥まった四人掛けのテーブルに案内された。

敏明は温かい山菜そばを、武は鴨南蛮を頼んだ。

武がトイレに行っているあいだに、スマートフォンでネットニュースをチェックする。警官に出会ってからラジオは切ったままだった。もちろん、不意打ちのように流れるニュースが怖いからだ。

そしてそれに対する武の反応が怖いからだ。

警察が来ている以上、ニュースにならないわけがない。案の定、それはトップニュース扱いだった。

《秋川渓谷で遺体発見》

かすかに持つ手が震えていることに気づいた。記事本文を読む。

今朝早く、警察に「秋川渓谷の支流へ下りたところに人のようなものが横たわっている」という通報があり、示された場所に警官が行ったところ遺体を発見した。やや高齢の男性だが、身分を証明するものはなく、詳しいことはわからない。一部、野生動物に齧られたような跡もある。警察は、行方不明者届などを基に身元の確認を急ぐとともに、事故と事件両面から捜査している——。

　概要としてはそんなところだ。最後の一文が目に焼きついた。

《なお、現場から直線距離にしてわずか七キロほどの場所で、先月三十一日に、事故を装った殺人未遂事件が起きたばかり》

　武がトイレから戻ったので、あわててスマートフォンを伏せて置き、メニューに視線を落とした。それを眺めるふりをしながら、考えを巡らせる。

　強く思ったのは《轢き逃げ》という文字がどこにもなかったことだ。

たしかに、死体が今朝見つかったばかりなら、詳しい死因などはまだわかっていなくて当然だ。どう考えてもあの時刻に解剖まで済んでいるとは思えない。もしも、武がなんらかの形でかかわっていたとしたら一昨日の午後から、そうでないとしても少なくとも昨日の午後三時ごろから、あそこに転がっていたわけだ。体が水につかっていたようだし、記事によれば野生動物に食われた跡があるという。そんな状態ですぐに「轢き逃げ」と断定できるはずもない。

　少しほっとする一方、いずれ詳しい解剖が行われたら、真相がわかるだろう。そのとき、あの場にいた敏明たちを刑事が思い出すのではないかという恐れを抱く。

　昨夜聞いたばかりの、日の出町の事件の続報を思い出さずにはいられない。被害者は「二度撥ねられた」と証言している。従弟である加害者は「一度きり」と主張している。どちらの話も本当で、なおかつ矛盾しない答えがひとつある。

二度目を別の人物に撥ねられたのだとしたら？

日の出町の事件には第二の轢き逃げ犯がいた。秋川の一件も轢き逃げだと断定されたとする。そして両方の現場は直線距離にしてわずか七キロほどだ。

マスコミは「同一犯か？」などと扇情的に取り上げるだろう。

何より重要なことは、秋川の〝あれ〟――もはや死体と判明したが――は偶然に見つけたのではなく、武が「人を轢いたかもしれない」と言い出したのが発端だということだ。

アウトだ――。

「何をぶつぶつ言ってる」

武の声で我に返ったとき、メールの着信があった。ドメイン部分は学校のもので、アカウントは《t-ootsuki》だ。これは仕事用に使っているメールアドレスで、自分宛てに来たものの転送だ。休日でも仕事がらみの連絡はくるので、スマートフォンに転送されるよう設定してある。

《知っている》

プッシュ通知で表示された《件名》を見た瞬間、スマートフォンを手から落としそうになった。テーブルに置き、三回失敗しながらなんとかパスコードを打ち込んで、メールを開いた。

《知っている》の件名に続いて短い本文がある。《日の出町の轢き逃げも、秋川渓谷の轢き逃げも知っている。自首しないなら警察に通報する》

「お待たせしました。自首しました。鴨南蛮蕎麦です」

「あ、わたしだ」

無表情な武の前に、湯気を立てている丼が置かれた。

「じゃあ、いただくか」

武が独り言のように言って箸を割る。

間をおかず、敏明の前にも湯気を立てている山菜そばが置かれた。だしの利いたよい香りが立ちのぼっているが、今はそれどころではない。

かといって眺めているわけにもいかず、箸を割った。

武は、ずずっと音を立ててすすり始めた。小さく、うん、とうなずいているのは味に満足しているのだろう。

敏明は丼の汁に箸を入れ、中から麺を挟み上げた。窓から射し込む春の日の中で湯気を立てているそれを、軽く上下させて口へ運ぶ。ゆっくりと嚙みながら、テーブルに置いたスマートフォンを、丼の陰になる位置に動かし、メールの画面にする。

《日の出町の轢き逃げも、秋川渓谷の轢き逃げも知っている。自首しないなら警察に通報する》

間違いない。見直してもそう書いてある。差出人の名とメールアドレスの「アカウント名」と呼ばれる部分は同じだ。

《njljup-1》

おそらくこれという意味のない羅列か略語かなにかだろう。考えても意味はない。

これはいったい誰なのか。

敏明の仕事用のメールアドレスを知っている人間は少なくない。その気になれば、学校の職員は全員知ることができる。学校外でも、仕事上の付き合いのある人物とはこのアドレスでやりとりしている。それ以外にもあらゆるルートから流れる可能性はある。

しかし、学校の関係者がこんなことをするとは思えない。善人だからという問題ではなく、動機が想像つかない。知人からなんらかの方法で入手した、学校とは無関係の人物である可能性はある。たとえば西尾千代子だ。武のスマートフォンには、この仕事用アドレスから連絡したことが何度かある。だから武のスマートフォンを勝手にいじることができれば、充分に知るチャンスはあったはずだ。

いや、そんなもって回った推理などしなくとも、あの女以外に考えられない。

だとすれば目的は何か。いよいよ強請りの始まりだろうか。次のメールでは、金銭的なことを言ってくるのか。

武はそんなことも知らず、淡々と蕎麦を口に運んでいる。あまり嬉しそうな表情ではないが、手を止めないということは美味いのだろう。親子二人だけでずるずる蕎麦をすするのなどいつ以来か思い出せない。こんな状況下でなければ楽しかったかもしれない。香苗にも笑顔で報告できたかもしれない。

十分ほどで、二人ともほぼ無言のまま食べ終えた。正確には武が食べ終えたところで、敏明も箸を置いた。半分以上残っている。

「なんだ、残すのか」

敏明の丼を見て武が訊いた。ただうなずく。食欲減退の理由を説明する気はない。

「そろそろ行こうか」

武に声をかけ、ぬるくなったほうじ茶を飲み干し、敏明が支払いを済ませて店を出た。

「病院は間に合いそうだな」

蕎麦屋の駐車場で車に乗るなり、ノートを広げて武が言った。口調が変わっている。先ほどまでの、心ここにあらず、とでもいった状態から元の武に戻ったようだ。

どんなきっかけでスイッチが切り替わるのか、医療に詳しくない敏明にはわからない。素人考えながら思うのは、認めたくないこと、ショッキングなことを突き付けられると、現実逃避するのかもしれないという可能性だ。本人は気づかぬままに。

「そのことなんだけど。——このあと、坂上自動車へ行こうかと思う」

「病院はどうする。あれほどしつこく、行けと言っていただろう」

やはり元の武だ。

「こっちのほうが至急案件な気がする。もしその赤い車を修理工場へ持ちこんだのなら、お父さんが言うように、修理に出したと考えるのが妥当だと思う」

「そうだな」

「目立つ赤い外車だと言ってたね」

「そうだ」これはメモを見ずにうなずいた。

「彼女の店を見た。趣味というか、ライフスタイルにこだわりがあるように感じた。もしも、エンジンの不調とか車検だとかなら、ディーラーに持って行きそうな気がする。中古で買ったのかもしれないけど、でも、ネットから受けるあの会社や、あの社長のイメージと彼女の趣味は合わない気がする」

無言なので続ける。

「視点を変えれば、むしろ似合い過ぎているとも。――こんなこと考えたくないんだけど、あそこに警察が居たということは、やっぱり何かあったのかもしれない。西尾さんがかかわっているのかどうか、かかわっているとしたらどんな事情なのか。一昨日、あとをつけてきた彼女の赤い車を運転していたのがその『坂上自動車』の社員なら、何か知っていると思う。

――もしかすると、彼女も苦境にいるのかもしれない」

あそこにあった死体とどんな関係なのか、とは言えない。

武の気持ちと自尊心を気遣った発言は功を奏した。

「ならば、おれも行こう」と武が即座に答えた。

「そうしてもらおうかな。病院は月曜にでも延ばしてもらって」

そっちの未練はない。そもそもは「家族としてやることはやっていました」と弁解するためのポーズだったのだ。武には言えないが。


カーナビの案内で『坂上自動車』へ向かう途上、武に疑問をぶつけた。

これまでの遠慮がかなり消えて、訊きたいことをそのまま口にできた。

「西尾さんのことなんだけど、憶測で悪口は言わないし、付き合うなとも言わない。だから、どういう経緯で一緒にドライブするような仲になったのか、それを教えてもらえないかな」

武はすぐには答えない。答えるかどうか、ではなく、どう答えるかについて考えているのだろう。親子なのでそのあたりはわかる。

「まあ、いいだろう。隠すようなことじゃない」

武はそう言って、途中で買ったペットボトルの麦茶をひと口飲んだ。

「知ってるようだが、西尾さんは、生涯学習センターでおれが受け持っている講座の生徒だ。念のために言っておくが、あの人はほかにも三つ講座を受けている」

武がこうして語りはじめたときは、よけいな合いの手や疑問などを挟まず、黙って聞くのがもっともよい選択だ。

武の説明によれば、西尾は熱心で真面目な生徒だそうだ。

いつも最前列に座り、武の講義をきちんとノートに取っている。生徒の中には「家にいてもつまらないから」というような理由で顔を出しに来る者が少なくないと言う。

施設には、多少抑えめとはいえ冷暖房は効いている。トイレも自由に使える。知り合いと会って話ができる。中には、それこそあわよくば「男女」の出会いがあるかもしれないなどと幻想を抱いて来る者もいるようだ。

武はそれもまたやむなしと思っていたが、西尾の熱心さには感動したという。最初の接点は、西尾が参加してから二回目の講義を終えたあとで、西尾がやってきたときだそうだ。

「先生、ちょっとお訊きしたいことがあります」

「なんでしょう」

西尾の問いとは、幕末期、七峰あたりの無名の農民が、新選組に加入して剣の腕を磨き、京で派手に切り合いをして死んだという伝説があるが、その人物の氏名はわかっているのか。もしかすると、自分の祖先ではないかと思っている。

そんな内容だった。武は即答できず、次回までの宿題とさせてもらった。

調べた限りではそのような史実をみつけることができず、素直に謝った。すると、西尾は別の疑問を用意してきた。これもまた即答できずに、宿題にさせてもらった。

すると、西尾から意外な提案を受けた。

「質問と回答のあいだにいつも一週間の間が空いてしまいます。もし先生がよろしければ、一度わたしが経営する喫茶店に来ていただけませんか。そこでなら、もっと質問したいことがたくさんあります」

武は言われるとおりにした。客としてきちんと金を払ってコーヒーを飲む分には問題はないだろうと。公共交通機関では少し遠回りになるので、車で行った。

「そうして交際が始まった」

独り言ちた敏明を、武が睨んだ。

「交際ではない。交流だ」

しかし、特別機嫌を損ねたようすもなく、その先を続ける。

「まあ、細かいことはいい。あるとき、七峰城址のことについて質問を受けた」

七峰城の跡は、敏明も小学校の遠足で一度訪れたことがある。かなり地味な旧跡で「昔ここに城があった」と言われたので、子供心に「そうなのか」と思っただけだった。

「最近、そこが話題になっているというんだ」

どういうことか尋ねると、二年ほど前にその森の中でオオタカが巣を作っていることが確認されて、今その「ウォッチング」が静かなブームになっていると説明した。武が軽く頭を掻いた。

「恥ずかしながら、野生動物には興味がなく、まったくの初耳だった」

西尾が言うには、自分は野生動物保護に関心がある。だから是非そこへ行ってみたいのだが、写真で見る限り、観察ポイントは七峰城址からさらに山に入ったところにある。ハイキングというよりはトレッキングコースに近いような印象で、正直なところ女性一人では不安もある。同行してもらえないだろうか、という依頼だった。

武はこの誘いを受けた。一緒に七峰城址まで武の車で行き、駐車場に停め、そこから徒歩でこのオオタカが巣を作ったというあたりまで山に入った。

巣の周囲は立ち入り禁止になっていたが、運がよければオオタカが舞う姿を見られるというので、バードウォッチャーやバズーカ砲のようなレンズをつけたカメラマンが、何人もいた。

「で、オオタカは見られた？」

敏明の問いに、武は首を左右に振った。とにかくそれ以来、西尾が女性一人で行くには躊躇していた場所へ、武が同行するという形が増えた。

敏明には、新選組の話題にしろオオタカの件にしろ、思うところがあったが「なるほど」とうなずいただけで、余計な意見は口にしなかった。せっかくここまで話しているのに、水を差す結果になりかねないからだ。

「夜中にも、彼女を乗せてドライブに行った？」

「いや、それはない。その程度の分別はある」

敏明は迷ったが、ここまで話したのだからと、あのことを切り出した。

「三月三十日にぼくがそっちへ行ったのを覚えてる？　三月最後の土曜日だった」

シチューを持っていった日だが、忘れている可能性があるのであえてふれなかった。

武はとっさにノートを確認している。

「ああ。おれは気づかなかったが、シチューを持ってきてもらった日だ」

「まあそのことはいいや。それでね、じつはあの日、お父さんの車のドライブレコーダーの記録用カードを、新品と入れ替えたんだ」

「入れ替えた？」

「うん。人のものを勝手にそんなことして失礼だとは思ったけど、心配だったから。背に腹は代えられないと思った。だからちょっと今はその是非はおいといて欲しい。それで、その抜いたカードを家に持ち帰って、記録された映像を確認したんだ」

「それで？」

「夜中に山梨県の大月のほうまで行ったりしてるよね。それもけっこう飛ばして。あれは何をしに行ったの？」

武の顔が再び曇った。ノートに視線を落とし、答えを探しているようだ。やがて顔を上げ、ほんの少し苦しそうに切り出した。

「調べたならわかるだろうが、あれは西尾さんとは関係ない。ただのドライブだ」

「夜中に？　まあ、何をしようと自由だけど、日中いくらでも時間があるのに、どうしてわざわざ夜中に？」

武の表情がさらに苦くなる。それほど痛いところを突いたのだろうか。事故とは別に、何か後ろめたいことでもしているのか。

「敏明ぐらいの歳ではまだわからないだろうが、不安になるんだよ」

「不安？」

「ああ、そうだ。――昼間はまだいい。気が紛れる。太陽は出ているし、田舎とはいえ人の気配もある。車も通るし、飛行機の音も聞こえる。しかし、夜のある時間帯を過ぎると、あたりから人の気配が消えるんだ。車も通らない、飛行機も飛ばない。テレビをつければ何か喋っているが、現実のこととは思えない。この世界に一人取り残されたような不安に襲われる。

それからこれは正直に認めるが、最近記憶力に自信がない。わかるか？　昨日のできごともこうしてノートを見ないと思い出せないことがある。――わかってる。この話をすると、ほとんどの連中がこう言う。『歳を取ればある程度だれでもそうなる』と。しかし、おれはまだ八十前だぞ。講座の生徒の中には今年卒寿の女性もいる。おれよりよっぽど記憶力がいい。

怖いんだよ。自分が消えていくかもしれないことが。お母さんもいない。昔は家族と暮らしていた家に、今はおれ一人で暮らしている。そのおれが自分のことを思い出せなくなったら、その瞬間におれという存在は消える。肉体は生きているのに。――そう思わないか？」

ふいに、自分の授業でしゃべったことを思い出した。「暮らす」の語源は、「暗くなるまで時を過ごす」という意味だと。

「たしかに、実感としてはわからない。茶化すわけじゃないけど、昨日の昼飯が思い出せないことなんてしょっちゅうある。だけど、自分の存在が消えるとまでは思わない」

「ほかのことが充実しているからだ」

「たしかにそうかもしれない。――そのことはわかったけど、それと深夜のドライブとどう関係するの？」

「不安が解消されるんだよ。実存だとか、そんな小難しいことを持ちだすつもりはない。夜が更けて、不安で不安でどうしようもないときに、車を運転するとほっとするんだ。生き返るような気分になるんだ。車を動かしているのは、ほかならぬこの自分だと。おれはあまり酒を飲まないが、アルコール依存症というのに似ているかもしれない」

「そんな理由だったのか」

認知機能が衰え、判断能力がなくなり、昔の人の言う〝惚(ほう)けた〟状態になって、徘徊しているのかと思っていた。

「昔、大月の三嶋神社に行ったことを覚えてないか」

「三嶋神社――？」

記憶を手繰る、手繰る、さらに手繰って思い出した。

「あっ」

その声で、敏明が理解したと武もわかったのだろう。ただ、うなずいた。

あれは敏明が小学三年生か四年生のときだった。夏休みに「自分の名字についてなんでもいいから調べてくる」という課題が出た。

敏明がそのことを武に相談すると「では、大槻家のルーツを見に行こう」と言われた。

山梨県大月市に三嶋神社というものがある。大同年間に建立というから、平安時代から続く古い神社だ。ここに昔、大きな欅(けやき)の木があった。大きな欅のことを「大槻」と呼び、これが転じてあのあたりは大月と呼ばれるようになったという説がある。そして、この神社が台風で被害を被(こうむ)ったときに、その理由まではよくわかっていないらしいが、大槻家の祖先が寄進をした。その返礼に欅の実から生えた——実生と呼ぶのだが——若木を譲り受け、やがてこの屋敷で巨木となった。それで江戸期に名字帯刀が許されたとき、大槻と名乗るようになったという。

たしかそんな趣旨だった。そして、武の運転する車で三嶋神社へ行った。

宿題に協力してもらうのはありがたかったが、小学生ではそんな昔の神社の伝説になど興味はない。ずっと居眠りしていた記憶しかない。

「もしかして、あの場所に行って見たくなった?」

武がうなずいた。

「駅からも、インターからも近い。しかし、夜中だったからうまく見つけられずに前を素通りしてしまい、結局寄らずに帰ってきた」

そうだったのか。たしかに深夜の走り屋ではあるが、〝徘徊〟ではなかった。目的地はあった。どうにも消せない不安を紛らわせるためだったのだ。

事情はわかったが、事故のこともう少し詰めておかねばならない。

「その気持ちはわかった。でもね、やっぱり病院で一度診てもらったほうがいいと思う。別に恥ずかしいことじゃない。それこそ、だれもが通る道だと思う。もしかしたら、進行を止められるかもしれない。そうすれば、長く車に乗れるかもしれない。——それはそれとして、事故のことをもう少し訊きたい。そのあと、こんどは四月一日に香苗と二人でお父さんのところへ行ったね。それは覚えてる?」

「そうだったかな。ああ、たしかにな」納得したのかうなずいている。

「あのとき、けっこう派手な傷が左側についているのを指摘したね」

武はさっとノートに視線を落とし、指先でなぞってからうなずいた。

「たしかにそう言われた」

「そして、あれには覚えがないって言ってたよね」

「かもしれない」

この「かもしれない」は、記憶があいまいなせいではなく、はぐらかそうとしているのがわかる。

「正直に教えてよ。あの前の日も乗ったんじゃないの。ドライブに行ったんでしょ。そのときにぶつけたんじゃない？」

また長めの沈黙のあと、いかにも苦し気に答えた。

「乗った、と思う」

「思うってどういうこと？　得意のそのなんでも書いてあるノートに記載はないの？」

我ながら意地の悪い言い方だと思った。武は腹を立てたようすもなく、ぼそっと答えた。

「ないんだ」

「ないって、記憶が？」

「まあ、それもそうなんだが、ノートのそのページがない」

「どういうこと？」

「おそらく、自分でいらないと思ってちぎって捨てたんだ」

こんどはこちらがしばらく黙って考える番だった。

「ぼくも言いたくないし、そっちも考えたくないだろうけど、それは誰かが破いたと考えるべきだと思うよ。ぼくが持ち帰ったカードのファイルがところどころ削除してあったのも、その後新品のカードを抜き取ったのも、ノートのそのページを破り取ったのも、同一人物だよ。――そして、お父さんがあの日のことになると口を濁すのは、本当は覚えているからじゃないの」

〈目的地周辺です〉

タイミングのことなど何も考えないカーナビが、親切に教えてくれて、会話は突然終わった。

26

派手な看板のおかげで『坂上自動車』はすぐに見つかった。

道路に面して開放的な構造で、向かって右手は作業場の建物、左手がやや小ぶりな事務所建物という、市街地から少しはずれたあたりでよく見かけるタイプの工場だ。

そのとき、武が工場と違う方向を見て「あれは――」とつぶやいた。

反射的に、その視線の先に目をやった。宅配便のトラックがハザードランプを点滅させて停まるところだった。

「あのトラックがどうかした?」

「いや、なんでもない。勘違いだ」

「あ、そう」このところ、あまり深く訊き返さないようになった。「それじゃ、見てみようか」

まずは、敷地の前をゆっくりと通りすぎながら中を見た。よくわからない。少し先で戻って、こんどは門の前に停めた。左右の建物と来客用らしい駐車スペースは見えるが、赤い外車などないし、そもそもほとんど見渡せない。

「入ってみよう。ぼくが話をするから、お父さんはそばで黙っていて」

「わかった」

門から中に入り、来客用のスペースに車を停め、武を促して降り立った。

この会社の車が停まっている。ボディの社名も車種も、写真で見たものと同じだ。作業場では二、三人が機械音を立てて作業している。二人に気づいて「いらっしゃいませー」と声を上げた。

敷地の少し奥まった、建物の陰になったあたりに、十台以上の車が停められているのが見えた。へこみなどもあるようなので、修理待ちの車なのだろう。この位置から見える範囲には、赤い外車は見当たらない。

「ちょっと入ってみようか」

武に声をかけて、《入口》というプレートが貼ってある、事務所の引き戸の前に立った。出入口のすぐ脇に、工事現場などで見かける、スタンドタイプの赤いスチール製の灰皿が置いてある。

実は、この瞬間まで決めかねていた。和やかモードで行くか、喧嘩腰も辞さず、で行くか。

取っ手部分に手をかけ少し力を入れると、きゅるきゅるという音を立ててアルミ製の扉が開いた。

「ごめんください」

入ってすぐのスペースには三人掛けのソファがL字形に置かれ、雑誌や飴入りの容器が載ったガラステーブルがあった。壁際にはコーヒーメーカーが置かれている。客用の待合室のようなものだろう。

右手に、自動車保険のパンフレットなどが載ったカウンターがあって、その向こう側が事務所のようだ。

机が数台置かれ、作業服を着た女性の従業員が二名いる。一人はパソコンに向かってカタカタとキーボードを鳴らし、もう一人は電話口で何かを説明している。奥まった席に、五十がらみの恰幅のいい男性がこちら向きに座っていて、敏明たちを認めるなり声を上げた。

「はい、いらっしゃいませ！」

張りのある、よく通る声だ。役職はわからないが、一番偉そうな席だし、その貫禄からしてここの責任者、工場長あるいは社長ではないかと思った。

「あの人？」

囁き声で武に質すと、「たぶん」とうなずいた。西尾千代子の車を運転した男だ。

「カワモトさんよろしく」

その男の声に応じて、パソコンに向かっていた、年上のほうの女性社員が立ってカウンターのところまでやってきた。近くで見ると、敏明と同世代のようだ。胸に《河本》と印字されたネームプレートをつけている。

「いらっしゃいませ」

微笑みながら首をわずかに傾げて、用件を求めている。

「すみません。ちょっとうかがいたいことがありまして」

「はい」

あまり営業用の笑顔を向けられると、切り出しづらい。

「じつは、ここにいる父が、二日ほど前に当て逃げされまして、相手の車を探していたんですが、それがこの工場に持ち込まれるのを見たそうなんです」

にこやかだった奥の席の男が、武に視線を走らせるのが見えた。急にその顔から笑みが消えた。

「河本さんは仕事にもどって」

河本にそう声をかけ、自らがカウンターまで来た。こちらは《坂上》というネームプレートをつけている。

「わたし、社長の坂上と申しますが、どういったご用件でしょう」

やはりそうだった。聞こえていたはずだがと思いつつも、今と同じことをもう一度話した。

「当て逃げですか。こちらのかたが？」

坂上はそう言って、武の顔を見た。武は感情のこもらない顔で「そうです。夜のうちに」と答えた。

「夜のうちに？　相手はどんな車ですか」

武がよけいなことを言う前に、割って入った。

「赤い、小型の外車だそうです」

「メーカーと車種は？」

「それがちょっと」

「あいまいな話ですね。――失礼ですが、お名前は？」

「大槻と申します。父の名は武、わたしは息子の敏明と申します」

「大槻さん、ですか。残念ですが、そういう車は引き取ってませんね。お役に立てませんで」

事情を知らない人が見ても、百パーセント嘘をついている顔だと思っただろう。ふてぶてしさがにじみ出ている。これは西尾千代子とぐるだなと思った。もっとも、何を企んだぐるなのかはわからないが。

「どなたか、ほかの方が受け付けた可能性はありませんか？　訊くだけ訊いてみていただけませんでしょうか」

坂上は露骨に迷惑そうな顔を作った。カウンターに両手を置いたまま、従業員のほうを振り返った。

「誰か、昨日赤い外車をお預かりしたか」

二人の女性は、首を左右に振りながら「いいえ」と声を揃えた。

「昨日とは言ってませんが」

敏明が指摘すると、坂上はますます不愉快そうな顔になった。

「もうけっこうです」と言って引き上げたくなったが、ここ数日の、自分が犯した不始末でもないことに追われている腹立ちが背中を押した。

「ご迷惑を承知でお願いがあるのですが」

ただ、態度だけは丁寧に、下手に出る。

「まだなにか？」坂上がわざとらしく眉を片方だけ持ち上げた。

「さきほど、奥のほうに修理待ちの車が何台か停めてあるのが見えました。失礼は重々承知でお願いします。あそこをちょっとだけ見せていただけないでしょうか。ないことがはっきりすれば、父も納得すると思いますので」

「何言ってるんだ。ほんとうだぞ」

武の抗議を「まあまあ」となだめ、ね、こんな調子なのでわかってくださいよ、といわんばかりの愛想笑いを浮かべた。アメリカ人ならこんなとき、ウインクでもするのかと思いながら。

下手に出ているので、坂上も強硬な姿勢には出られないようだ。

「困りましたね。突然お見えになって、敷地の中を見せろとは。警察みたいですね。——そうだ、警察には届けたんでしょうか。当て逃げですよね」

「もちろん、届けました」敏明が答えた。「ですから、見せていただいて、こちらにないことがわかればすんなり引き上げます。もし見せていただけなければ、警察に連絡します。そうなると、話が大げさになってご迷惑をおかけするとおもうんですが」

少しだけ脅しを入れた。やはり、このところ口が達者になったと自分でも感心した。

坂上は渋い顔ながらも了解した。警察、の二文字が効いたようだ。

「わかりました。いいでしょう。本来、部外者のかたは立ち入り禁止ですが、それで納得していただけるなら。たぶん、何かの勘違いでしょうから」

「ありがとうございます」

頭を下げながら、何かうしろめたいことでもなければ、普通は受けないよなと思った。

「ただし、何も触らないでくださいよ。見るだけね」

「わかりました」

再度頭を下げ顔を上げたとき、ふと柱に掛かっているカレンダーが目に留まった。何かがひっかかってそれを見ていると、坂上に「何か？」と問われた。

「なんでもありません」と答え、武を促して外へ出た。すぐに、従業員の河本が小走りに出てきた。

「足元が危ないので、ご案内します」

そう言って先頭に立った。案内役の形を借りた監視役だろう。素直にそのあとに続いて、道路側からは死角になっている建物の裏側まで歩いた。

先ほど見えたのはやはり一部で、全部で二十台ほどの車が停まっている。

「ここにあるのは、修理待ちの車ですか」

敏明の問いに、河本が明快に答える。

「全部じゃありません。修理が終わったものも一時的に置いてます」

「ちょっとひと回り見させてください」

「あ、どうぞ」

今はむすっと黙ってしまった武を促して、五、六台ずつ四列に並んだ車を見て回る。赤い車は意外に少ない。二台あったがいずれも国産車で、そもそもあの写真の車ではなかった。

「なさそうだね」

武に声をかけると、不機嫌そうにぼそっと答えた。

「ここにないからといって、持ち込まれなかった証拠にはならない」

こんなときだが、苦笑してしまった。武はやはり武だ。

「しょうがないよ。ないというんだから、ねばってみてもどうにもならない」

引き返すべく、武を促し事務所の方へ戻った。

敏明たちが車に乗り込むまで、この女性社員は見張っているようだ。その彼女に頭を下げた。

「お手間を取らせてしまい、申し訳ありませんでした。社長さんにもお詫び申し上げてください」

「いえ、ぜんぜん大丈夫ですから」

河本は、手のひらを左右に振って、笑顔を見せた。

「失礼します」

武を助手席に乗せ、車を発進させた。敏明の車が敷地から出るまで、彼女は見送っていた。

話が面倒になりそうだったので武には言わなかったが、先ほどの『坂上自動車』でのやりとりでひとつ引っ掛かっている点がある。

あの社長という男は、敏明の訴えに対して、その車があるかないかだけにこだわっていた。どんな事故なのか、どんなふうに壊れたのか、そういう具体的なことは訊かなかった。つまり、さっと見てまわっただけでは見つからないことがわかっていたのだ。別の場所に移動した可能性はある。

「どうするんだ」

車が道路の流れに乗ると、武が訊いてきた。

「どうするとは？」

「このあとどうするつもりだ」

「予定通り病院に行こうか」

「月曜にすると言わなかったか」ノートのメモ書きを指差す。

「言ったけど間に合いそうだから」

今、午後三時少し前だ。病院の予約は午後の三時半だ。

「やはり月曜にしてくれないか」

「どうして」

「急用を思い出した」

「どんな？」

「こんどの講座で話すことの下調べだ」

表情を見る。真面目に言っている。もっとも武は、こんなふうになる前からほとんど冗談を言わない。

考えた。武をなるべく急いで病院へ連れて行きたかったのは、「言動が変だと気づいてからは、自分としては打てる手は打った」と弁明したいという気持ちがあったからだ。しかしもう手遅れになった。秋川渓谷の現場のすぐ近くで、警察に目撃されてしまった。ナンバーの写真も撮られた。もしかすると、怪しいと睨んで今頃は番号の照会をしているかもしれない。取り調べを受けるようなことになれば「たまたま通りかかった」などという言い訳は通用しないだろう。

少なくとも「病院へ連れて行った」という程度では、情状酌量の余地はなくなった。ならばほかに優先してやりたいこともある。

「じゃあ、月曜にしようか」

「わかった」

付き添いは香苗に頼もう。彼女は月曜は休みだ。いつも「お義父さんどうするの。お義父さん大丈夫」と気にしているから、嫌とは言わないだろう。

「それで、どうすればいい？」

「図書館で降ろしてくれないか」

前を行く〝高齢者マーク〟をつけたシルバーのセダンが、法定速度以下で走っている上に、ときどき意味もなくブレーキを踏む。いらいらを抑え、追突しないように注意しながら、武とやりとりを続ける。

「市役所の脇にある中央図書館でいい？　ここから近いし」

「ああ。あそこへ頼む。いつも、あそこを使ってる。閲覧室が静かだし蔵書も多い」

「わかった」

ならば、次の信号を右折だ。ウインカーを出した。

武を市役所の本庁舎と隣接している市立中央図書館で降ろし、ひとまずその駐車場に車を入れた。利用の印がなければ料金を取られるが、二時間で三百円だ。いまはそんなことにかまってはいられない。

まずは七峰中央病院へ、今日のキャンセルと月曜にあらためて予約したい旨の電話を入れた。予約したときと同じ程度に事務的に受け付けてくれた。

次にあのメールだ。

もう一度開いた。文面の隅々を見ても、それ以上の文字などはない。送り主の《nijiup-1》という暗号文のようなメールアドレスも、やはり見覚えもなく想像もつかない。

このメールの送り主が、たまたま現場にいて目撃した第三者とは考えにくい。なぜなら、日の出町と秋川渓谷、どちらにも武が行ったことを知っているからだ。知りうる人間は限られている。香苗でさえほとんど知らないのだ。そう、送り主は西尾千代子だ。あの女以外に考えられない。とぼけてみたり、こんなメールを送りつけてみたり、あの女が何を企んでいるのかわからないが、思い通りにさせてはならない。

もう一度対決するしかない――。

その前にまずは『坂上自動車』だ。もう一度確かめておきたい。手札は多いほうがいい。

ここからなら車で十五分もあれば戻れる。

ほかのことに気をとられて気づかなかったが、目の前に太い桜の木があった。日当たりの加減なのか、まだ散り切っておらずまさに満開だった。

素直に「綺麗だな」と思う。よじれてしまった心がほぐされる気がする。

桜の花を見ているうちに、思い出した。

坂上が背にした柱にかかっていたのは、桜の写真を使ったカレンダーだった。あの桜を知っている。『日本三大桜』として有名な、福島県の『三春滝桜（みはるたきざくら）』だ。もう十年近く前になるが、職場の有志で春休みに一泊の慰安旅行に行った。そのときは、まだこの桜は残念ながらほとんど花開いていなかったが、強く印象に残った。あまりに特徴的な樹形だから見間違えようがない。

最初に『カトレア』を訪問したとき、レジのところから見たカレンダーが同じ写真を使っていた。市販品ではなく、下部に企業名が印字された販促品だった。まさかそんな繋がりがあるとは思わないので、文字までは読まなかった。

月めくりカレンダーの四月の写真が桜なのは不思議ではない。しかし、まったく同じ木であり、ほかのことと考え合わせてもこれは偶然ではないだろう。

やはり『坂上自動車』に鍵がありそうだ。

武を置き去りにすることが少し気になったが、ここはしょっちゅう来ている生涯学習センターのすぐ近くだ。車がなくとも帰れるだろう。この先は足手まといになりそうな気がして、申し訳ないがおいて行くことにした。

27

カーナビゲーションを頼りに、『坂上自動車』の敷地の一本裏手の道路へ回った。

さっきは真正直に正面から訪ねた。それなら裏側から見たらどうかと来てみたのだ。

『坂上自動車』の両側は倉庫と運送会社に挟まれ、裏側はあまり手入れのいきとどいていない畑になっている。畑との境はブロック塀になっており、出入口どころか接する道路もない。近づくには、畑の中の細い径を入って行くしかない。

見るからに、あまりやる気のなさそうな畑だ。土から顔を出している野菜は、素人の敏明が見ても不揃いだったり収穫時期が過ぎていたりする。

税金対策の事実上休耕地か――。

そうは思ったが、いくら形ばかりの畑であろうと、他人の土地に入り込んでみつかればやはりまずい。

ふと、畑に食い込む形で、砂利敷きでろくに整地もされていないが数台分の駐車スペースがあることに気づいた。ひとまずそこに停めて、車から降りてみる。人影は見当たらない。どうしたものか。見つかって追い出されるのを覚悟で、畑の中に侵入しようかと思ったとき、その駐車スペースに立っている看板に気づいた。

《七峰ニコニコ農園》

ここは普通の畑でも休耕地でもなかった。その看板に書かれた説明によれば市が農家から借り上げ、市民農園として市民に貸し出している土地なのだ。やる気がなさそうに見えたのは、素人の管理だったからだ。

まさに武の、というより大槻家の所有してきた土地と同じだ。人々の生活を支えた耕作地としての役割を終え、今は中途半端に価値のある、やっかいな資産となったのだろう。

「よし」

思わず小さく声に出した。そういうことなら、立ち入っただけでとがめられることはないだろう。貸し出された区画と区画のあいだにある、たんぼでいえばあぜ道程度の通路を、『坂上自動車』の敷地に向かって進む。一画に建つ小さなビニールハウスから人が出てきたが、敏明の姿を見ても軽く会釈しただけで、誰何するようなこともなかった。

『坂上自動車』の敷地と畑は、遠目で見たままに、古いブロック塀で仕切られていた。この塀は、作られてから相当年季が入っている上に掃除などしたこともないようで、黒や茶や緑が入り混じった、苔だか黴だかわからないもので覆われている。

ただ、農地の所有者側となにか揉めたのか、もともと敏明の胸ぐらいの高さだったところへ、五十センチほど上積みしたらしい。帯状に、上側だけやや色が新しくなっているのでそれとわかる。ところどころ、その塀も乗り越えそうに、スクラップになったらしい車体などが見えている。

塀の上積み分のせいで、敏明の身長では塀越しに敷地の中を見渡すことはできない。しかし、ところどころに透かしブロックが嵌め込んであって、デザインされた穴から向こう側が見える。

敏明はその穴の一つの蜘蛛の巣を払って覗いてみた。つまり、さきほど武とひと回りした景色を、反対側から見る形になる。あのときは、やはり敷地内のすべてを見せたわけではなさそうで、あきらかに中を見せてもらっていない建造物などもある。そのつもりで、坂上もあっさり了解したのだ。どのみち見つかるはずもないから、ざっと見せて早く追い返そうと。

ここへ来る前に、もう一度『坂上自動車』のホームページを見た。従業員からひと言ずつ挨拶をするコーナーがあるのをみつけた。《坂上輝男社長》という人物の顔写真が載っていた。にこやかに笑うその顔は、敏明たちにカウンターで応対したあの男に間違いなかった。

理由はわからないが西尾千代子と坂上社長の二人が、口裏を合わせていることは間違いない。ならば証拠を摑んでやろうと、武のいう〝赤い外車〟がないか確認しに来たのだが、そう簡単にはいかないようだ。

それでも念のため、見える範囲だけでも写真を撮っておくことにした。あとで見直したときに、何か気づくことがあるかもしれない。

スマートフォンを取り出し、レンズをブロックの穴から工場の敷地に向けた。作業場の建物のこちら側に向いた壁に窓はない。事務所からは死角になっているし、こんな穴からレンズを向けていることなど誰も気づかないだろうが、こちらにもたいした収穫はなさそうだ。

角度を変えて、最後にもう一枚撮ろうとしたときだった。

「工場のかたですか」

背後から声をかけられて、心臓が飛び出しそうになった。小さく「おっ」と声を漏らし、あわてて振り返った。

一人の男が立っている。反射的に風体を確認した。下はジーンズに上はごく普通のシャツとジャンパー。お洒落というほどではないが、そこそこに清潔感のある格好をしている。そして還暦は過ぎていそうだ。

この農地を借りている、リタイアしたサラリーマンではないかと当たりをつけた。少なくとも警察関係者ではなさそうだ。質問に答える前に訊き返した。

「ええと、失礼ですが――」

「ああ、失礼しました。わたしはここの市民農園を借りている者です」

男はあっさりそう答えて会釈してよこした。悪い人間ではなさそうだ。

「ああ、そうですか」

あいまいに短く答えるその間に、こんなところから自動車修理工場の敷地の写真を撮っていることの、納得してもらえそうな理由を考えた。

「わたしは、ここの関係者ではなくて、ちょっと写真を撮っていただけです」

修理に出した車の写真を撮り忘れていたので。とっさにそんな言い訳を考えたが、向こうはそれ以上追及してこなかった。質問したいのではなく、何か主張したいようだ。

「そうですか。もしも、工場の関係者のかただったらお願いしたかったんですけど」

「何をですか」

「以前もお願いしたんですけど、ときどき敷地の中で何か燃やしてますよね。――あ、ご存知ないか。たぶん、タイヤか何か燃やしてるんだと思うんですが、これがけっこうな悪臭で――」

なるほど、とうなずきながら、ちらちらと敷地に視線を向ける。

「あれは、あきらかに条例違反だと思うんですよね。市にも働きかけているし、市議も何人か――」

男の陳情を聞きながら、何度目か敷地に視線を向けたときだった。

「あっ」

車だ。赤い車が、塀のすぐ向こう側を通り過ぎていった。あわててスマートフォンをかまえたが、カメラアプリを起動するあいだに、車は走り去って、死角に入って見えなくなった。惜しかった。しかし、車種までは読み取れなかったが、赤いコンパクトなボディで左ハンドルだった。何より、武が撮ったあの写真の車によく似ていた。運転していたのはつなぎの作業服を着た従業員らしき人物で、ただ敷地内を移動させているという雰囲気だった。やはり、どこかの建物の中にでも格納してあったのだろう。

もしもあれが例の車だとしたら、修理は済んだのだろうか。だとすれば、軽微な傷だったのか。あるいは最優先させたのか――。

「何度か陳情して、警察もようやく――。どうかされましたか」

考え込んでいる敏明に、男が不審げに声をかける。もしかすると、条例違反について一緒に考えてくれていると勘違いしたのかもしれない。

「あ、いえ。――すみません。今も申し上げましたが、わたし、関係者ではないもので」

愛想笑いで頭を下げ、その場から足早に立ち去った。振り返らないように注意した。多少は怪しまれたかもしれないが、まさか通報はしないだろう。車まで戻り、すぐに発進させた。

こんどは『坂上自動車』の正面側に回り、少し離れた路上に停め、深呼吸をした。

さて、どうするのだと自分に問いかける。もう一度、強引に押しかけるのは無理だろう。白を切られたらおしまいだ。警察に行くか。いや、ばかげている。どうする。

できることなら、何もなかったことにしたかった。

今ならまだ取り返しがつく。日の出町の一件は犯人が捕まった。二度はねられたというニュースもあったが、確定はしていない。秋川渓谷の事件――もはや事故とは呼べない――に武がかかわっている可能性は否定できないが、自分はまだそのことを知らないことになっている。

あとで武と打ち合わせして、ノートに書き足しておく必要があるが「父親が『昔、家族と行った渓谷に行ってみたい』と言うので、久しぶりに行ってみたが、警察がいたから引き返した」あたりの言い訳で済むだろう。

多少武がぼろを出して、敏明と証言内容の齟齬があっても、武のあの状態を見れば、信憑性が薄いことがわかる。現に三日前には中学校へ侵入しようとして、警察に保護されたではないか。

「近々に病院へ連れていこうと思っていました」という言い訳が立つ。展開によっては、今日の予約のことを告げてもいい。簡単に裏が取れるはずだ。「連れて行こうとしたが、ちょっと目を離したすきに武に逃げられた」で充分だ。置き去りにしてきて正解だったではないか。見失ったという言い分が通る。

警察はなんとかなりそうだ。問題なのは西尾千代子だ。

あの女が何を企み、武をどこまで巻き込み、このあとどうするつもりなのか。武に何を要求するつもりなのか。

もし仮に、仮にだが、彼女が武の車に同乗していて、そして武が何か違法なことをしたとして、それを知りつつ黙っていたとなれば、彼女も罪に問われる。簡単に武や敏明を告発はできないはずだ。

だからこそ、あんな匿名のメールを送るなどという卑劣な手を使って揺さぶりをかけてきたのだ。敏明の反応を見て、恐喝するかどうか、するとすればどういう手法をとるか決めるつもりなのだ。

やはり対峙すべきだ、と結論づけた。今は、事実と向き合う覚悟を決めるときだ。もう先送りはできない。あの女とのもつれがすっきりすれば、警察への言い訳など簡単に通る気がしてきた。

スマートフォンの登録番号の中から『カトレア』を探し、発信した。すぐに出ない。五回、六回と呼び出し音が鳴る。時刻はまだ四時過ぎだ。

呼び出し音が十回ほど鳴ってあきらめかけたところで、切り替わる気配があった。転送設定になっているようだ。

〈はい、カトレアです〉

少し遠い感じだが、西尾千代子の声だ。

「突然すみません。一昨日おじゃました大槻と申します。武の息子の」

〈ああ、校長先生の〉

「急で申し訳ありませんが、今日これからお目にかかれないでしょうか」

〈今日ですか〉二秒ほど間が空いた。〈どういったご用件でしょう〉

「それは、お目にかかって。──お店にうかがいますので」

〈すみません。今日はお休みなんですよ〉

飲食店で金曜日に休みというのはあまり聞いたことがないと思ったが、そこは聞き流す。

〈ではご自宅近くにうかがいます。あるいは……〉

ふっという何かを吹っ切ったような息遣いが、敏明の発言を遮った。

〈わかりました。ではいらしてください〉

「勝手を言ってすみません」

〈お時間は、そうですね――五時でよいですか。《CLOSED》の札がかかっていると思いますがかまわず入ってください〉

約四十分後だ。

「五時ですね。無理を言って申し訳ありません。では、お店にうかがいます」

休日ではなく、急遽閉めたのだろう。坂上から、大槻親子が来た、とでも連絡を受けたに違いない。向こうが動揺したのだとすれば、自分の行動は間違っていないことになる。

エンジンを始動させようとしたとき、ショートメッセージの着信があった。香苗からだ。

《大丈夫ですか》

事態がここに至っても、香苗に真相をほとんど何も話していないことを思いだした。

信用していないわけでも、まして悪い感情を持っているわけでもない。あえて理由をつけるなら、一人で抱えたほうがすんなりいきそうだからだ。それに、今朝も思ったが香苗に相談すれば、何の対策も立てずに「とにかく警察に」と騒ぎ立てるに決まっている。

そんな、感情や安っぽい正義感で動いてはならない。これは、展開次第では今後の人生を左右する重大案件なのだ。

《取り込み中なので、帰ったら説明する》とだけ返した。

28

すぐには店に入らず、少し離れた場所から店のようすをうかがった。

店内の灯りはついているが、外の看板類は消えている。近くのコインパーキングに車を停め、店の前に戻った。

言われたとおり《CLOSED》の札がかかっているドアを引く。聞き覚えのあるチャイムが鳴るのとほとんど同時に「いらっしゃいませ」という声がかかった。

一昨日と同じように、カウンターの中に西尾千代子はいた。服装は違っているが、雰囲気は同じだ。今日はブルーのブラウスに、明るめのグレーのカーディガンを羽織っている。ブランドなど一切わからないし、これが今のファッションの流れの中でどのような位置にあるのかも見当がつかない。しかし、悪い趣味ではないと感じる。

大人の女性の雰囲気を保ちつつ、〝水商売〟的な佇(たたず)まいとは遠いところにいる、とでもいえばいいだろうか。武でも、この雰囲気ならふっと気を許しそうになるかもしれないなどと余計なことを考える。

「すみません。お休みのところ、突然勝手なお願いをして」

詫びながら、レジの後ろの壁、前回カレンダーが貼ってあったあたりにすばやく目をやる。ない。桜の写真のカレンダーはなくなっていた。あのとき、坂上は敏明の視線に気づいたのだろうか。それほど目配りができそうには見えなかった。

それとも、大槻親子が来たと坂上から報告を受けて、西尾千代子が気を働かせたのだろうか。

ちなみに、武が撮ったという朝焼けか夕焼けの写真はまだ飾ってある。

「ちょっと片付けの用もありましたから、お気になさらないでください」

西尾千代子が柔らかく微笑む。

「ありがとうございます」

「さ、どうぞおかけください」

突っ立っている敏明に、前回座ったのと同じカウンター席を手で示した。

「失礼します」

「コーヒーでよろしいですね」

「お願いします。ブレンドのホットで」

もちろんきちんと料金を支払うつもりである。むしろ遠慮などすれば、ごちそうになることを前提にしていると思われてしまう。千代子相手だとそんな細かいことが気になる。

「少しお待ちください」

豆を挽(ひ)くところから始めた。コーヒーができるまで、こちらから用件を切り出すことはやめようと思っていた。

前回は緊張で気づかなかったが、店内には静かにBGMが流れている。映画音楽などのスタンダードナンバーをサックスで演奏したものだ。有線ではなく彼女の趣味のようだ。

失礼にならない程度に、再び店内を見回す。前回来たときと、内装も印象もほとんど変わらない。

例のカレンダーが消えた以外は。

「お待たせしました」

西尾がそう言って、敏明の目の前にソーサーに載ったコーヒーカップを置いた。

「ブラックでよろしかったですね」

「はい。いただきます」

軽く香りを嗅いでから、そっとすすった。ダークロースト系で味も香りも好みだ。

「それで、今日はどんなご用ですか」

西尾に問われて顔を上げた。

「その前に。一昨日、わたしがお邪魔する直前に、父がお邪魔していたそうですね」

「あら、そう言われるとそうかもしれないですね」

後ろめたさや照れ隠しのような雰囲気は一切ない。ただ、客観的に語っているだけだ。むしろ、それが何か？　と問い返したげだ。

その話題を掘り下げるのはやめた。議論があまり得意ではないので、論旨がずれてしまう可能性がある。

「単刀直入に、腹を割って話したいと思って来ました。ああそれは同じことですね」

狙った冗談ではなかったが、千代子の口元に笑みが浮いた。偏見だと指弾されるかもしれないが、やはりこの年齢で客商売をしている割には薄化粧だと思った。

「なんだか大げさなことになってきましたね」

もともとはっきりとした形のよい目を、大きく見開いている。

「単刀直入に申し上げます。まず、一昨日うかがったとき、西尾さんご自身の口から、その三日前、つまり三月三十一日に父とドライブに行かれたと聞きました」

「ええ、申し上げました」

「ただ、どこへ行ったのかまではわからない、と」

「はい」

武は日の出町に行ったことは認めているのだが、こちらからはそれを言わない。

「その日、日の出町の山道で、山菜採りをしていた老人が轢き逃げされました。わたしは最初に自分の父親を疑いました。細かくは説明しませんが、疑ってもしかたない状況にあったからです」

言葉を切って千代子を見たが、講師の話に熱心に耳を傾ける受講生の表情だ。

「しかし、犯人が名乗り出たので、勘ぐりすぎだったことがわかりました」

「あたりまえですよ。先生が轢き逃げなんてするわけがないじゃないですか。しかも、実の息子さんが疑うなんて」

口が半開きになりかけた。自分が同乗していたのに、そしてそれをこれから敏明が追及することもわかっているはずなのに、顔色も変えない。

「息子だから、まさかと思うのです」

「それで、わたしに何を訊きたいんですか」

「ですから本当のことです。三月三十一日に何があったのか。隠さずに本当のことを。そして……」

要求はなんですか、と口にしようとしたとき、スマートフォンがメールの着信を知らせた。ロック画面に浮いたのは、メールのアプリだ。

タイトルが読めた。

《本人の車のトランクを見よ》

なんだこれは？　差出人は、昼に来た不審なメールと同じ《nijiup-1》だ。

どういうことだ？

目の前の西尾千代子は、スマートフォンもパソコンも触っていない。つまり彼女が送ったものではない？　いや待て。たしか、予約送信という機能があったはずだ。敏明は使ったことがないが、文面だけ打っておいて送信する時刻を予約できるのだ。あるいは、坂上に送らせたのか？

しかし、その意味がわからない。

本人の車のトランク？

本人とは誰だ？　車、トランク——武のことだろうか。つまりあのことに関連した用件なのか。

本文を開きたい衝動にかられたが、すぐ目の前で千代子がこちらを見ている。

「どうかされました？」

「ああ、いえ。失礼しました。仕事のメールが届きまして。——ええと、もう一度言います。三月三十一日のドライブ中、日の出町あたりで何があったのか。本当のところを教えていただけませんか。今日はほかに誰もいませんし、録音もしていません」

そう言って今の着信表示を消してから、西尾に見せるためスマートフォンの画面を上に向け、カウンターに置いた。絶対に録音していないという証左にはならないが、誠意を示すためだ。

「困りましたね」

西尾千代子は、興味なさそうにスマートフォンにちらりと視線を落とし、あまり困っていそうもない表情でそう応じた。

「たとえばあなた——敏明さんでしたっけ。ご自分だったらと考えてみていただけます？　今まで面識もなかったかたがいきなり押しかけてきて『何月何日に誰とどこにいて、何をしていたか正直に話してくれ』と迫ったとして、はいそうですかとお話しになります？　それがたとえお知り合いのご家族だとしても」

　今さら「敏明さんでしたっけ」じゃないだろうと腹を立てながらも、静かな口調であるよう努める。

「ことと次第によると思います。わたしがなぜそんなことを訊いているのか、西尾さんはご存知だと思いますが」

　西尾は、ここでようやく少し芝居がかったため息をついた。

「そうですか。平行線ですね。——もし、これ以上しつこくされるようでしたら、気は進みませんが、警察に相談させていただくことになります。それと、お勤めの学校にも連絡させていただきます。大槻先生は、日頃から学校でもこういう言動をとられるかたなのでしょうか。いきなり激昂して刃物など振り回したりはしないでしょうか、と。——たしか、私立白葉高校の国語の先生でいらっしゃいましたよね。特進コースを受け持たれている学年主任だとか。お父様からうかがっています」

　顔から血の引く思いがした。

　脅しの言葉として「警察へ通報」云々は予想していた。しかし、こんなメールを送り付けてくるぐらいだから、脅すだけで通報するつもりはないと。

学校へ連絡という脅しは予測していなかった。勤務先はまずい。まして、あの学校はまずい。敏明の今後にとって致命傷になる可能性がある。

二年前に理事長が代替わりしてから、コンプライアンス面では以前にも増して神経質になった。そもそも敏明が最初に勤めた公立中学を辞める原因となったのは、自身が起こした交通事故だった。道義的な面からいえば、敏明側に落ち度はなかったと今でも信じているが、今回はことの重さが違う。秋川渓谷の事件は、もしも――いまだに違うと信じたいが――武がかかわっていたら、もうどうにもならない。

後期高齢者である父親が、認知症の影響で事故を起こし、相手が死亡するほどのダメージを与えたのにその場を去った。高校教師の息子は、父親がそんな状態になるまで放置したばかりか、事故を認識したあとも警察に届けることをためらっていた。それだけでなく、犯人の父親が交際していた独身女性が経営する店に押しかけて、その事故の責任をなすりつけようと難癖をつけた――。

そんな噂が流れれば、おしまいだ。

自主退職ならよいほうで、懲戒解雇の可能性もある。いまどき、そんな理由で解雇になった人間を誰が雇ってくれるのか。

いえいえ、と口にしながら無意識のうちに笑顔を作っていた。

「そんな大げさにする必要はありませんよ。わたしは何かを暴こうとか、責めようとか、そんなつもりはなくてですね。単に事実がどうであったのか……」

「この前のときも申し上げましたが、まずはお父様とお話をされたらいかがですか？　もしかすると、それができないぐらい校長先生の体調がお悪いとか？」

そう言って、二本の指先で自分のこめかみのあたりを軽く叩いた。

「──そうなのだとすると、それもまた問題ですね。いくら昔校長先生をなさっていたからといって、そんなかたが、市が主催する市民講座の講師を務めているなんて。そして、車の運転をされているなんて」

涼しそうな顔で、こちらの弱そうなところ、突かれたら痛いところを、的確に突いてくる。反撃を試みる。

「じつは、今日うかがったのには、それなりの理由がありまして。──さきほど坂上自動車さんの前を通りかかったんです。あ、ご存知ですよね。西尾さんがお車を修理に出されたところです」

いきなり名前を出して西尾の反応を待ったが、まったく表情を変えない。無反応だ。しかたなく、先を続ける。

「──そうしたら、門のところから中が見えまして、赤い車があったんです。わたしはすぐに路肩に車を停めて、門のところまで戻ったんですけど、もう見当たりませんでした。しかし一瞬でしたがはっきりと見えました。赤いコンパクトな外車でした」

「それが何か？」

眉一つ動かさないという表現があるが、今の西尾はそれだった。

「あれは、西尾さんの車ではありませんか？　父がたまたま西尾さんのお車の写真を撮っていましてね。ナンバーまで同じなんですよ」

カレンダーのことが伝わっているのだとしたら、そのあたりのことも、もちろん話してあるだろう。言い訳を用意してあるかもしれないが、やはりそこを攻めるしかない。

西尾はぷっと吹き出し、口元に軽く握った拳をあてて、それ以上の笑いを堪えているという仕草をした。

「仮にそれがわたしの車だとして、修理工場に車があったら、何かまずいんでしょうか。あなたは車を修理には出しません？　校長先生のお車なんて、しょっちゅうお世話になっていそうですけど」

「その『校長先生』というのは、やめていただけませんか」

「あら、どうして？　ご本人はまんざらでもないようですけど」

「息子として痛々しいからです」

「どうして『校長先生』が痛々しいのかわかりませんが、やめろと言うならやめます。――それで、ご用件はお済みでしょうか」

「待ってください。車のことはひとまずおきます。どのみち、もう修理は終わっているでしょうから。最後の質問です」

捨て身の攻撃だ。

「一昨日。父と秋川渓谷に行かれましたね」

西尾は不思議そうな顔を少し傾けた。

「秋川――渓谷――ですか？」

「ご存知ですよね」

さあ、と反対側に首をかしげた。

「聞いたことがあるような気もしますが、はっきりとは。――そこへ、わたしが？　校長先生、じゃない大槻先生と？」

「とぼけるのはやめましょうよ。父も、記憶があいまいになるかわりに、詳細なメモをとっています。そこに細かく書いてあります」

「お話が見えないんですけど、わたしはそんなところに行った記憶がありません。あなたご自分でおっしゃいましたよね。大槻先生は認知症の可能性があると。そのかたの言い分のほうをお信じになる？」

「記憶があいまいなところはありますが、嘘は……」

「やはり警察に届けたらいかがですか。わたし相手に探偵みたいなことをしていないで」

「本当にそうしても……」

突然の着信音が、堂々巡りに倦(う)みはじめた空気に割り込んだ。

置いたままにしていた敏明のスマートフォンだ。今度は電話だ。ブルブルと震えてカウンターの上を移動している。画面には《香苗》と表示されている。それを見た西尾が静かに言う。

「どうぞ。お出になってください」

少しだけ迷ったが、応答拒否にし、そのままポケットにしまった。

「よろしいんですか、奥様から」

「どうでもいい用件です」

「それでなんでしたっけ。――あ、そうそう、何度訊かれても、わたくしのお答えは同じです」

「わかりました」

なんとなく、香苗の電話に流れを断ち切られたような気がするが、本人が否というのならこれ以上は無理だろう。

またしても、何の収穫もなく席を立った。しかし、こちらは感づいているぞという警告にはなったはずだ。会計をするとき、小物をディスプレイしているすぐ脇の棚に目がいった。

これは――。

あるひとつの商品に目をとられていると、声がかかった。

「こちら、おつりです」

小銭を受け取って、店を出た。チャイムが「もうこないでね」と言っているように聞こえた。

車に戻る途中、香苗に短く《運転中》とだけ返した。

続いて、少し迷ったがさきほどのメールを開いてみた。今回は本文すらなく、タイトルの《本人の車のトランクを見よ》だけが文面だ。

「何だよ、これ」

小さく悪態をついてメールを閉じたのとほぼ同時に、メッセージの着信があった。思わず声を上げそうになったが、こちらは香苗からだ。

《どこかで一度、折り返し電話をください》

車に戻って運転席に座り、少し迷ったが電話をかけた。

〈もしもし〉

「ああ、おれだけど、どうかした？」

〈今、どこ？〉

「親父が今日は病院へ行きたくないって言いだして。そうだ、そのことであとでちょっと相談がある」

〈病院、行かなかったんだ〉

「親父があの性格だからさ、一度言い出したら聞かなくて」

〈あのね、電話で話すことじゃないかもしれないけど、わたしに心配かけないようにとか、何か隠してない？〉

　とうとう、こらえられなくなったようだ。

「何かって何？」

　あえて、ごまかし気味に笑った。

〈たとえば、お義父さんのこととか〉

「親父がどうかした？」

〈怒らないでね。またかって言われそうなんだけど、お義父さん、何かトラブル起こしてない？　あの中学校の事件のあととかに。なんとなく、あなたが何か隠してるみたいで〉

「馬鹿だな」笑い声を上げた。「何言ってんだよ。何を隠すんだよ。何も隠してないよ。新学期が近いからちょっと忙しいだけだよ。カリキュラムのことでちょっともめちゃったりしてさ」

　ところどころに嘘を織り込むというレベルではなくなってきた。ほとんどどこにも真実がない。

「まあ、放置する気はないよ。だから病院に行こうとしたわけだし。とにかく、その話は帰ってからにするよ。電話じゃなんだし」

〈そう〉

　それじゃと断って通話を終えた。

いらついていた。しかし、何に対して腹を立てているのか自分でもよくわからない。少なくとも自分に八つ当たりはできない。

しばらく一人になりたくてスマートフォンの電源を落とした。

一度大きな深呼吸をしてエンジンを始動したとき、ぱっと二つの映像が一致した。

「うちにあるやつだ」

一人きりの車内で声に出していた。

『カトレア』のレジ脇にある小物をディスプレイしている棚。あそこに置いてあった子豚を模した爪楊枝(つまようじ)入れだ。調理器具売り場などで見かけるそっけない樹脂製ではなく、陶器でできた、表情も彩色もヨーロッパのアンティーク風だった。

あれが引っかかっていた。どこかで見たことがある、そんな気がしていた。それを思い出したのだ。家の、ダイニングテーブルの調味料を並べたトレーの隅に、そっくりなものが置いてある。

「偶然じゃないよな」

また独り言ちる。誰かが持ち込んだなら武経由としか考えられない。

「親父、何を考えてるんだ」

ため息をついて、ギアをドライブに入れた。

29

武の家についた。庭に乗り入れる。

門のところにあるライトが点いていない。母屋も暗い。

まだ帰宅していないのか——？

武の車は、朝、見たままの状態で置いてあった。玄関扉脇のインターフォンを鳴らしても応答がない。やはり留守のようだ。まだ図書館から帰っていないのか。自分がしでかしたことも、置かれた状況もすっかり忘れて、調べ物に没頭しているのだろうか。

あるいは、まさかとは思うが急激に症状が進んで、家に帰れなくなったのだろうか。

あんなメールに踊らされるのも腹が立つが、無視するのも不安だ。勝手に車を調べることにした。預かったままのキーでロックを解除し、トランクを開けた。

武の性格そのままに整頓されている。レンチやドライバーなどの工具類は小ぶりのハードケースにまとめられ、洗車やメンテナンス用品は、その上に置かれたツールバッグに収まっている。ゴミひとつ落ちていない。これといって変わったものは見当たらない。

だとすればあのメールは、意味のないいたずらだろうか——。

そのとき、ある可能性がぱっと浮かんだ。

《トランク》というのは〝ラゲッジスペース〟のことだろうか。急いで自分の車の後部ドアを持ち上げた。

なんだこれは——？

靴が片方だけ転がっている。革靴か。いや、もう少しカジュアルな、いわゆるウォーキングシューズのようだ。デザインと大きさからして、おそらく男性用だろう。その右足のみだ。やや履き込んである印象だが、くたびれた感じはない。

もちろん自分の靴ではない。これは一体なんなのだ？　何かのいやがらせだろうか。こんなことがどんないやがらせになるのか。そしてだれがこんなことを？

道具入れにあった布を当ててつかみ、地面に置いた。

動機はわからないが、浮かぶのは西尾千代子の涼しそうな顔だ。しかし彼女にそんな機会があっただろうか。まさか、『カトレア』近くに停めていた隙に、坂上が？　そんな手の込んだことをする意味は？

ふっとスマートフォンの電源がしばらく切ったままであることを思い出した。来てほしくないが、例のメールの続きが来ているかもしれない。

電源を入れるとほとんど同時に、スマートフォンが音を立てて震えた。思わずびくっと反応してしまう。

手に取ると、またしても香苗からだった。着信履歴が三回もある。タイミングよくかかってきたのではなく、何度もかけていたのだ。しつこいぞと胸の内で毒づきながらも応答する。

「わかった。もうそろそろ帰るよ」

どうせ用件はわかっているので、先にそう答えた。すると意外な反応が返ってきた。

〈さっきね、警察からうちに電話があったの。わたし、今日たまたま早あがりで家に帰ったら、警察から電話で〉

ふだんよりやや早口で香苗が言う。背中のあたりが強張る。

「警察から？」

〈うん。あなたのスマホにかけたけど出ないので、って。わたしも何回もかけてようやく繋がっ

た〉

「警察からはいつ？」

〈さっき、あなたと話した直後〉

まさに電源を落としたタイミングだ。

「それで用件は？」

聞きたくないが訊かないわけにはいかない。「白葉高校の生徒が万引きして捕まった」どうかそんな用件であってくれと祈った。

〈なんだか急ぎの用があったみたい。最初、『大槻敏明さんはご在宅ですか？　本人に繫がらないので、念のためお勤め先の白葉高校に確認したところ、今日はお休みだということで』って言ってた〉

「だから、何の用で？」

声が荒くなる。なぜ勤務先になど連絡するのだ。妻にあたってもしかたがないのはわかっている。妻には何も罪はない。しかし、心に余裕がない。

〈わからない。ちょっとだけ訊いたんだけど『用件はご本人に』みたいに言われて〉

あわてて周囲を見回す。さすがに警察らしき影はない。

「ほかは？　何かほかに訊かれなかった？」

〈「どちらへお出かけですか」って訊かれたから「よくわかりません」ってだけ答えた。よけいなことは言わないほうがいいと思って〉

「そうか。それでよかったよ。——だけど、どこでおれのスマホとか自宅の電話番号を知ったんだろう」

　武を引き取ったときに書いた書類かもしれない。

〈それも言ってなかった〉

　言ってなかったんじゃなくて訊かなかったんだろう。普段の平坦な生活ならいいが、いざというとき気が利かないと致命傷になるぞ。そんなふうに思うが、今は疲れているので言わない。

「それで、警察から伝言とかある？」

〈戻るか連絡がとれたら、警察に電話くださいって。連絡先の番号聞いたけど、今読み上げる？〉

「ちょっと待って」

　メモ用のペンなどは車にあるバッグの中だ。小さな枯れ枝を拾って持った。

「いいよ」

　香苗が読み上げた番号を地面に書いた。

「連絡してみる」そう答えて通話を切った。

　あれこれ小細工しようとしたが、これでもう終わりかもしれない。いきあたりばったりの嘘を重ねてこんなところまで来てしまった。そんな悪あがきも、もう終わりだ。

　敏明と連絡をとろうとしているのは、おそらく武の居場所がわからないからだろう。皮肉なことに警察署も市役所のすぐ近くだ。まさか、目と鼻の先の図書館にいるとは思ってもいないだろう。

　そして武を探しているということは、すなわち秋川の事件に武がかかわっているということを、すでに把握しているということだ。

　決定的なのは、午前中に事件現場近くで、警官に車のナンバーを写真に撮られたことだ。警察は疑わしいものはなんでも調べるのだと、ドラマで見た記憶がある。敏明の素性は、そっちから割れたに違いない。

もう終わりだ。

しゃがんで、土に書いた番号に目を落とす。末尾の四桁がバラバラの数字だ。代表ではなく、どこかの部署への直通なのかもしれない。刑事課だろうか。交通課だろうか。とにかくそれをキーパッドに打ち込もうとしたとき、車が家の前に停まる音が聞こえた。

停まるやいなや、ドアが開き、ばたんばたんと派手な音を立てて閉まった。

もう立ち上がる気力もないと思っていたが、条件反射のように、すっと立てた。

門の前に、見慣れた白黒ツートンのパトカーが停まっている。その前に、制服の警官一名と私服刑事らしい男二名、計三名が立っている。

「失礼します」

制服の一名はその場に残り、私服の二名が敏明の返事を待たずに敷地内へ入ってきた。敏明を挟むように立つ。

「どちら様ですか」

パトカーに乗って来たのだから訊くまでもないのだが、怯(おび)えているように思われたくない。

「警視庁七峰署刑事課の門脇と申します」

最初に、敏明と同年配に見える私服刑事が身分証を開いて見せ、そう名乗った。字が細かい上に一瞬だったので、顔写真ぐらいしか確認できなかった。もう一人の、三十歳そこそこに見える若い刑事も同じようにしたが、名前はよく聞き取れなかったし、もはや身分証も見なかった。

「失礼ですが、ここのお宅のかたですか」

敏明よりわずかに背が低く、痩せ気味の門脇刑事が敏明の目をしっかりと見て訊き返した。

「住人ではありません。わたしは、ここに住んでいる大槻武の息子です」

「ああ、やはりそうでしたか。あなたのことも探していました」

門脇の顔には、どちらかといえば笑みが浮かんでいる。しかし、簡単に心を許すことはできない。

「あなたのことも」とはどういう意味か。敏明の足跡を辿ったのではなく、武を探しに来たら遭遇したということなのか。

「どういうご用件で？」

ふだんよりわずかに声が上ずってしまったが、門脇はそんなことは気にするようすもなく、世間話のような気軽な口調で答えた。

「大槻武さんのことで少しお話をうかがいたいことがあります。我々と一緒に署まで来ていただけないでしょうか」

口調は丁寧だが、有無を言わせぬ雰囲気があった。

「ええっ。警察までですか」

門脇はむしろにこやかに「ええ」と答えた。

「父が何かしたのでしょうか」

武の車に視線が行かないように、精神力を総動員する。

「ちょっとした事故にかかわっている可能性がありまして、その件でご子息である敏明さんのお話も少しうかがいたいと思っています」

わかりました、とうなずいた。さすがにここまで来ては言い逃れの種もみつからない。

「では、自分の車でついていきます」

門脇刑事は、いえいえ、と手を振った。

「パトカーでお送りします」

「しかし、帰りのこともありますので」

「帰りももちろん、お送りします」

一貫して丁寧でやわらかい口調だが、よく見ると目は笑っていない。これはお願いでもサービスでもなく、事実上の強制なのだ。逃げられないように拘束するのだ。

「わかりました」

「それと、武さんの車のキーをお預かりしたいのですが。家に入ってもよろしいでしょうか」

「父の車？　キーが何か」

「この車を署まで移動します。まもなくレッカー車が来ますが、念のためキーをお預かりしたほうがいいと思います。車内も拝見したいですし」

それはさすがに暴走ではないのか。まだ逮捕もされていないのに、そんなことを勝手にできるのだろうか。「令状」とかいうやつは持っているのだろうか。

それも問題だが、もはやそんなところまで事態は進展しているのかという衝撃もあった。あまりに急すぎないか。とにかく、武と連絡を取らなければ。

「もちろん、父も協力はすると思いますが、一応は本人の許可を得ませんと。なので、ちょっと電話を入れさせてください」

「ああ、ご存知ないようですね。そのことでしたら大丈夫です」

発言の意味がわからず、首をかしげると、門脇が説明してくれた。

「武さんご本人から許可をいただいています。家の鍵を預かって車を引き取りに来たら、あなたがいらしたんです」そう言って玄関の鍵を見せた。「車のキーのある場所もうかがっていますから。あ、そういえばもうひとつのキーはあなたがお持ちだとか」

「ええと、父と話したんですか？」

門脇刑事はあまりにあっさり答えた。

「今、署にいます」

「えっ、父が？　警察に？　逮捕されたんですか？」

声が裏返りそうになるのをどうにかこらえた。

「いえ。――まあ、言ってもいいかな。自首なさったんです」

「自首――」

「はい。人を轢いたかもしれない、と。そのことは誰にも、あなたにも話してはいないと本人は主張するのですが、お二人が一緒にいるところを見たものがおりまして」

答える気力もなく、うなだれていた。そのとき、トラックのようなエンジン音と排気音が聞こえ、家の前で停まった。さきほど門脇刑事が口にしたレッカー車だ。

「案内してやれ」

若い刑事に指示した門脇が、視線を戻して続ける。

「これは管轄が違う署の人間なんですが、今日の昼前に、死体遺棄現場の近くであなた名義で登録された車に乗った、男性二人連れを目撃しています。一人は武さんであることは間違いありません。そして、もう一人の人相風体があなたにそっくりなんです。——ご納得いただけたら、署までご同行願えますか。あ、その前にキーをお預かりします」

今「死体遺棄現場」と言っただろうか。そういう事件なのだと、少し遠くから思った。

ポケットからキーを出し、刑事に渡した。

「移動中、こぼれるような液体とか、危険なものがないか、確認します」

おい、と戻ってきた若い刑事に声をかけ、どこからか出した白い手袋をはめた。二人は左右のドアに分かれ、手際よく車内を確認している。

これという不審物が見当たらなかったのか、門脇刑事が手袋を外しながら近づいてきた。

「それでは——その靴は何ですか」

外した手袋を持った手で、敏明の足元に転がっているウォーキングシューズを指さした。

「その靴は、どなたのものですか」

「これは——」

その先が続かなかった。

30

学校の一番狭い応接室よりも狭い部屋だった。

ドアの脇に《取調室》というプレートが掛かっているのを見た。

簡素な机の向かいに座ったのは、門脇刑事だった。あそこで遭遇したのはたまたまだったはずだが、連れてきた人間がそのまま聴取する決まりなのかもしれない。入口近くにさらに小ぶりな机があり、さきほどの若い刑事――その後、大島という名だと知った――が、壁に向かい合う形でノートパソコンを叩いている。記録係のようだ。

「さて、まずはお名前、年齢、ご住所、連絡先、お仕事とその勤務先関係――」

実際に服は脱がされなかったが、個人情報という意味においては丸裸にされた。銀行預金の残高を訊かれなかっただけましかもしれないが、それもこの先の展開によってはわからない。

それらに素直に答えると、大島刑事がキーボードをカタカタいわせた。門脇も、手にしたボールペンで手元に広げたノートにメモを取り始めた。

それでは、と門脇が具体的な質問に入った。

「大槻武さんから聞いていること、あなたがご存知のことをすべてお話しいただけますか。できれば日時を追って順にお願いできると助かります。あ、多少前後しても大丈夫ですから、あまり気にせず、とにかく本当のことをすべてお話しください」

ここ数日、武に振り回されっぱなしだ。夜も熟睡できず、学校で補講やデスクワークをしているときでも、頭からそのことが離れたことはなかった。なんとか大ごとにならずに済まないか、穏便に済ませられないか、そればかり考えていた。

世間体、近所の目、職場での立場、そういった言葉にしてしまうと、矮小化（わいしょうか）されるような気がする。だがこれは、敏明だけでなく家族全員の人生を左右する、場合によっては生活設計を崩壊させてしまうようなトラブルなのだ。

疲れていた。何を話して何を隠すのか、そんなことを考えるのはもう疲れた。ほとんど正直に話そう。

まずは、ここ最近、武の言動に認知症という観点から少なからぬ不安を抱いていたことを説明した。続けて日付順に――。

三月三十日。武の家へ様子を見に行ったところ車の傷が増えていたので心配になり、ドライブレコーダーのSDカードを持ち帰り、何日分かチェックした。すると、夜間に危険な走行をしていることに気づいたので、さっそく注意した。武はあまり聞く耳を持たなかった。やむなく認知症専門の病院へ連れて行こうと思った。現に今日も病院へ行く予約をしていたが、武が嫌がったため直前でキャンセルせざるを得なかった。すぐに月曜の予約をした。

四月一日。妻と二人で武の様子を見に行った。車にさらに傷が増えていたが、武が「ちょっとこすったんだ」と言っていたので信用した。ガードレールか何かだろうと思った。武は嘘をつく性格ではない。

日の出町の轢き逃げに関して訊かれたので、ニュースで聞いて、そういう事件があったとは知っていたが、まさか武とは関連づけて考えもしなかった、と答えた。

また、近ごろ、武が受け持つ講座の生徒で「西尾千代子」という女性と、頻繁にドライブしているのが噂でなく事実であることを知った。もしかすると彼女が何か知っているかもしれないが、自分には断言できない。

そんな話題を出すと、門脇が「その西尾千代子という女性について、知ってることを教えていただけませんか」と言った。

「はい」

ここは慎重にいかねばならない。悪口を言うのは簡単だ。しかし、感情的な証言だと思われると信頼性を失う。客観的な意見に聞こえるよう注意しながら説明した。市民講座の高齢男性たちのマドンナ的存在だという噂も聞きました、と付け加えた。

「なるほど、マドンナですか」

門脇がにやにやしながらうなずいた。言い過ぎたかと思ったが、交際範囲が広いという印象を与えておきたかった。

「ドライブレコーダーの、記録用マイクロSDカードがなくなっているのは、さきほどのお話のとおりですね」

「えっ、ありませんか?」と驚いてみせる。役者になれそうだ。

「ありませんね」

「おかしいですね。三月三十日に使用中のものを抜いて、代わりに新品を入れてフォーマットしておいたんです。なくなっているとしたら、誰が抜いたんだろう」

そう答えた。あえて西尾千代子の名は出さない。

そして同日四月二日には、武が市内の中学校に無理に入ろうとして警察に保護された。

「ああ、その件は、わたしも署内にいましたので記憶しています」と門脇がうなずく。

「そうなんですか。いろいろご迷惑をおかけして申し訳ありません」

「やはり、認知症ですか。だとすれば、多少強引にでも運転を止めさせるべきでしたね」

「本当に申し訳ありません」

深く頭を下げ、先を続ける。これ以上問題を起こさないようにと武から車を取り上げたことを強調する。

「その車はいつご本人に戻ったのですか?」

「はい。じつはわたしが無理やり持ってきた翌日の三日に、本人が『ないと不便だから』と勝手に乗って帰ってしまいまして。体は自由に動きますから強制的に止めることができなくて」

「あまり、取り上げた意味はなかったですね」と門脇が苦笑する。

「なかなか、一日中見張っているわけにもいかなくて。——こんなこと言ってはなんですが、警察のほうで強制的に免許を取り上げてくださると助かります。年齢制限とか、審査を厳しくするとか」

多少攻め返すのは、後ろめたさがない証になると思った。

「そうおっしゃるかたも多いんですが、急にそんなことをすれば、収拾のつかないことになると思います」

「たしかに」とうなずき続ける。

さきほどの門脇の話では、武は「人を轢いたかもしれないが、息子を含めて誰にも話していない」という趣旨の供述をしているらしい。ならばそのままにさせてもらう。

今朝、突然武から電話があり「昔、家族と行った秋川渓谷に行ってみたい」と言い出した。急な話ではあったが、ちょうど休みが取れる勤務だったこともあり、また認知症にはいいかと思い、急遽行って見ることにした——。

もちろん、すでに昨日一度行ったことは言わない。何も見つけていないのに二度も行った理由を説明できないからだ。それより、家に戻ったら自分の車のドライブレコーダーのカードも処分しなければと思った。

ほんの少し前に「もう疲れた。ほとんど正直に話そう」と決めたばかりなのに、口から出る言葉は嘘まみれだ。いったい自分はどうなってしまったのか。

いや、いまはそんな感傷にひたっているときではない。慎重に、慎重に答えるのだ。

武の記憶を頼りに秋川渓谷まで行ったのはいいが、道に迷ってしまった。あっちかな、こっちかななどとやっているうちに、たしかに警察の人に止められた。「事故があったので、ここより先へは進めない」という意味のことを言われた。そんなふうに説明した。

武が、突然秋川渓谷へ行きたいなどと言い出したので、なんだか変だなとは思った。しかし、まさかそんな事故だか事件だかに関係しているなどとは思わず、さきほど名を出した西尾という女性とドライブに行く約束でもして、その下見に行きたかったんじゃないか、などと邪推した——。

そこまで話して武の仏頂面が浮かんだ。これだけ迷惑を被ったんだから、多少泥をかぶってもらうぐらいは許してくれ。心の中でそう語りかける。

西尾千代子が車を修理に出したらしいことは言わない。言えば、敏明も「やはり何かあったのだ」と認識していたことになってしまうからだ。

どこまでが真実で、どこからが方便なのか、自分でもよくわからなくなってきた。

「ところで」と門脇刑事が真顔になった。「あのウォーキングシューズはどうされました?」

「わたしのではありません」

「ですから、どこで入手されました?」

「あれは――あれは父の車のトランクに入っていました」

これもとっさに出てしまった。そのほうが、辻褄が合いそうな気がしたのだ。しかし、どんな辻褄なのかはわからない。

「実はですね」門脇が敏明の目を見てゆっくりと静かに言った。「あの靴は、秋川渓谷で亡くなっていた男性が履いていた、もう片方の靴と一対なんですよ」

またもめまいがした。貧血を起こしたような感覚だ。とっさにほおの内側をきつく嚙んで、意識を強く持った。過度な反応を示してはならない。

「本当ですか！　どうしてそんな靴が父の車に？」

「お心当たりは？」

「まったくありません。――仮に、万が一にですよ。父がその秋川渓谷の事件にかかわっていたとして、どうして証拠品を自分の車に載せるんでしょう」

「通常ではあり得ませんね。しかし、先ほどのお話で武さんは認知症ということでしたね。軽々にこういうことを言ってはいけませんが、その影響ということは考えられませんか」

「それよりも、これはわたしの想像なんですが」

そう語り出した話を、門脇も興味がありそうに聞いた。

もし仮に、秋川渓谷で轢き逃げがあったとしたら、あの西尾千代子が運転していたのではないか。だからＳＤカードを盗み、武を洗脳して自分がやったと思わせる計画なのではないか。武はやったならやったと正直に言う性格である――。

門脇刑事は苦笑しながら遮った。

「かなり過激な想像ですね。推論や憶測がほとんどで。それはここだけのお話にしたほうがよいと思いますよ。それこそＳＮＳだとかにアップすると裁判沙汰になる可能性があります」

「おっしゃるとおりです。ただ、父の潔白を信じるあまり」

その部分は謝罪し、先を続ける。

同じく昨日、日の出町の山菜採りの男性の事件は、たしか従弟が逮捕され、「自分がやった」と供述したとニュースで聞いた。やはり武とは無関係だったのだと、ぼんやり思った程度だ。

話している途中で、事実関係の時間が前後していることに気づいたが、こちらの正当性を訴えることを優先した。門脇刑事は気づかないのか関心がないのか、突っ込んでは来なかった。ずいぶん警戒していたが、警察も案外――生徒たちの言葉を借りれば――「ちょろい」のだと思った。

「すみません。とにかく、父が轢き逃げをしたり、まして戦利品みたいに靴を持ち帰ったりとかは考えられません」

「なるほど」

「ただ、認知症については真剣に考えていました」

現に今日も出勤日だったが、休みをもらって病院へ連れて行く途中だった。しかし、武が「その前に図書館に寄りたい」と言い出して、診察待ちのあいだに読む本でも借りるのかと図書館に立ち寄った隙に見失ってしまった。電話を掛けても通じないので、武の家で待っていた。そこへみなさんがやって来た。

「それがすべてです」

「なるほど」

門脇刑事はうなずいた。特別疑っているようにも、心底信じたようにも見えなかった。

「ひとつお訊きしたいのですが、父はここに？」

門脇はあっさりうなずいた。

「ええ、いまおっしゃった図書館に寄ったあと、ここへ出頭されたんでしょう。時間的に合います」

「出頭──」

そうつぶやくのが精いっぱいだった。

「何点か、もう少し詳しくうかがいます。よろしいでしょうか。トイレは大丈夫ですか？」

「わたしは大丈夫です。──父は、武は今どうしていますか」

「ああ、別の部屋で聴取を受けています。お元気のようですよ」

「よかったです。それで、父はどんなふうに話していますか」

門脇刑事は椅子の背もたれに重心をかけ、軽くのけぞるような格好になり、手にしたボールペンを軽く振りながら苦笑した。

「それは、お話しするわけにはいかないんですよ」

「父は、そのう、『重要参考人』とかって言われるやつですか」

「容疑者」とは言えなかった。

「まあ、そう思っていただいて結構です」

「このあとどうなるのでしょう。わたしの聴取が先に終わったら、待たせていただいてもいいでしょうか。送っていきたいので」

門脇の笑いがさらに苦いものに変わった。

「ご期待には沿えないと思いますよ。武さんは今夜、こちらに泊まっていただくことになります」

「とま――」言葉がつっかえてしまった。「泊まるんですか。それはつまり、なんというか、逮捕されるということでしょうか」

「先ほども申し上げましたが、捜査の過程をたとえ家族とはいえ、というか家族だからこそ、明かすことはできません。

ですが、高齢のお父さんのことでご心配でしょうから、特別にお話しします。武さんには明日の朝にも逮捕状が出されて、そのまま通常逮捕になると思います。被害者のものと思われる靴まで出てきましたから。ああそれから、身柄は秋川署に移されます」

「秋川署に？」

「ええ。あちらの管轄内で起きた事件ですから」

「あの、西尾千代子の件は？」

「必要とあれば話を聞きに行きます。――それよりですね、あなたとお父さんの発言内容に、食い違っている点がいくつかあります。どうしたものかと困っています」

どこがどう違うのかが気になったが、ここは堂々としていることに決めた。

「そんな点もあるかもしれません。たびたび申し上げていますが、父は認知症の……」

門脇刑事は慣れた口調で遮った。

「もちろん、それを加味しての話です。我々の仕事は、認知症のかたからお話を聞く機会もあります。こういってはなんですが、これが仕事ですので、単に勘違いをしているのか、忘れたことを隠すためにとっさに嘘でつくろっているのか、そのあたりは見極めます。あるいは、もっとべつの何か後ろめたいことを隠すために嘘をついているのかも含めて」

そこで言葉を切り、意味ありげな目を敏明に向けた。

ああ、やはりプロなのだなと思った。

この男が特別優れた才能や知性を持っているというわけではないだろう。自分がひとより多少「国語」の試験問題に詳しいように、刑事というのは嘘を見抜くことが仕事なのだろう。しかし、ひるんだようすは見せない。

「ただ、わたしどもが見る限り、武さんの判断能力はしっかりしているようです。年齢を考えれば、ところどころ記憶が不確かになることがあっても不自然ではない」

「しかし――」

「どちらかといえば、あなたのほうが何か隠し事をしているのではないかと、わたしには思えるのですが。特に、武さんがすぐに警察へ届けようとしたのに、あなたがもう少し様子を見ようと説得したとか」

思わず驚きの声を上げそうになった。警察こそ嘘つきではないか。武が、息子を含めて誰にも話していないと供述していると話したではないか。しかし、とも思う。武の発言が途中で変わった可能性はありうる。嘘というのではなく、門脇はあえてそれらを細切れに出して、ゆさぶりをかけているのかもしれない。

ここはあいまいにとぼけておくことにした。

「しかしですね――」

「いいでしょう、今日のところは、深く追及するのはやめておきます。突然のことで動揺もされているると思いますから。もしかするとお父さんの話を裏づけるために、またお話をうかがうことになるかもしれません。できれば、次回までに記憶を整理しておいていただけると、二度手間三度手間にならずに済むかと思います」

下手な弁解はせずに「わかりました」とうなずいた。

「秋川渓谷で亡くなっていたかたとご面識は？」

門脇がさらりと訊いた。危ないところだ。試験でいえばひっかけ問題だ。慎重に答えないと。

「ありません。というより、そもそもどういう事件だか事故だかなのかも知りませんので」

「ああ、そうですよね。まだ発表していませんから」

「どなたなんでしょう」

門脇は手元のノートに視線を落とした。

「亡くなっていたのは、野辺勝彦さん、七十五歳。七峰市にお住まいです」

ノートに氏名を漢字で書いて見せてくれた。七峰市、と聞いて何かひっかかった。野辺、野辺――。聞いたような気もするが、思い出せそうで思い出せない。ひとまず、はあそうですかとうなずいた。

「野辺さんは、武さんが受け持っている講座の受講生のようです。名前を出したら、武さんがそう認めました」

「えっ」

途中でつっかえていた記憶がはっきりした。香苗の声が教えてくれる。

――ほとんど特定の一人が送っているらしいってわかったんだって。――野辺さんっていう男の人。――もう二年も前から、お義父さんの講座の受講生なんだって。――元々はその野辺さんと西尾さんが仲がよかったらしいの。

――なんだ。結局はその野辺ってじいさんのやきもちか。

「ご存知のかたですか？」

敏明の顔色の変化を見て、門脇がすかさず突っ込んできた。

「いえ。聞いたことがあるかと思ったのですが、勘違いでした」

門脇は疑う様子もなく、淡々と続ける。

「これはまだはっきり裏のとれた話ではないですが、最近、講座のあとにお二人が口論することがあったようです」

「二人というのは、父とその野辺さんというかたですか？」

「ええ、そうです」

「まさか。――では、父がわざとそのかたを？」

「まあ、そのあたりのことは、これからおいおい」

そこで会話が止まってしまった。何か質問すれば、悪い情報となって戻ってきそうな気がする。

「さきほど、父は逮捕されるとうかがいましたが」

門脇は敏明の目を見たままうなずいた。

「今も申し上げましたとおり、判断能力はあると思われます。必要となれば、今後検査入院などの処置をとることも考えられますが、逮捕は避けられないでしょうね」

「わたしが責任を持って見張っていますので、自宅に連れ帰ってはだめでしょうか」

門脇は、ほんの少し同情するような表情で首を左右に振った。

「個別の事情を酌量していたらきりがありませんので。それに、最近は世間の目が厳しいんですよ」

眉間に皺を寄せて、敏明の目をじっと見る。

「高齢ドライバーが起こした交通事故に関しては、風あたりが強いんです。マスコミもあえてそこを強調して取り上げますしね。――それに、今回のケースは死者が出ていますし、単なる轢き逃げの救護・報告義務違反に加えて、過失運転致死および死体遺棄の可能性もあって、結果はかなり悪質ですから」

うなだれて聞いた。

「さきほども申し上げましたが、その西尾千代子という女のことをもう少し調べていただけませんか。うちの父親に罪をなすりつけようとしているんです」

勢いでそんなことを口走ったが、具体的にどうなすりつけようとしているのかはわからなかった。現に武が「轢いたかもしれない」と言っているのだ。

『坂上自動車』のことを出せばもう少し耳を傾けてもらえるかと思ったが、ぎりぎりで踏みとどまった。何が起きたのかをほとんど把握していたことになってしまう。

門脇がけげんそうな表情を浮かべた。

「さきほどから、何度かその女性の名をあげていらっしゃるが、何か特別な事情でも？」

「あ、いや。なんて言いますか、さっきも申し上げたかと思いますが、最近父と親しくしていたようですので、わたしなんかよりも事情を知っているのではないかと」

「そうですか。もちろん、関係していると思われるかたからは、漏らさずお話をうかがう予定です」

「お願いします」

さらに二枚書類を書かされて「今日のところはこれで」とようやく解放されることになった。肩の荷が少し下りたと思った瞬間に、門脇はそれをぶち壊しにするようなことを言った。

「明日にも、またお話をうかがうことになるかもしれません」

敏明に関しては、まだ〝被疑者〟という段階まで行っていないのだろう。しかし、大いにかかわりがあると踏んでいるのは間違いない。だから言葉遣いは丁寧だが、有無を言わせぬ口調なのだ。

「それでは、署のものに送らせますから」

「あ、結構です」と即座に断った。

「しかし、車はあそこに置いてきてしまいましたよね」

「タクシーでもバスでも帰れますから」

多少の不便や金銭的なことよりも、早く警察の関係者から離れたかった。

「そうですか。そういうことでしたら」

連れてきたときとはうって変わって、あっさり引き下がった。もう逃げないと判断したのだろう。

「それでは」と立ち上がりかけたところで、門脇が「あ、そうそう。肝心なことを言い忘れていました」とまた引き止めた。

「なんでしょう」

「近くに、しばらく身を寄せられる親戚とかはいますか」

おかしなことを言いだした。

「どういう意味ですか？」

門脇は口元を少し歪めた。視線を合わせない。

「こんなことをわたしの立場で申し上げるのもどうかと思いますが、たぶん、すごいことになると思います」

「すごいこと、ですか？」意味がわからない。

「警察はこのことを発表します。大槻武氏の氏名、年齢、職業、現住所、事件の概要について。すると、当然ながらその家にはマスコミが殺到します。テレビ、新聞、週刊誌その他です。くどいようですが『高齢ドライバーの轢き逃げ事件』は話題性がありますから、マスコミは食いつくと思われます。

最初はまず武氏の自宅に集まるはずです。しかし一人暮らしのようですし、わたしも先ほど伺いましたが、あまり密接した隣近所というものがなさそうです。すると、彼らは情報を求めて、その家族や親戚を探します。今の段階では、我々としてはあなたの情報を公開しませんが、彼らはそれを得るのが仕事です。早晩嗅ぎつけて押し寄せてくるはずです。

あなたの住所を拝見すると集合住宅のようですね。『静かに』とか『近所にご迷惑だから』などという言い分に、彼らは聞く耳を持ちません。話が聞けるまでインターフォンを鳴らすし、応答しなければドアを叩くし、居留守をつかえば近所に話を聞いて回ります。これがまだ被害者側であれば多少気遣いもしますが、加害者側ですからね。社会正義を背負ったような勢いでやってきます。消極的な対策ですが、あなたがたご家族がどこかへ身を移したことがわかれば、早めに鎮静化する可能性もあると思います」

終わりのほうまで聞いて、これは親切心からではなく、敏明たち一家に避難してもらいたいのだと気づいた。騒ぎになれば、必ず一一〇番通報が何本も来るだろう。仕事が増える。それを避けたいのだ。

その場にへたりこんでしまいたくなるほど心も体も重かったが、どうにか礼を口にした。

「ありがとうございます」

「何かあったら、連絡をください」

こうしてようやく解放された。

31

取調室にいたときには気づかなかったが、警察署の一階ロビーへ下りてみると、すっかり日は落ちて暗くなっていた。人の数も減ってなんとなく寂しい雰囲気だ。

スマートフォンを取り出し、聴取のあいだは落としていた電源を入れ、自動ドアを抜けて外へ出た。

昼間よりだいぶ気温が下がっていて、吹き抜けた風に小さく身震いする。

《連絡ください》という、香苗からのメッセージが一通だけきていた。

そういえば、あれ以来連絡していない。心配するのも無理はないだろう。疲れていて、本当はそんな気分ではなかったが、簡単に事情を説明しておくことにした。

〈もしもし〉

呼び出し音が鳴るか鳴らないかのタイミングで香苗の声が聞こえた。

「ああ、おれだけど、連絡が遅くなった。実は警察に行くことになって、今まだ警察署の前にいるんだ」

〈やっぱり！　電話が通じないからそうじゃないかと思ってた。大丈夫？　何があったの？　お義父さんのこと？〉

矢継ぎ早に質問したい気持ちはわかる。しかし、一度には答えられない。

「親父が大変なことになりそうだ」

〈大変って？〉

その口ぶりから、香苗も何かを察しているような気がした。

急に春の冷たい風が身に染みた。ここで長々と立ったまま話す気分ではないなと思ったとき、タクシーが着いて客を降ろした。

「乗れますか？」

運転手に声をかけると「どうぞ」という返事だ。

節約してバスを使おうと思っていたのだが、これから武の家まで自分の車を取りに行かねばならない。武がいつもこぼすとおり、バスは便が悪い。それに疲れてもいた。

「詳しいことは帰ってから話すよ」香苗にそう伝えて通話を切った。

武の家の周りにほとんど人影はない。まだ、マスコミに伝わっていないようだ。暗いままの母屋をちらりと見て、自分の車に乗り、マンションへ戻った。

　無言でドアを開けると、香苗が出迎えてくれた。

「おかえりなさい。大変だったわね」

「うん」

　壁に手をつき、足先を振って乱暴に靴を脱ぐ。香苗がしゃがんでそれを揃えてくれた。

　無言のまま、洗面所へ向かう。

　手洗いとうがいをすませて、ダイニングテーブルの前にようやく腰を下ろした。

「何か飲む？」

「うん。冷たい麦茶――あ、やっぱりビールが飲みたい」

　今夜はもう運転することもないだろう。目の前に置かれた発泡酒のタブを押し込み、喉を鳴らして流し込んだ。唇の脇からこぼれた冷たい液が喉元を伝い落ちた。

　香苗もテーブルの向かいに座り、何かを待っている。もちろん、敏明の説明だ。さすがに潮時だと思った。

「じつは、まだ話していないこともあるんだ」

　香苗はうなずき、こちらを見たままで言葉は発しない。

「昨日、親父がね、『秋川渓谷で何かを轢いたかもしれない』みたいなことを言い出してさ」

　歯切れの悪い敏明の言葉に、香苗は「えーっ」と驚いた。

「何か、ってもしかして」

　その反応から、やはりうすうす感づいていたなと思った。誰かから聞いたというより、ニュースを見て関連付けたのだろう。これだけ連絡もしないのだから、心配して調べたりもしただろう。「まさか」とは思っていただろうが。

「秋川渓谷で轢き逃げ事件らしいのがあったとか、ニュースでやってないか？」

「わからない。テレビとか見ていないから、よくわからない」

知っていると確信した。それならそれで、話を進めやすい。

「まあ、とにかくそういう事件があったんだ。――それで、親父が『自分がやったかもしれない』と警察に出頭したらしいんだ」

「嘘でしょ」

「しかも、相手が、いつか香苗が言ってた野辺さんだそうだ」

「えっ、そうなの？」

これはさすがに知らなかったようだ。

「おれも聞かされたときは驚いたよ」

「轢いたかもっていうのは、昨日お義父さんから聞いたんでしょ」

「そうだ」

「どうしてそのとき警察に連絡しなかったの」

香苗の口調が詰問するように聞こえた。詰問されると人は反抗する。

「まさか、ほんとに人だとは思わないだろ。よけいなことに巻き込まれないほうがいいと思った」

「よけいなことって――」

「いちいち突っ込むなよ」溜まっていた感情が爆発した。「その場にいないからなんとでも言えるんだ。家にいて『どうしたの』『どうだったの』って言ってればいいんだから」

「そんな言い方しなくても……」

「いいよな、他人事でさ。苦労を全部しょってるのはおれだ」

「そんな」

香苗が絶句して、視線を伏せた。会話が途切れた。

「悪い。疲れてて、ついかっとなった。取り消して訂正する。それに――」

そこでふと気になった。幹人の部屋がある方向を顎で示し、声を落とした。

「いるのか？」

「ううん。塾に行ってる」

「行ってることになってる、だな」

謝ったばかりなのに、嫌みが出た。

「それより――」

続けて、念のため今日現地へ行ったこと、そこには警察がいたこと、会話もし、車の写真も撮られたこと、今後のことを相談しつつひとまず病院へ連れて行こうとしたこと、その途中で武が急に図書館へ寄りたいと言い出したので、そこで降ろしたこと。その後、怪しげな自動車修理工場へ探りに行ったり、西尾千代子と会ったことなどを説明した。

「そのあと、親父の家にいるところに警察が来た」

「それで、お義父さんは？　まだ警察にいるの？」

敏明は発泡酒の残りをあおって、うなずいた。

「事実上、身柄は拘束されてるようだね。さっき応対した刑事の話だと、そこそこ元気みたいだ。いろいろ細かく喋っているらしい」

「よかった」

「いいもんか」

妻に八つ当たりしてもしょうがないのはわかっていても、誰かにぶつけたい。

「おれが親父に、警察に行くのを少し見合わせるように言った、みたいな証言をしているらしい。まったくよけいなことを。誰のせいでこんな目に遭ってると思ってるんだ」

「お義父さんもこんなことになって、細かく気を遣う余裕がないんじゃゃない」

それには答えず、話題を変える。

「それにしても、死んでたのが野辺とかいうじいさんだったのは驚いた」

「そうね」

「でもさ、自首したって聞いても、まだ信じられないんだよね。あの親父が？　って」

「何かのまちがいでしょ」

認めたくない気持ちは香苗にもあるだろう。

「あの親父はたしかに気が荒いし、喧嘩っ早いところもあるけど、そういうことはしないと思うんだ」

「自覚的に生きよ」とは、まさか「計画的に犯行せよ」という意味ではあるまい。

香苗が、同意するように首を上下に振った。

「今回起きていることの全体像がよくわからないんだけど、そもそもが濡れ衣で、西尾千代子が何か企んでいるんじゃないかと思ってる。それならいずれは白黒つくだろうけど、問題はそれまでだな」

「それまでって？」

「それまでに、気が遠くなりそうなほどやることが山積みだ」

「そうね」

香苗なりに思うところがあるのだろう、テーブルに両肘をつき、自分のほおのあたりをさすっている。

「まず、うちの高校に連絡しないと。先に保護者から問い合わせが入ったりするのは一番まずい。それと、マスコミ対策だ。刑事に脅されたよ。『しばらく身を寄せられる親戚とかはいますか』『すごいことになると思います』だってさ。刑事が言うには、マスコミは最初、親父のところへ押しかけて、誰もいないんで次にこの家のことを調べ上げてやって来るだろうって」

「来るかしら」

「来るよ。テレビとか見てみなよ。いい歳した中年の息子が罪を犯したのに、その高齢の親のところまで押しかけて『子供のころはどんな息子さんでしたか』とかマイク向けてるだろ。まして、これは交通事故だからな。これも刑事が言ってたけど、今、世間じゃ『高齢ドライバーが事故を起こした』ってだけで、過敏に反応するだろう。近所の噂好きな奴らから『認知症かもしれない』とかいいかげんな話を拾ってきて、尾鰭（おひれ）をつけるに違いない。『家族として何か手は打たなかったんですか』って、まるで同罪みたいな騒ぎになる。目に見えるようだ」

話しているうちに、ますます気が滅入ってきた。

「幹人にも話さないと」

香苗に指摘されてようやくそこに気が回った。

「そうだ。あいつにも説明しなければならないし、場合によったら学校へも連絡しないと。変な噂が立たないように注意してくださいって。あいつ、何時ごろ帰ってくる？」

「最近、ちょっと遅かったりすることがある。塾が終わったあと友達と遊んでるみたい。それか、お義父さんのところに泊まりに行ったり」

「さすがに今日は親父のところはないだろうけど、とにかく早く帰るように連絡してくれないか」

「わたしが？」

「うん。頼むよ。ほかのことで頭がいっぱいで、今はあいつと言い争いみたいなことはしたくない」

中空を睨んで何か考えていた香苗が「そういえば」とつぶやく。

「あの子、わたしのスマホ、いじったかもしれない。何回か」

突然、何を言いだすのか。

「なんだいそれ。どういうこと？」

首をかしげる。

「よくわからないけど、わたしあんまりスマホは使わないから、うっかり持つのを忘れて買い物に行ったりすることが多いの。そんなとき帰ってきてみると、テーブルに置いておいたスマートフォンが誰かが触ったみたいになってることがある」

「ロックは？」

「わたしのはほら、古いタイプの四桁だから、脇で一回見ただけで覚えちゃうでしょ」

「見られたらまずいものがあるのか」

皮肉めかして訊いたが、香苗は真面目な顔で答えた。

「特にないけど、あなたとのやりとりは読まれたかも」

そうなのか、と眉をひそめたが、秋川渓谷の件でさえ今はじめて話したのだから、大したやりとりはしていない。

「そうか――あっ、まさか」

気になって、自分の作業机の引き出しを開けた。

「あった」

武の車から抜いたSDカードだ。母親のスマートフォンを覗き見するぐらいなら、敏明の机をあさりもするだろう。見られて困るようなものはないので鍵もかけない――というより、最初からついていない。変わりなさそうだが、SDカードをコピーされた可能性はある。

「まあ、見られてまずいものもないが」

あんなやつのことは放っておけと自分に言い聞かせ、思考を元に戻す。

まだほかに何かしておかないといけないことはなかっただろうか――。

そうだ。弁護士だ。武に弁護士をつけないとならない。タクシーの中で検索して調べてみた。単語だけは知っていたが、日本には『当番弁護士』という制度がある。逮捕されたらだれでも、一度だけ無料で弁護士を頼むことができる。頼りになるなと思ったら、その後も継続して依頼することもできる。

しかし〝逮捕〟されてからでなくては頼めない。今の武はまだ単に身柄を拘束されているだけだ。あれも、本来なら不当な拘束だと思うのだが、今後のことを考えるとあまりことを荒立てたくない。なんてことだ。おれが何をしたというのだろうか。

ただ、まじめに暮らしてきただけなのに。

「さっきの話だけど、ほんとうにどこかへ避難するの？」

「正直言うと、おれもまだあまり現実味がないんだけど、そうしないとならないかもしれない」

香苗は「だったら、今のうちに少し」と言ってため息をついて立ち上がった。外泊の準備をするつもりかもしれない。香苗はそういう日常的な、細かいことに手際がいいので助かる。

怖いもの見たさもあって、テレビのスイッチを入れた。やめておいたほうがよいとはわかっているのだが、〝世間〟がどうなっているか気になる。

最初の局で映ったのは、桜前線にからめた天気予報のコーナーだった。どこか北のほうの満開の桜の下で、予報士が団子を食べながら天気図の解説をしている。そういえば、警察で『坂上自動車』の話題を出せたなら、あのカレンダーのことも教えてやれたのに。

チャンネルを変える。〈さて、今夜八時からは――〉夜のバラエティ番組の宣伝、スポーツのニュース、ＣＭ、天気予報、ＣＭ――。

一周半ほどしたところで、代わり映えがしないから切ろうかと思ったとき、それが始まった。

〈ここで最新のニュースをお伝えします。東京都あきる野市の秋川渓谷で、轢き逃げされたと思われる男性の遺体が見つかった事件で、現在、事件にかかわりがあると思われる男性から事情を聴取していることが、捜査関係者への取材でわかりました〉

画面が、あの見覚えのある秋川渓谷の現場に変わった。昼間のうちに撮った映像だ。警察関係者が複数人で青色のシートを広げ、何かを隠している。派手な色のものなど何もない場所だから、かえって「ここに何かあります」と教えているようなものだ。

〈死亡していたのは、東京都七峰市在住の野辺勝彦さん、七十五歳で、警察の発表によりますと、野辺さんは同市で一人暮らしをしていました〉

《野辺さん宅》というテロップとともに、大槻家の実家より大きく、造りもどっしりした、いかにも「田舎の旧家」然とした建物が映った。ドローンで上空から見下ろす形だ。左下に○囲みで映っているのが、野辺の顔写真だろう。

〈生前、野辺さんが通っていた、七峰市主催の市民講座の講師を務めている男性が、なんらかの事情を知っているものとして、現在警察で話を聞いているとのことです。尚、市に問い合わせたところ『現在担当者が不在のためお答えできない』との回答でした〉

画面が七峰市役所に変わった。これではもう、市の関係者が犯人だと断定しているようなものだ。

今のニュースでも報じていたが、市にはマスコミからの問い合わせ以外にも、事情もわからぬままの市民からの——場合によっては七峰市民ですらない人間からの——クレームが殺到しているだろう。

「おしまいだな」

深くため息をついて、敏明はテレビを切った。

32

そして、それは夜の八時を少し回ったころから始まった。

ピンポーン。ピンポーン。

続けて二度鳴った。宅配便はこんな押しかたはしない。もう来たのか、というのが最初に湧いた思いだった。

応答のボタンは押さずとも、モニターには来訪者が映る。

見覚えのない男が立っている。おそらくマスコミだ。狭い画角からでは断言できないが、カメラやマイクのようなものがないので、新聞か週刊誌の記者かもしれない。

無視して、ベランダ側の窓際に近寄った。うっかりカーテンを開けようとして、危ういところで思いとどまった。部屋のライトを暗くする。ベランダの柵で顔が隠れる位置まで腰を落とし、数センチほどカーテンの隙間を作って外を見た。

「いるぞ。もう集まってる」

団地の敷地内にもかかわらず、通路に車が何台も停まっている。さらに集まりつつあるようだ。

香苗も脇から覗こうとしたので「見るな」と制した。

「見たってしょうがない」

リビングを出て、反対側にある北向きの部屋に回った。やはりライトはつけずに覗く。

「いるな」

こちら側には各戸の玄関や階段がある。ベランダ側より人も車も多そうだ。いかにもテレビ中継車とわかる、ものものしい造りの車まで停まっていた。マスコミ連中のほかに、住人の姿も見える。スウェットの上下にサンダル履きの知人もいた。この棟の住人の顔もあった。

「野次馬め。明日は我が身だぞ」

八つ当たりするように吐いて、リビングに戻った。

ピンポン。ピンポン。無視する。ピンポンピンポンピンポン。

無視し続けていると、ドアをガンガンと叩き始めた。あの刑事の言う通りだ。

部屋は暗いままにしておく。不便だがしかたない。インターフォンの電源も抜いた。これで収まるとは思えないが、騒音は多少減らせるだろう。

そう思ったら、今度は暢気な電子音が響いた。敏明のスマートフォンだ。

「もう番号を調べたのか」

ぼやきながら画面表示を見ると、登録のある番号からだった。マスコミなら無視するところだが、そうもいかない。

「はい。大槻です」

〈あー、大槻さんどうも。皆川です〉

皆川は、この団地の自治会で、この棟の役員を務める男だ。すぐに用件に察しがついた。

「ご迷惑をおかけしていますか」

〈わたしんとこはそうでもないんだけど、結構しつこくマスコミが取材に来ているお宅もあるみたいで、なんとかなりませんかって相談受けちゃって〉

こっちが相談したいぐらいだと思いながらも、今後のことを考えて丁寧に応じる。

「すみません。わたしたちもどうしたらいいかわからなくて」

〈あれですか。あの、ニュースでやってた秋川の轢き逃げ事件。あれの犯人が大槻さんのお父さんっていうの、本当ですか。ほら、以前にわたしも挨拶した、あのかたですよね〉

「いや、違うんです。違うというのは、ご挨拶いただいたのは父ですが、あれは父がやったことだと決まったわけじゃないんです。被害者とたまたま知り合いだったこともあって、何か知っているんじゃないかって、警察で事情を聞かれているだけです。うちの父親はあんなことはしません」

〈あ、そうなの。なんかね、今も言いましたけど、マスコミとか次々やって来て『大槻さん親子の話を聞かせてくれ』って、しつこいらしいんですよね。で、ちょっと困っちゃってるみたいなんですわ。ほら、西川さんのところなんて、女性一人だから怖がっちゃって〉

「すみません」

ほかに言いようがない。

〈それで、お願いなんですけど、大槻さん、一回記者会見みたいなの開いてもらえませんか?〉

「記者会見ですか?」

〈ええ、そうです。結局、やっこさんたちも話が聞けないからほかの家を訪ねて回るんだと思うんですよ。一度、大槻さんがきちんと話をすれば、ああいうのは止まると思うんですよね〉

「はあ」

そんな簡単な話ではないだろうと思う。

〈なんだったらほら、うちの棟の集会室、あそこ使えるようにほかの役員さんに話しときますから。

検討してみてくださいよ。お願いします。どうもどうも失礼しました〉

言いたいことを言い終えたら、こちらの意見を聞くこともなく通話を終了した。おそらく、何人もから「大槻にそう言ってくれ」と頼まれたのだろう。

ここ数日の、そしてとくにここ半日ほどの出来事が、あまりに急展開すぎて、とても現実に起きていることとは思えない。

この通話をしているあいだにも、ドアをガンガンと叩く音が何回か響いてきた。

「ちきしょう。これほどひどいとは思わなかった」

愚痴がこぼれる。さすがに、この状態は尋常ではない。

「ねえ。今、幹人から連絡がきて、今日は友達の家に泊まりますって」

「なんだ、この大変なときに。相変わらず自分勝手な奴だな」

「一旦、この近くまで戻ったんだけど、すごい騒ぎになってるから入るのやめたって」

「まあ、しょうがないか」

たしかにそのほうがお互いのためかもしれない。この上、あの仏頂面が近くにいたらよけいに気が滅入る。

「わたしたち、どうする?」

「急に泊めてくれる親戚もいないだろう」

「ビジネスホテルとか?」

「そうするか。今回のことじゃ、えらい散財だ」

「しょうがないわよ」

「たしか、駅前にビジネスホテルが二、三軒あったよな。ちょっと電話してみて、とれそうなら予約してくれないか」

「わたしが？　――わかった。電話してみる」

しかし、家から出るにしても、もう少し外の人が減らないと話にならないだろう。勤務先へ事情説明に行くとしても〝足〟が必要だ。できるなら車で出ていきたい。

外泊することになってもことが足りるようにと、仕事関係の準備をしているとき、香苗が声をかけてきた。

「ホテル、予約とれた。ツインでいいでしょ」

「ああ。いいよ。人が減った隙を見計らって出よう」

「じゃあ、支度を済ませちゃうから」

今度は固定電話が鳴った。表示された番号は、このあたりの市内局番だ。

「わるいけど、電話に出てくれないか」敏明の下着を詰めている香苗に振った。「どうせまた、団地の誰かだろう。騒ぎをなんとかしてくれとか。気持ちはわかるが、こっちも好きでやってるわけじゃない。だいたい、この団地の住人だって年寄りばっかりになって、明日は我が身だろうに。取り込み中だとかなんとか言って、適当に切ってくれよ。まったく。馬鹿どもが」

ぼやいている敏明の脇をすり抜けて、香苗が電話に出た。

「はい、大槻です」

いらいらの延長で、小さく舌打ちする。

「先にこっちから名乗るなって、いつも言ってるのに――」

敏明の声を無視して香苗は応対に集中している。

「――あ、はい、すみません。いつも幹人がお世話になっています。――はい、じつは、そういうことになっていまして」

幹人が通う中学校の関係者のようだ。

「――ええ、はい。今はちょっと――はい――」

しだいに細くなっていく香苗の声よりも響く怒声が、ドアの外から聞こえてきた。

「あんたがた、いい加減にしなさいよ。ここは住宅だよ。無断立ち入り禁止って書いてあるだろ」

あの声は、同じ棟に住むたしか村木とかいう名の七十前後の男だ。普段から団地内のマナーに口うるさく、小中学生が自転車を通路際に停めたというだけで怒鳴りつけるタイプだ。煙たい存在だが、こんなときは頼りになるようだ。

玄関まで行って、そのやりとりを中から聞く。

「失礼ですが、大槻さんの関係者のかたですか――」

「そんなことは関係ないだろ。そもそも、そっちはどんな権利があって――」

少しのあいだ、マスコミ側との応酬が聞こえていたが、やがて静かになった。向こうが退散したようだ。今度はこちらに矢が飛んでくるかと身構えたが、それはなかった。

ほっとするのもつかのま、再び固定電話が鳴った。

香苗はどうしたのかと見れば、スマートフォンで今度はこちらから誰かに掛けるところのようだ。

さきほどの電話は学校の連絡網か何かで、この緊急事態下に、当事者にその連絡をさせようというのか。なんというマニュアルバカなのか。香苗も香苗で、素直にそんなことをしている場合ではないだろう。

目の前で鳴っている電話のディスプレイに表示されたのは、今回も市内の局番だ。しかたなく敏明が出た。

「はい。大槻です」

しまったと思ったが遅い。幸い、香苗には気づかれなかったようだ。

〈あ、大槻敏明さんでいらっしゃいますか〉

女性の声だ。聞き覚えはない。これもやはり学校関係者だろうか。

〈夜分申し訳ありません。こちら七峰市役所生涯学習振興課のマスダと申します〉

「マスダ」の音が、一拍おいて「枡田」に変換された。妻の元同級生で市役所の職員、それも武が受け持つ生涯学習センターの講座などを管轄する部署にいる。得ている情報はそれだけだ。下の名も知らない。「生涯学習振興課」と聞いて、そういえばそんな名だったと思い出した。

時計を見ると、まもなく午後九時になる。こんな時刻に、まさかあの件だろうか。

「ああ、市役所の。いつもお世話になっています。このたびはどうも」

〈こちらこそ〉

「妻でしたら、いまちょっと電話中なんですが――」

〈いえ、敏明さんで大丈夫です。じつは武さんのことで〉

「はあ、申し訳ありません」まずは謝る癖がついてしまった。

〈じつは――〉

枡田は、警察から武に関して問い合わせがあったこと、市役所でもかなり問題になっており、この時刻だが一部の職員が出勤していること、自分が代表して電話をしたのは、事情をうかがうと同時にお伝えしたいことがあること、などをやけにへりくだった口調で説明した。

〈それでですね……〉

「あの、遮るようで申し訳ありませんが」

〈はい？〉

「じつはその件とも関係あるのですが、ちょっと緊急でうかがいたいことがありまして」

〈なんでしょう？〉

やや警戒する雰囲気に変わった。

「西尾千代子さんのことです」

〈はい？　あの、すみません。もう一度お願いします〉

「西尾千代子さんです。妻がいろいろ教えていただいた」

〈ニシオ、さんですか？〉いかにも記憶をたぐっていそうな声だ。

「はい。ご存知ありませんか」

まさか、という思いがこみ上げる。何が「まさか」なのかよくわからないが。

〈ニシオさん。――すみません。ちょっと存じ上げないのですが。そのかたが何か？〉

そのとき、電話応対しながら深い意味もなく室内を見回していた敏明の視線が、テーブルの上のあるものに釘付けになった。そうか、そういうことか――。

ヨーロッパのアンティーク風、子豚を模した爪楊枝入れ――。

やはり、『カトレア』に陳列してあったのと同じものだ。スーパーの食器売り場や百均雑貨などで売っている趣味のものではない。これを見たときに、すべてを察するべきだった。今まで何となくもやもやしていたことのいくつかが、これで繋がった気がする。

　西尾千代子に関する情報を枡田から聞いたというのは香苗の作り話で、本当は以前から知っていたのではないのか。武とあの女の関係をなんだか心配するようなことをしつこく言っていた。枡田から聞いた話などでなく、自分で嗅ぎまわっていたのか。だからあんなに細かいことまで知っていたのだ。いや、それだけではない。『カトレア』で、カウンターに置いたスマートフォンに《香苗》という文字が浮いたときに、千代子はすぐに「奥様」と口にした。武から家族構成は聞いていたかもしれないが、そんなにすぐに浮かぶだろうか。

　お互いに知り合いなのではないか——。

〈あの、もしもし——〉

「あ、いえ、失礼しました。西尾さんの件は結構です。それで、そちらのご用件は？」

〈じつはお電話させていただいたのは、お父様に担当していただいている、お講座のことなのですが〉

　枡田はまわりくどい言い回しで喋ったが、要するに「武が受け持っている講座は、次回から休止する」という趣旨のようだった。

33

　香苗が予約した七峰駅前のビジネスホテルは、自分たち用のツインに加えて、無駄になってもいい覚悟でシングルの部屋も借りた。万が一、幹人が友人宅にいられなくなったときのことを考えてだ。

外は静かなままだ。定年後の鬱憤(うっぷん)を近所へのクレームで晴らしているおやじ、ぐらいの目で見ていた村木とかいう住人の叱責が効いたようだ。

「今しかないかもしれない」

枡田とのやりとりを持ち出すのは、ひとまずあとまわしにすることにした。話が長くなりそうだからだ。こんなときに、ついでで済ませる用件ではない気がする。

財布、銀行印などの貴重品と、二、三日分の簡単な着替えを詰めたバッグを持つ。玄関ドアのスコープを覗いて、人の気配がないのを確認した。

「いなくなったみたいだ」

まず、チェーンをつけたまま、ドアをそっと開けてみる。人影はない。室内の電灯をほとんど消したままにしていたので、あきらめたのかもしれない。

チェーンを外し、再びそっとドアを開ける。素早く移動。仮にマスコミの人間がいたとしても、まだこちらの人相を知らないはずだ。階段を一階まで下りて、さりげなく住人のふりをして歩きだした。すかさず、どこかに身を隠していたらしい数人が駆け寄ってくる。やはりあきらめてはいなかった。

「すみませーん。この棟にお住まいのかたですか」

「大槻さんというかた、ご存知ですか」

いきなり突き付けられたマイクが、鼻に当たった。

「危ないだろう」あえて横柄な物言いをした。「痛いじゃないか。あんたがた、迷惑もいいところだよ。さっき、自治会から警察に通報したよ。こんな騒ぎになってるのに、大槻さんが帰ってくるわけないでしょうが」

このところ、とっさの方便がすらすらと出るようになった。

しかし、警察に通報したという程度では動じる様子もない、別の記者らしき男が食い下がる。

「ちょっとだけお話をうかがえませんか。大槻さんって、どんなご一家でしょう」

「事故を起こした男性は、よく見かけましたか」

目の前に突き出された、ICレコーダーらしきものを手で払いのけた。

「だから迷惑です。ちょっと通して。この騒ぎで具合が悪くなって病院に行くんだから」

敏明の背で身を隠すようにしている、香苗に軽く顔を振った。

「警察」より「病院」のほうが効き目があったらしく、行く手を塞いでいた数人が両側に避けた。

そこを抜けて自分の駐車スペースへと進む。ロックを解除して乗り込むとき、まだ何人か未練がましくこちらを見ていたが、つけていくべきか大槻家のだれかが帰宅するのを待つべきか迷っているようだった。

ゆっくりと車を発進させると、もう誰もついてこなかった。

駐車場から公道に出たところで、少し前に発泡酒を飲んだことを思いだした。

「何をいまさら」

小声で吐き捨てる。本心なのか強がりなのか、自分にもわからなかった。

シングルベッドが二つ並んで置かれ、それだけがやけに目立つ、つまりは手狭な部屋だった。そのほかの、作り付けのデスクセットやスタンドライトなどが、遠慮がちに見える。

狭いデスクの上に、途中のコンビニで買ってきたサンドイッチやおにぎり、飲料などを並べたが食欲はない。

「はあ」

深いため息をついて、敏明が窓に近いベッドに腰を下ろす。もう一つのベッドに香苗も腰かけた。

「幹人に、ここのホテルを教えて、泊まりたいなら部屋を押さえてあると連絡してくれないか。キーはこっちで持ってるから、その場合は電話をくれって」

「はい」

香苗がスマートフォンを操作している。そのまま伝えているのだろう。

「さて。それで、と」

いちいち口に出さないと思考が先へ進まないのも、疲労のせいかもしれない。

枡田とのやりとりを、まだ香苗には話していない。

ほどなく、幹人にメッセージを送信し終えたらしい香苗が顔を上げた。ようやく切り出す。

「さっきの電話は、市役所の枡田さんからだった」

「あ、そうなの」

意外、という顔はしたが、驚きや後ろめたさの印象はない。

遠回しに、あるいは段階を踏んで追い詰める余力はなかった。単刀直入に訊いた。

「西尾千代子の情報を枡田さんから聞いたっていうのは嘘だね」

この質問に香苗は、ほとんど表情を変えず、だいぶ使い込んではあるがきちんとのりの効いているシーツをみつめている。何を考えているのかわからない。

「そうね。——嘘を、つきました」あっさり認めた。

「どうして」怒りを呑み込んで尋ねる。

短い沈黙。香苗が安物の漂白剤が臭うシーツを手で軽くなでながらため息をついた。

「実は、西尾さんとは、以前から知り合いなの」

やはり想像は当たっていた。続きを待つ。

「西尾千代子さんのお孫さんと、幹人は同学年なの。小学校から一緒で、何度か同じクラスにもなったことがある」

「そうだったのか」

そんな繋がりがあったのか。

「そのお孫さん、そら君っていうの。宇宙の『宙』って書く」

どんな字を書くかなどどうでもいい。

「その宙君が、小学校のころいじめにあっていたの」

「それって、まさか——」

「そう、あのときの子なのよ」

幹人は小学生のころ、いじめグループに入っていて、問題になった。もう少しで保護者会を開いて、いじめていた側の保護者が謝罪する場を設けるかというほどの騒ぎだった。

細かい経緯はわすれたが、相手側が「そこまでは望まない」と言ったこともあり、ごく内輪の対面の謝罪だけで済ませてもらった。

いまだに敏明が「また問題を起こすんじゃないか」と神経質なまでに言う、その元となった事件だ。教師の息子がいじめ事件など起こしては、謝罪程度では済まされない。

それにしても、あのときの相手の少年の祖母が西尾千代子なのか。まさかその恨みで今ごろ祖父の武に復讐しているのか。さすがにそれは現実味がない。

そんなことを考えている敏明に、香苗が説明を続ける。

「宙君のお母さんはシングルマザーで、名字は旧姓の西尾だった。宙君には二回ぐらい会ったけど、どうしていじめられるのか不思議なぐらい、気が強そうな印象だった。

その後のことはあなたも知っていると思うけど、学校で向こうのお母さんに面会したの。すごく普通の印象のお母さんで、いじめていた側の五人の親が謝って、それで納得してもらえた。幹人は何も言わないんだけど、あとでその五人の中の一人のお母さんに聞いた話だと、最初は宙君がクラスの暴君的存在だったみたい。それで、数人がかりでこらしめたとかいうのがそもそもの始まりらしい」

「どうして言ってくれなかった。西尾千代子のその素性を」

香苗が敏明の目を見た。その瞳に責める色合いはなく、強いていえば悲しそうだった。

「言えばどうにかなった？　何が目的で近づいてきたんだとか騒ぐでしょ。下手したら相手のところに乗り込むかもしれない。まだ昔のことを蒸し返すのか、いつまでつきまとうのか、とかって」

「どうしてそういう物言いをするんだ」

その言葉を待ち受けていたかのように、即座に跳ね返してきた。

「あなたが、ずっとそういう物言いをしてきたから」

　敏明が何も言わずにペットボトルから飲料を飲むと、香苗が続けた。

「それにね、今回のことは、わたしが西尾さんにいろいろ話したことが、きっかけになったんじゃないかって思うの」

「香苗が、あの女に？」

「うん。――一か月ちょっと前だった。駅の近くまで買い物に出て、バスで帰ろうとしてバス停に並んでいたら、車が停まって、女の人が窓から顔を出して声をかけてきたの。ちょっと派手な感じの赤い車だった。

『大槻武先生の息子さんの奥様ですよね』って声をかけてきて、最初は少し警戒して『どちら様ですか』って訊いたら『西尾といいます。小学校のときに孫の宙がお世話になった』ってにこって笑ったの。それですぐにわかった。千代子さんのことは知らなかったけど、小学校と『宙』っていう名前で思い出した。千代子さんに『それと偶然なんですけど、大槻武先生の講座の生徒なんです。よかったら乗って行きませんか。お宅まで送ります』って言われた。断ったんだけど、ちょうどバスが来ちゃって、話の途中で乗るわけにもいかないし、列をやりすごしてたら乗りそびれちゃって、それで結局――」

「あの女の車に乗ったのか」とあきれてみせた。

「だって、昔あんなことがあったら、断れないじゃない。それに、親切で言ってくれているのに。まさかこんなふうになるとは思わないし」

　思い出しながら語る香苗の説明によれば、その途中で「ちょっと寄りましょう」とファミレスに入り、コーヒーと甘いものをご馳走になった。その数日後、今度は勤め先の近くでばったり会った。買い物帰りだというのが嘘でない証拠に、駅の近くにある洋菓子店の袋を持っていた。昔のことは全然持ち出さなかった。

また家まで送ると言われて、つい受けてしまった。そうしたら『カトレア』へ連れて行かれた。たまたま、敏明が残業で遅くなる日だったので、そのままコーヒーと店用に仕入れたというケーキをご馳走になった。

「最初は、それこそ昔のことを蒸し返されて嫌味でも言われるのかって身構えたんだけど、すごく話題が豊富で楽しい人だった。単純に友達になりたいのかと思った」

そんなの偶然なわけないだろう。考えの浅い人間は騙されやすいものだと、喉まで出かかったが、咳ばらいをしてごまかした。武でさえ、手玉に取られたのだ。

西尾千代子から、最初は母娘二代続けてシングルマザーだった苦労話を聞いた。暗い話題ではなく、むしろ笑い話にしていた。人生を有意義に生きているとうらやましくなった。

「それでわたし、ちょっと愚痴っちゃったの」

「愚痴？」

「なんていうか、話の流れみたいなものもあって――」

ここまで、訥々(とつとつ)とではあるがあまりためらうことなく話していた香苗が、言い淀んだ。

「ここまで話したなら全部話してくれよ」

香苗が心を決めたようにうなずく。

「わたしのことを『温かい家庭があっていいわね』って何度も言うから、つい『そんなこともないです。西尾さんのほうがうらやましいです。こんなお店を切り盛りして』って」

「それで?」

ひと呼吸おいて香苗が口にした理由は、敏明にとって思いもよらぬ内容だった。それは、武が〈人を轢いたかもしれない〉と電話してきたときに受けた衝撃に近かった。

「わたしは、体のいい使用人ですから、って」

「なんだって——」

「わたしね、対等に扱われていないって前から感じていた」

「何だよ。何を言いだすんだ、いきなり。こんなときにどさくさに紛れて、おれに対するクレームか?」

「たとえば、お義父さんが認知症かもしれないっていうことは、わたしたち夫婦にとってとても重要なことでしょ」

「あたりまえだろ。なんだよ今さら」

「それなのに、あなたはわたしにひと言でも相談した? いや、そうじゃない。わたしが前から指摘してたのに、ずっと聞き流してた」

「聞き流してたわけじゃ……」

「いいから聞いて。それが現実味を帯びてきたら、こんどは一人で抱えて、おれは苦悩してる、みたいな顔して。わたしが何回『きちんと話し合いましょう』って水を向けても、あなたはまともにとりあってくれないでしょ。『おまえに話したってしょうがない』みたいな顔で」

だってほんとにしょうがないだろうとは言えない。

「そんなことは……」

「あります。そのことに限らず、何の話題でも『話したってしょうがない』っていう顔をする」

「そんなこと……」

「さっきだって、マスコミが押し寄せてきたときに、わたしが窓の外をのぞこうとしたら『見るな』って言ったでしょ」

「それは、見たってしょうがないから――」

つい口にして、言葉に詰まった。香苗が微笑む。

「ほらね。もう染みついちゃってるのよ。わたしは、使用人というより兵隊。そしてあなたは指揮官。だまって従え。でしょ」

「そんなことは言ってないよ」

「はっきり言葉にしなくても、同じこと」

間が空いた。久しぶりの、かなり気まずい沈黙だ。香苗が西尾千代子との関係を隠し、嘘をついていたことを追及していいはずなのに、逆に責められている。何かおかしい。

「おれの態度についてはいいよ。あとで話そう。それより、あの女に何を話したんだ」

いまさらこの状況下で、日頃の夫婦関係にクレームをつけられても困るというのが本音だ。不満をぶつけたいのはこっちも同じだ。

香苗が言い淀んだので、その隙を突いた。

「そこまで言ったなら、最後まで言えよ。あの女のせいで、どんなことになってると思ってるんだ」

声が荒くなった。父親が轢き逃げをして明日にも逮捕されようとしている。もし本当にやっていたなら——そうでないと信じているが——死亡轢き逃げ事件の犯人だ。社会感情的には、かなりの凶悪犯だ。夫婦でもめている場合ではない——。

そんな趣旨のことを、理路整然とはいかず、前後しながら訴えた。

それを聞いた香苗は、言い返すというよりまるで愚痴でも漏らすように「だから、そういうところなんだけど」と口にした。これにも腹を立てかけたが、すぐに「ごめんなさい」と素直に詫びたので、興奮度はやや下がった。

「あの人、西尾千代子さんて、人の気持ちを引き出すのが上手な感じだった。訊きだすというより、言い当てるっていうほうが当たっているかもしれない」

「だから、あの女に何を話したんだ。まさか何か頼んだのか」

香苗は首を左右に振った。

「何も頼んでない。ただ、あなたの実家の『大槻家』が江戸時代から続く家だとか、少し中心部からは離れているけど、七峰市内にそこそこ土地を持ってるとか……」

「ばかか」今日一番大きな声が出た。「——あんな詐欺師みたいな女にそんなこと教えてどうする」

「詐欺師みたいだとは思わなかった。なんとなく、今まで誰にも話せなかったことを、気がついたら話していて……」

「ばかか」同じせりふしか出てこない。

その言葉で、ややしぼみかけていた香苗の表情に生気が蘇ったような気がした。

「ほらね。それがあなたの口癖なの、気づいてる？　もしも逆だったらどんな気がする？　あなたがわたしと違う考えのことを話すたびに『ばか』って言われたら、ああ、いい夫婦関係だなって思う?

それにね、この際だから言うけど、あなたもあの人の子よ。普段、お義父さんについて批判的なことを言ってるけど、本質は同じ。いまでさえそうして見下したような言動なのに、今後歳を取って、あんなふうに頑固になっていくことを考えると耐えられない」

「なんだか、急におれが全面的な悪者になってるな。勝手に老後を想像して腹を立てるなよ」

「逆もある。前にお義父さんに言われたことがある。『もしかしてご両親に当てにされてるかな。老後の資金ぐりとか』って。にやって笑いながら。

どういうことかわかる? わたしの両親のことを笑ったの。失礼じゃない。あの人がもっと歳を取って、体の自由がきかなくなったら、どうするの。誰が面倒をみるの。あの人は変なプライドがあるから、他人に裸にされてお風呂に入れられたり、下の世話をされたりとかは嫌がるに決まってる。あなた、あの人の面倒みられる? 結局、おむつの交換までわたしがやることになるでしょ。

「そんなことは――」

気が利かないとか悪口言われながら」

「おっしゃるとおりわたしにも親はいる。幸い、二人ともまだ健在で介護の心配なんかはなさそうだけど、そんなことは永遠には続かない。でも、あなたがわたしの親を気遣ってくれたことなんかないでしょ。気を遣わないというより、眼中にないといえばいいかな。市の顔役でもなんでもなくて、夫婦合わせた年金でなんとか生活している老人なんて、できればかかわりたくないって思っているのが伝わってくる。いやそうじゃない。あの人と同じ、当てにしてるだろって思ってるのがよくわかる」

反論したい部分もあるが、その気力が萎えていた。信頼していた妻が、自分をそんなふうに思っていたことがショックだったからだ。

いや——。

本当にそうだろうか。反論？　どの部分にどう反論する？　武があの調子で、妙に体力はあるのに排泄物を垂れ流すようになったとき、自分は面倒をみられるのか。「香苗、頼むよ」と言うつもりではなかったのか。いざとなれば、武の住むあの家と土地を処分して、武を老人ホームに入れ、残った金でもっと広くて新しい、駅の近くの高層マンションを買って住もうという腹積もりでいたのはたしかだ。

その構想の中に、香苗の両親の姿はあったのか——。

反論せずに、先を促した。

「で、西尾千代子に愚痴を打ち明けた結論は？」

「ない」

「ない？」思わず声の調子が上がる。

「それきりになったから。最後に話したのは二週間ぐらい前」

腕組みをして頭の中を整理した。ここまでに判明したこと、わからないこと。事実ではないかもしれないこと。疑わしいこと。いろいろ起きた不可解なできごとは、やはりあの女がかかわっていたと考えるべきだと確信が持てた。

たとえば、ドライブレコーダーのＳＤカードから記録を一部消去したり、最終的には抜き取ったのも、やはり西尾千代子の仕業なのだろう。

武はもともとドライブ好きだったが、千代子に誘われて、ますます頻度が増えた。すっかり昔以上のドライブ癖がついてしまって、多少認知症の影響もあったのかもしれないが、夜中まで走り回るようになった。

そこまでは合理的に納得がいく。しかし、やはりわからないのが千代子の動機だ。武に近づき、事故を起こす可能性を高めさせることが、彼女にとってどんなメリットがあるのか。

まさか本当に、香苗の身の上話を聞いて同情し、武を破滅させることによって、敏明の仕事を奪い人生を滅茶苦茶にすることが目的だったとは思えない。それなら、ほぼ狙い通りにことは運びつつあるが、香苗のためにはならない。香苗も大槻家の一員であり、この騒ぎの犠牲者だ。

ならば、千代子自身が武に、あるいは大槻家に何か恨みを持っていたのだろうか。西尾家もやはり古い家柄で、大槻家に対し遠い祖先の遺恨が残っていた、などということはあるまい。

それと、被害者がその野辺とかいうおなじ受講生だったというのはどういうことなのか。武と仲が悪かったという噂だそうだ。その野辺を轢き殺せば、武の罪がより重くなると考えたのか。

想像は非現実的に膨らむので、動機の追及はひとまずおいて、話題を当面の問題に戻す。

「ひとつ、言っておきたい。――いや、頼みがある。マスコミはもちろん、近所の人だろうが昔からの知り合いだろうが、親父に関して何か訊かれたとき、間違っても『少し前から記憶力があいまいになることがあった』なんて言わないでくれ。おそらく、犯罪者のような扱いを受ける」

これを聞いた香苗が驚いたような表情を浮かべた。

「何言ってるのよ。お義父さんは、人を轢いてそのまま放置して、結果的に死なせてしまったんでしょ。わたし、法律のことは詳しくないけど、それって相当ひどいことじゃないの。『犯罪者のような』とか言ってる場合じゃないでしょ」

スマートフォンに着信だ。

「またか。今度はだれだ」

電源を落としてしまいたいところだが、警察からの連絡には答えないとならないだろう。

表示された番号に見覚えがあった。まさに、その警察からだ。つい立ち上がって応答する。

「はい、大槻です」

〈ああ、さきほどはどうも。七峰署の門脇です〉

またあの刑事だ。今度はなんだ。

「父がまた何か」

〈いえ、それがですね――〉

言い淀むような間が空いた。またしても嫌な空気だが、その正体がわからない。

〈息子さんの幹人君のことです。大槻幹人君。こちらで把握している限り、本人に間違いないと思いますが〉

「幹人が何か」

〈さきほど、住居侵入の現行犯で身柄を確保しまして〉

「住居侵入？」

声がうわずってしまった。香苗と目が合う。先ほどまでの責めるような色は消えている。

〈挙動の怪しげな少年が、塀を乗り越えて工場の敷地に忍び込むところをたまたま目撃した通行人から、一一〇番通報がありました。地域課の警官が駆け付けようすをうかがったところ、たしかに暗がりで不審な行動をとる人物を発見、誰何し、まだ少年であったため保護しました。特に抵抗はしなかったようで、署までおとなしく連行されて住所氏名も素直に供述したそうです。工場の責任者にも連絡済みです〉

立っていることができずに、再びベッドに尻を落とした。まっさきに浮かんだのは、別人ではないかという可能性だった。

「本当に息子の幹人でしょうか。友人かだれかがその場しのぎで嘘をついている可能性はありませんか」

〈塾の身分証を持っていましたし、スマホの中を見せてもらいましたけど、本人に間違いなさそうですね〉

「あの、馬鹿――」

その先が続かない敏明に、門脇刑事が淡々と説明する。

〈幹人君は満十四歳ですね。学校の先生でいらっしゃるからご存知だと思いますが、今は十四歳以上は刑事事件の対象になります。まあ、幸い刃物類や燃料などの危険物は所持していなかったため、大ごとにはならずに済むと思いますが、抵抗していればもう少し扱いも変わったかもしれません〉

「逮捕ということですか」

〈あくまで可能性ですが。とにかく、保護者のかたからもお話をうかがいたいので、一度署にお越し願えませんでしょうか。このままだと、署でひと晩過ごしてもらうことになります〉

「それは留置場でということでしょうか」

電話口の向こうで軽く苦笑したのが伝わってきた。

〈あまりいい響きじゃありませんが、みなさんそう呼びますね。本来、未成年は家裁に預けるんですが、夜分でもありますし、臨時的にそのようになると思います〉

「まだ十四歳の子供を鉄格子の中に閉じ込めるなんて……」

〈だから、いらしてくださいとお願いしています〉

さらに門脇が語ったところによれば、これは少年事件なので本来「少年課」の職員が担当するものである。自分がたまたま宿直だったので、聞き覚えのある名前だと思って確かめたところあなたの息子さんだった。なので、面識がある自分が連絡をしたが、このあとは少年課に引き継ぐ。この先、幹人の処遇がどうなるかは、少年課の判断による。

そんな説明だった。

〈そうそう、肝心なことを言い漏らしていました。幹人君が侵入した建物ですが、『坂上自動車』という修理や板金を行う工場です〉

ご存知ですか、と問いかける門脇の声が、はるか遠くから聞こえた。

34

敏明には、その後数日間の記憶がほとんどない。

これまでの人生で経験がないほど、忙しい毎日だった。

警察から幹人の件で連絡があった直後に、タクシーを呼んで七峰署へ出向いた。すでにアルコールも飲んでいたし、さすがに疲れ果てて、まともに運転などできる状態ではなかった。

門脇によれば、飲み屋にいたらしい坂上社長に連絡すると、意外にも「子供のいたずらだろうから、騒ぎを大きくしたくない」との趣旨で、訴えはしないとのことだった。のちの展開を考えると、警察と不必要なかかわりをもちたくない、というのが本音だったのだろう。

敏明たち両親が身元引受人となって、幹人は「連絡のつく場所、すぐに出頭できる場所にいる」という条件でその晩のうちに釈放してもらえた。

忍び込んだ理由について、警察には「バイクの部品に興味があった。何か落ちていたらもらおうと思った」などと説明したそうだ。そんな理由が通るのかと思ったが、坂上が問題にしないと言っているので、それで済んでしまったようだ。

本来の敏明であれば、よりによってこんな時期にこんな不始末を起こした幹人をとことん追及したはずだが、幹人の終始ふてくされた態度にうんざりしたのと、ほかにも山のように問題をかかえているのとで、そんな気分にはなれなかった。

それにしても、やはりバイクがらみだった。もっと自分の観察力を信じればよかった。

「あのばか。どうしてバイクなんか」と首を振る敏明に、少年課の警官が言った。

「以前から興味があったようです。かなり詳しかったですから」

そして同じ警官から、マスコミには流さないが、学校へは連絡すると告げられた。

中学でも表だっての記録には残らないはずだが、教師どうしのパイプによっては、裏で連絡がいくこともある。私立高校への、特に進学校への推薦は事実上無理だろう。少なくとも白葉高校ならば受け付けない。

敏明自身は休職扱いにしてもらった。いずれ退職の道は免れない。もちろん、幹人の補導のせいではなく、武の問題だ。退職どころか、武の罪が立証されれば敏明も一部共犯となる可能性が濃い。犯罪者だ。懲戒解雇の可能性すら出てきた。

なんてことだ――。

気がつけばそうぼやいている。

野辺勝彦の死因も聞かされた。

車両との接触によると思われる骨折や打撲痕が何か所かあり、特に頭部は重傷だったようだが、それが致命傷ではなかった。一昼夜冷たい川につかっていたための低体温症、いわゆる凍死だった。

敏明が谷川で目撃した〝人間らしきもの〟が野辺勝彦の遺体だったなら――もはやそうとしか考えられないが――下流に流れずひたひたと半身を水にさらしていたのだ。

敏明自身も苦心して下りた急斜面が目に浮かぶ。鬱蒼と雑木の生い茂るあの斜面を、自然に転がり落ちるということは考えにくい。ならば野辺勝彦は、重傷を負い、誰かに助けを求めるつもりで這い下り、河原まで出たところで力尽きたのだろうか。その可能性はないとはいえないかもしれないが、誰かが下まで引きずって行って河原に放置したとは考えられないか。

もしそうであれば、轢き逃げどころか殺人だ。

警察はそのあたりをどう睨んでいるのか、何も教えてはくれない。当面は「武が知人の野辺勝彦を轢き、そのはずみで被害者は川に落ちて凍死した」という、細部をぼかした筋で捜査が進むように思えた。つまり被疑者が武一人、という構図に変わりはない。いわゆる「世間向け」の発表だ。陰で何を考えているのかはわからない。

非常に気が重く、そんな気分にはなれなかったが、弁護士会に電話をかけ、用件を伝え「当番弁護士」を依頼した。

結局、武の逮捕容疑は、第二の事件、秋川渓谷のいわゆる「轢き逃げ」に関してだった。法律上「轢き逃げ」という罪状はなく、正式には「過失運転致死傷」「救護義務違反」「報告義務違反」等の併合になる可能性が高い。

当番弁護士は、ほとんど感情を込めずにそう説明した。

また、今後、刑事裁判になったときのざっとした流れなども教えてくれた。

「どうしましょう？　このまま当職に弁護を依頼されますか。その場合、私選弁護人ということになり、既定の料金をお支払いいただくことになります」

香苗と顔を見合わせた。

「もう少し考えさせてください」

そう言って頭を下げると、弁護士は「何かありましたら、差し上げた名刺の電話番号までご連絡ください」と言い、関係はそれで終わった。

敏明も数度にわたって聴取に呼ばれた。何を訊かれるのかといえば、当然ながら「警官に目撃されたあの日、武と一緒に何をしに秋川渓谷へ行ったのか」についてだった。武はその後、当日前後のことは忘れてしまったと陳述しているらしい。本当に忘れたのか敏明のための虚言なのかはわからない。

敏明は、あの日の言動について幾度も同じ方便を繰り返しているうちに、自分でも本当のことに思えてきた。すなわち、「武が突然『昔家族とドライブした秋川渓谷へ行きたい』と言い出したので、認知症の対症療法によいのかと思い同行した。人を轢いた云々はまったく知らない」という主張だ。

そして、どうやらそれは通りそうな見通しだった。

あのとき、あの場所で敏明が何を見たのか、誰も知らない。武にさえも話していない。今さら生き返るものでもないし、武が罪を背負うなら一人で背負ってもらえばいい。何も好き好んでおすそ分けをしてもらう必要はない。

スマートフォンの通信記録も任意で調べられた。逮捕状が出ていないので、通信会社に記録の開示を求めることはできないようだ。すなわち、いまのところ削除した内容までは調べられない。

もっとも、あの不審なメール以外に、この事件にかかわるようなやりとりはしていない。相手が香苗にしても武にしても、ほとんどは顔を合わせて直接話すか電話で行った。

だから、真相に迫る内容を知ることができるとすれば——。

そこで思考が止まった。

35

あの悪夢のような一夜から一週間経っても、敏明は逮捕を免れていた。

もっとも、高校も休職扱いなので自宅にいる。警察からは「連絡のつくところにいてくれ」と言われており、軟禁のようなものだ。

香苗は今のところパートに出ているが、いつまで続けられるか疑問だ。だれがどう調べたのか勤め先の塾の名前がさらされた。嫌がらせの電話や、本社の公式ホームページやソーシャルメディアに悪意のある書き込みが殺到しているようだ。

「たぶん辞めることになると思う」と香苗は言う。

武もまだ起訴されない。第一の事件、日の出町の「二度轢かれた」事件の容疑もかかっているようだ。立件の目処が立てば再逮捕、二つの事件の被疑者として起訴するつもりなのかもしれない。


八日後になって、事件は意外な進展を見せた。

西尾千代子と『坂上自動車』の社長、坂上輝男が事情聴取を受けていると門脇刑事が教えてくれたのだ。

西尾千代子と野辺勝彦のあいだに面識があったというのは、秘密というほどのことではない。武が教える同じ講座の生徒同士だったのだから。

しかし、実際には「面識があった」どころではなく、その後得た証言によれば、一時期は「事実婚」に近いような親密さだったという。

野辺家も、大槻家と似た状況にあって古くから広い農地を所有していた。しかも、大槻家より市街地に近く、土地を担保に賃貸マンションを経営するなどして経済状態はよかった。俗っぽくいえば、大槻家よりも格上の資産家だった。

勝彦は十数年前に妻を亡くし、すでに四十代の娘二人は、それぞれ結婚して家庭を持ち、都心よりに自宅を持っていた。「悠々自適」な老後を楽しんでいたようだ。

西尾千代子との接点はよくわかっていないが、千代子のほうから近づいたのであろうことは想像に難くない。どこまでのどの程度の関係にあったのか、警察も明らかにしていないのでわからない。

千代子は勝彦に投資話を持ちかけた。すでに死ぬまで不自由しない程度の資産があったにもかかわらず、勝彦は甘言に乗った。「絶対に的中するメソッドの先物投資」に誘われ、まず百万円を提供した。二か月で、それに二十数万の利益がついた。

「残念ね。一億だったら二千万の利益だったのに」

千代子にからかうように言われ、火が点いたらしい。一千万単位の金を、都合四回千代子に渡した。

当初は「元本はそのままにして、利益だけ受け取るほうが利口なやりかた」と千代子が説得し、数百万単位の金を勝彦に渡していたようだが、やがてそれもまばらになった。

典型的な投資詐欺の流れだ。

もう現金はあまり引き出せそうにないとみてとると、千代子の態度はよそよそしくなった。

勝彦と千代子のあいだで「金を返せ」「まだ返せない」のやりとりが何度かあって、『カトレア』でもめているところも目撃されている。

二人の関係がぎくしゃくし始めたころ、勝彦がもともと受講していた武の講座に千代子も参加するようになり、あてつけのように武に接近した。

勝彦としては、おそらく嫉妬と、以前からの知人である武への忠告として「この女に騙されるな。金を取られる」というような警告をしたのではないか。武の性格だ。そんな気もないところに「下衆の勘繰り」のような忠告をされて、自分と自分の講座を汚されたような気分になった。武は反論し、口論にもなった。激昂しやすい高齢者どうし、感情的なやりとりになったのは想像に難くない。

「二人がもめていた」という目撃証言はこのときのものだろう。

六十五歳の〝熟女〟西尾千代子を、七十九歳の武と七十五歳の勝彦が取り合って喧嘩していた、という噂は千代子自身が流したものかもしれない。そのほうが、後の計画のために都合がよいからだ。また一種の〝箔〟のようなものだったのかもしれない。

ただ、勝彦がいわゆる「タンス預金派」だったため、正確な被害額はわかっていない。警察では一億円近いとみているようだ。

さらには、隣の市の似たような資産家が、二年ほど前に山に散策に入り、足を滑らせて死亡する事故があった。このときも西尾千代子が同行していた可能性があるようだ。

「資産家の独居老人から金を巻き上げて山の中で始末する」という、それこそ「メソッド」が彼女の中で確立されていたのかもしれない。

千代子が武の持つ資産をどの程度本気で狙っていたかはわからない。当然、いただけるならいただこうと思っていただろうが、勝彦の始末に利用しようというのが第一の目的だったのではないか。早い話が罪のなすりつけだ。

というのも、勝彦はもうひとつトラブルをかかえていた。

勝彦が所有する土地に、大手不動産会社の開発担当者が目をつけ、十数戸規模の戸建て住宅を開発販売する話が持ち上がったのだ。

ところが、その土地に隣接する『坂上自動車』に問題があることがわかった。以前から地元住民や市民農園を借りている市民活動家と小さないさかいが何度もあったのだ。

トラブルの内容としては、敷地内の焼却炉で何かを燃やして悪臭を放つ、側溝に廃油混じりの汚水を流す、老朽化した塀からはスクラップ類が崩れ落ちそうになっている、時に夜遅くまでエンジン音や作業音が響いている、などだ。住民側は市に幾度となく陳情したが、市の対応は手ぬるく腰は重い。

結局これらの問題を解決する目処が立たず、この開発計画は白紙になった。

腹を立てた勝彦は、市民活動のグループと手を組み、抗議運動に力を入れた。

西尾千代子と坂上輝男は、抜け目ない人間の特性で、お互いの存在を知り急速に接近した。坂上が夜の『カトレア』に入りびたり、「勝彦が邪魔だ」という結論になった。夜ごと勝彦に消えてもらう方法はないかを相談し、「あの元校長は使えないだろうか」という話がまとまったという。

当然、坂上には協力金として勝彦から巻き上げた金の一部を払う約束だったろう。二十歳近くも歳が違う二人が男女の仲だったかどうかは疑問だが、それは本人たちしか知らない。

そしてあの計画が練られた。


捜査もほぼ終結し、裁判を待つばかりになったころ、門脇刑事が「本当はこんなこと言えないんですが」と教えてくれた。「ある意味、大槻さんも被害者ですから」と。

事態が進展するきっかけとなったのは「子豚の爪楊枝入れ」だそうだ。

門脇は、敏明の訴える「西尾千代子主犯説」をあまり関心がなさそうに聞いていたが、野辺勝彦の交際関係から彼女の名も浮かび捜査対象となっていた。

敏明の家に捜査に入った捜査員が、『カトレア』にも話を訊きに行った。そして、そこの陳列棚で売っている「子豚の爪楊枝入れ」を目にした。

「アンティーク小物に関心があるその捜査員は、珍しいタイプの楊枝入れなので、どういう繋がりがあるのかとさらに探りを入れたようです」

香苗の証言から、これは西尾千代子の店に呼ばれていったときに、手土産代わりにもらったということがわかった。千代子が野辺から詐欺同然に大金を巻き上げ、トラブルになっているらしいという噂もすでに得ていた。だとすれば、野辺を食い物にしたあと、目標を大槻武に変えるつもりではなかったのか。幹人が、千代子と親交があるらしい坂上輝男が経営する会社に侵入したのは偶然だったのか。そんな疑問を持ち、さらに調べを進めたという。

そして、『坂上自動車』の従業員を「共犯になるぞ」と脅したところ、記録には残さずに西尾千代子の車を修理したことをあっさり認めた。それどころか、武の家の庭に夜中に忍び込み、「職人の技術」でもって、大きな音がしないように、バンパーをへこませておいたとも供述した。

その後、千代子と坂上社長との関係などが次々明らかになったそうだ。「場当たり的な計画ですな」と門脇も苦笑していた。

今回の一連のできごとの中で拾った、小さな幸運だった。

犯した罪について、西尾千代子は否認、坂上は一部認めているという。

武は釈放されない。

日の出町での轢き逃げ案件と、秋川渓谷の一件について武がどの程度事実を認識していたか。そこが争点になるようだ。

敏明は、とうとう逮捕に至らなかった。

36

巨大なパネルを前に、番組の司会者と取材したアナウンサー、アシスタントが深刻な顔で語っている。

パネルの文字は、使いまわしているのかと疑いたくなるほど毎回似通っている。

《あとを絶たない高齢ドライバーによる事故》《進まぬ運転免許証自主返納》《問われる行政の対応の遅れ》

〈それでは、最後に三つ目の事例を細かく見ていきたいと思います。――この事件で起訴されたのは、七峰市在住の大槻武被告、事件当時七十九歳です。被告は長年、七峰市の公立中学で校長職を務めたあと、事件当時まで市の生涯学習センターで講師を務めていたということです。さらには、事件の一年前に認知機能検査をパスして、運転免許を更新しております。――さ、このような職にある人物がどうして適切な判断ができなかったのか。事故は突発的なものだったとしても、どうして事故後に適切な対応がとれなかったのか。それも認知症が原因なのか。そのあたりのヒントになるものがあるでしょうか――〉

ナレーションと大げさな字幕つきの再現ドラマが流され、それが終わると再びスタジオに戻る。

〈さて、ここまでいくつか事例を見てきました。また、免許返納率が落ちている実態。認知機能検査が本当に役立っているのかという問題も浮き彫りになりました。今日はそのあたりのことについて、高齢ドライバー問題にお詳しい専門家をお招きしております。それではご意見をうかがいまし

ょうか。まず――〉

〝専門家〟の解説が終わり、レギュラーコメンテーターの発言に移る。司会のフリーアナウンサーが、左から順に指名し、それぞれが意見を発する。

〈難しい問題ですね。返納しろと言うのは簡単ですが、今の事例にあったみたいに、車がなければ買い物にもいけない、病院にもいけない。明日から生活ができなくなるという切実な問題があるわけです。じゃあ、そこのところを行政はどう考えるのか――〉

〈「生活できないからしかたない」という論理がよく使われるのですが、わたしはその考えに反対です。「買い物ができないから、危険と思いつつ運転しました。小学生をはねて死亡させてしまいました。反省していますごめんなさい」で、遺族が納得できますか。「生活できない」なんて詭弁(きべん)です。できます――〉

〈わたしは、政府の責任だと思います。民間業者まかせにせずに、一刻も早く完全自動運転化を導入すべきです。アメリカではですね――〉

〈いやいや、最後の事例は轢き逃げでしょ――〉

〈それだって結局現実認識能力が落ちていたからで――〉

お互いの意見に横槍を入れるなど白熱したところで、司会のフリーアナウンサーが冷静な声で割り込む。

〈この問題は簡単に答えがでないと思います。またあらためまして、取り上げたいと思います。――最後にひとことつけ加えておきたいのですが、こういった事件では、加害者側の家族にも悲劇が訪れる。それがこの高齢ドライバー問題だと思います。

さて、続きましては、北海道でいま外国人観光客に大人気の道の駅から中継で――〉

敏明はテレビのスイッチを切り、手にした新聞をばさばさいわせた。

もはや誰かに当てつけるためのジェスチャーではない。そもそも当てつける相手がいない。窓ごしにベランダの向こうの空を見る。

ようやく残暑が去ったばかりの曇天からは、いまにも雨粒が落ちてきそうだ。

「加害者側の家族にも悲劇が訪れる、か」

敏明は、その灰色の空に向かってつぶやいた。独り言の癖は抜けていない。

早いもので、あの「日の出町事件」「秋川渓谷事件」から、もうすぐ一年半が経とうとしている。

結局のところ、武は「秋川渓谷事件」についてはお咎めなしになった。当然だ。むしろ西尾たちに嵌められた被害者ともいえる。しかし、警察、検察にも面子(メンツ)はあるから、誤認逮捕とは認めずに「不起訴」という落としどころになった。

不満もあるが、こちらにも公明正大とは言い難い事情があるので、そのまま受け入れた。

一方の「日の出町事件」については、武の車についた傷から被害者の自転車の塗料が検出されたため、弁護士に説明されたとおりの罰条で起訴された。

裁判はすんなりと進んだ。武が罪をすべて認めたことが大きい。

結果、起訴事実すべてに有罪「禁錮一年執行猶予三年」の判決が下りた。検察も当人も控訴しなかったため刑が確定し、すぐに釈放された。検察が控訴しなかった背景には、公判中にも武の症状があきらかに進行していた点が考慮されたのではないかと敏明は受け止めた。

敏明はもちろん、なんのお咎めもない。しかし、白葉高校は辞めた。判決が下る前に依願退職した。いくら敏明本人が無罪でも、いや「無罪と判断されても」世間の風当たりは予想以上に強かった。SNSなどの書き込みは極力見ないようにしていたが、それでも目に入る。
西尾千代子と坂上輝男の犯行がセンセーショナルだったこともあって、一般的な「轢き逃げ事件」よりも注目を集めることになり、風評や悪口も過激になり長く尾を引いた。
《78歳の認知症じいさんに免許更新ってどうなってんの？》
《轢いたこと覚えてませーん。じゃあ執行猶予。とかあり？》
《『おれは校長だ』とか刃物持って中学に乱入って、まじヤバすぎでしょ》
《時間限定。これが、西尾千代子と下半身校長がラブホから出てきたところの画像》
《結局のところ、愛人の美魔女を修理工場の絶倫社長に寝取られ案件ってこと？》
《元校長の轢き逃げ事件。隠蔽加担してた息子って〇〇高校の現役教師だって》
《だけじゃなくて、孫はいじめ経歴ありの引きこもりで、バイク無免許運転も見逃し》
きりがない。いまさら開示請求だの訴訟だの、する気も起きない。

その後、転職先はみつかっていない。教育関係は無理だろうとあきらめている。何か起業したり、フリーランスで食っていける才覚もない。荊(いばら)の道が待っていそうだ。
香苗も、結局パートは辞めた。勤務先の厚意もあって、事件後しばらくは働いていたのだが、「あの元校長の息子の嫁」という評判が立ち、塾に嫌がらせの電話などが来るようになってはもういられない。

そして三か月ほど前から、敏明と香苗は別居生活をしている。

敏明はそのまま以前からの部屋に暮らしている。転居がめんどくさかったからだ。今ではマスコミの訪問も、一時期あった貼り紙などの嫌がらせも、ほぼなくなった。

一方、香苗は両親が暮らす分譲マンションの近くに、狭い賃貸物件を借りて住んでいる。

現在、二人は離婚調停中だ。敏明も裁判にするつもりはない。呑める条件であるかぎり調停で済ませるつもりだ。

幹人は、香苗と一緒に暮らしている。幹人の親権は香苗に渡すことになる。幹人はその後、実力に見合った都立高校へ進学した。さすがに公立高校は、祖父が有罪確定者だからという理由で、落とされることはないようだ。

問題は幹人の養育費の金額だが、これは心配ないだろう。

というよりも、まとまった金額の慰謝料を払い、養育費は免除してもらうつもりでいる。

その原資は大槻家の土地だ。あれを売ることに決めた。

現在、不動産価格は二極化しており、都心部や人気都市の駅近くでは昭和平成のバブル期をしのぐ値上がりだが、地方ではむしろ下落傾向にあるともいう。それでもなんとか一億に少し欠ける金額で売れそうだ。近く売却の契約を正式に結ぶ予定になっている。この際、家財道具の処分も含めて母屋も売る。

武から相続したわけではない。そもそも武はまだ死亡していない。今は敏明と同居している。認知症が進んで、一人暮らしは無理な状態だ。

執行猶予になって身柄を拘束されなかったことは、武にはよかったかもしれないが、敏明にとっては災難だった。いっそ、収監してくれれば〝お国〟に面倒を見てもらえたのに。そう思っている。現在はデイサービスなどに通いながら、敏明が世話をしている状態だ。

　武の症状は、ますます進行しつつある。

「敏明、敏明――」

　今も武が呼んでいる。どうせ用件は決まっている。

――めしは食っただろうか。

――車の修理は終わったのか。

――幹人は今日は来ないのか。

　土地の売却が済んでも、現金はすぐに敏明のものにはならない。生前贈与になってしまう。後見人として多少自由はきくが、離婚慰謝料に見合う金額は、表向きは武に借りることになる。

「敏明、敏明――」

「なんだよ」

　しかたなく、部屋をのぞく。以前、幹人が使っていた部屋を、今は武にあてがった。武は、幹人が使っていたベッドに腰を下ろし、ぼさぼさに乱れた髪のまま濁った目で敏明を見た。

　窓から西日が射しこみ、その生気のない顔を赤く染めている。

　これがあの毅然（きぜん）としていた武か。常に「自覚的に」生きていた武の人生の夕暮れか。誰の一生もこうして黄昏（たそが）れてゆくのか。

　武は自分が何者であったかさえ思い出せずにただ生きている。本人に訊いたことはないが、辛いとさえ思っていないのではないか。

この先、ただ翳りゆくだけの武の人生に、うまい決着のつけかたがないだろうか。誰にもばれずに〝終止符〟を打てないか、そればかり考えている。たとえば秋川渓谷あたりへハイキングに行き、行方不明になり、数日後に谷川で――。

そんなことを考えはじめ、夜更かしをしてもなお寝付けない夜、どこで道を誤ったのだろうか、あるいはどこかで軌道修正はできたのか、と何度も考えた。

人生に「もし」はないのかもしれないが、ひとつだけ大きな分岐点があったのは間違いない。秋川渓谷で死体らしきものを見つけたとき、武に訊かれて「何もない」と答えたあの瞬間に、人生のレールのポイントが大きく音を立てて切り替わったのだ。

武が呼んでいる――。

終章

《手記1》

わたしは今、深く自省している。

世を騒がせた件(くだん)の事件の中でどのような役割を果たしたのか。その結果において有罪か無罪か。それはすなわち裁判の結果ではなく、人の道の真(まこと)としてだ。

わたしとしては「充分に責任能力はある。これまで常に自覚的に生きてきた」と主張しているのだが、他人からみるとそうともいえないらしい。

現にこの症状は進行しつつある。筋道の通った文章が書けるうちに「何があったのか」について書き記しておきたい。

この手記は、脳内で組み立てたものを文章化しているのではない。これまで書き溜めてきたメモ（敏明は「備忘録」と呼ぶ）を幾度となく精査して構成したものだ。

尚、この備忘録を閲覧するにあたって、弁護士の先生にはずいぶんお骨折りをいただいた。証拠として押収された備忘録を、たとえ写しとはいえ結審前の被告本人に閲覧させるというのはあまり例をみないらしい。

「本人の記憶を新たにし、正確な証言を得るために必要である」旨を裁判長および検察に談判して実現したものと聞いた。

その厚意に応えるため、ここには真実を記し、裁判においても記憶の許す限り真実を語ると誓っている。

さて、西尾千代子と坂上輝男が共謀したとして現在裁判中の事件についてである。

彼らがなぜ野辺勝彦を亡きものにする必要があったのか、すなわち本件犯行に至る動機についでは公判中であるし、わたしには直接関係のないことだ。少なからぬ額の金銭がからんでいるとだけ記しておこう。

西尾千代子（以下西尾と記す）が、七峰市の生涯学習センターでわたしが受け持つ講座に中途入会してきたのは、本年の一月の第二回目からだった。ほぼ定員満席だったのだが、古くからの受講生である野辺勝彦の知り合いということで入会を許可した。

六十五歳、独身、西洋アンティーク小物などを置いた喫茶店を営んでいる、ということだった。商売をしている割には控えめな印象で、地味ではないが派手でもないというのがわたしの抱いた第一印象だった。

この講座の生徒は八割以上が還暦を過ぎており、夫婦で参加してくれるかたもあった。西尾はその中でも、とりわけ男性の間で人気者となった。いわゆる「ちやほやされる」扱いである。こういった場合の常で、女性にはあまり人気がなかったようだ。

わたしはそういうことには興味はなかったのだが、あるとき西尾が七峰市の歴史にかかわる真面目な質問をしてきた。わたしも即答できず、次回までの宿題にさせてもらったほどだ。

同じことが二回続き、そのたびに一週間の宿題になるのもどうか、ということで彼女の経営する『カトレア』という喫茶店に、ほかの受講生と一緒にお邪魔して、講座の補習のような会を開くことになった。初回は、西尾を含めて十一人集まったと記録にある。

そんなことが二回あったあと、西尾に折入って相談があると持ち掛けられた。

すなわち、同じ受講生の野辺勝彦に言い寄られて困っているという。

いわゆるセクハラと呼ぶべきほどのことはないが、何かにつけ「今回の授業で出た史跡に行ってみよう」から始まり、しだいに「ゴルフ」「飲み会」にも誘われるようになった。

「困っているなら、わたしから主催である市の担当者に話をしてもよいが」と答えると、それはやめてくださいと言う。「野辺さんもそれなりに古い家のかたなので、面子もおありでしょう。お願いとしては、高齢の女一人では訪れるのに躊躇する場所に、大槻先生に同行していただけないか。ただし、受講生に知れると野辺さんも来るのでそれは避けたい」という趣旨であった。

さて、このようなくだりを長々と書くことが本記述の目的ではない。

今にして思えば、西尾の術中にはまっていたわけではあるが、正直に告白すると、一人の男として「マドンナ」というニックネームすらあった西尾に名指しで頼られるのは悪い気持ちはしなかった。それがすなわち人生における陥穽(かんせい)である。

しだいに二人でドライブに出かける機会が増えた。これも今にして思えば、西尾の深慮遠謀(しんりょえんぼう)だったのである。

前置きが長くなったので彼女たちの計画に入ろう。一部はわたしの想像である。既述したが、まだ結審しておらず、係争中の部分もある。しかし、坂上輝男は一部を除いて事実関係を認めており、渦中にあったわたしとしても真相に近いのではないかと信じている。

すなわち、「秋川渓谷事件」における彼女たちの計画は以下のごとくである。

一、金銭的理由により、野辺勝彦を亡きものにし、その責任を大槻武に被せる。その理由として、あきらかな殺人よりも「高齢ドライバーの轢き逃げ」にしたほうが、世間のあたりは強くなるが警察の追及は緩くなる。（と思われる）

二、前準備として、武に近づき、信頼を得る。口実を設け、ドライブに誘うのを日常化する。

三、西尾が「田舎が好きである」旨訴え、人里から離れた方面へ行くよう仕向ける。（結果的に秋川渓谷の支道に入ったあたりが現場と決まった）

四、犯行当日の朝、野辺を『坂上自動車』へ呼び出し、この敷地内で撥ね、瀕死の重傷を負わせる。なお、死亡推定時刻が合わなくなるので〝事故〟の時刻までは生かしておく。このとき、靴を片方脱がしておく。あとで罪をなすりつける道具に使えるかもしれないし、不要なら捨てればよい。

五、武と西尾がドライブに出たあとを坂上が西尾の車に瀕死の野辺を乗せてついてゆく。坂上自身の車にしなかったのは、坂上も西尾を丸々は信じておらず、罪をすべてかぶせられるのを避けるためである。（結果的にそれは正しかった）

六、当日現場では、西尾が「こっちの道へ行きましょう」などと、あえてひと気のない道へ誘導する。ほどなく坂上は停車する。あらかじめ用意し、車に載せてきた木材を降ろして待つ。西尾に準備完了のメッセージを送る。西尾が「そろそろ引き返しましょう」と武に言う。現場近くにきたら（あらかじめ、坂上に「目立つ看板の近く」などと指示を受けている）大声を出して注意を逸らす。

七、道脇に隠れていた坂上がとっさに木材を投げて「何かを轢いた」感触を残す。実際に人間でなくてよい。武に「人を轢いたかもしれない」と思わせ、メモに残させればなかば成功である。

八、その場ではあえて白黒をつけず、「石か何かでしょ」などとごまかし、さっさとその場を去る。

九、坂上が西尾の車を使って野辺にとどめを刺し、事後工作の時間稼ぎに谷川の人目につかないあたりへ死体を引きずり下ろす。機が熟したら「死体がある」と警察に通報する予定。

十、ニュースで報道されたら、西尾が「やはりあれは人だったのではないか」と武を責める。武の性格として自首する。

十一、西尾の車は人知れずこっそりと修理しておく。

ことはほぼ彼女たちの計画通りに進み、恥ずかしながらわたしもドライブ好きが再燃し、息子夫婦に呆れられたしなめられるほどになった。あまつさえ、深更に我慢がならず半ば発作のようにして、昔家族と出かけた思い出の地をなぞるような遠出をするまでに至った。

ところが、彼女たちの想定外のことがおきた。計画を実行に移す前に、わたしが日の出町で、まったく本件と無関係の老人とその自転車をひっかけてしまった。

弁解じみているが、この一件を結局通報しなかった理由について、書き添えておきたい。

ここは推量だが、日の出町の事故の折、西尾は瞬時に考えを巡らせた（彼女はそういう点において非常に聡明である）。これを事故と認識すれば、武の性格からしてすぐに警察に通報する。もしも今、武が免許停止・取り消しになっては計画がだめになる。この場は「気のせい」と説得し納得させ、あとから「あれはやっぱり人だったのではないか」と蒸し返す。二重の自責の念に駆られて、

「すべてわたしがやりました」と名乗って出るだろうと予測したのではないか。

危機を転じて好機となしたのである。

それにしても、日の出町の一件が明るみに出て騒ぎになれば、武の気が変わらないともかぎらない。そのために、野辺勝彦殺害計画を前倒しにすることになった。

あの日、どういう口実を設けたかわからないが、西尾が野辺を早朝呼び出し、社員が出社する前の『坂上自動車』まで連れていき、おそらくは修理前の誰かの車を使って撥ね（後に修理すれば証拠は消える）瀕死の重傷を負わせた。その後は、ほぼ既述の計画通りにことが運んだ。誤算だったのは、坂上が殺人に関しては初犯だったため、とどめを刺したつもりが死亡しておらず、置き去りにされた野辺が結局は凍死したことぐらいだろう。

あとは、認知症が急速に進みつつある武を洗脳して「あなたが轢いた」「事態の把握ができなくて、置き去りにした」と精神的に追いこむ。さらには「轢いたのは先生です。だからこのことが公になっても、わたしの名前は出さないで」と約束させる。そんな計画とも知らない武は警察に自首する。その前に、西尾が隙を見て、武の車に野辺が履いていた靴を片方入れておく。決定的な証拠物件となる。

いかにも素人くさい偽装だが、それで容疑は固まると思ったのだろう。しかし、事情を知るある者の手によって最後の狙いは崩れた。

冷酷な二人が準備していた割に、事件全体を通して「急場しのぎ」感があったのは、そんな事情があったためだ。

《手記2》

《手記1》は、わたしの症状が進んだ場合に、証拠採用される可能性を念頭に記したものだ。忘却や記憶違いがないとはいえないが、意図的な虚偽は一切ないと宣誓してもよい。

ここからは、家族にあてた手記である。もちろん、証拠採用されることに異存はないが極めて私的な、私信のような性質のものである。

わたしの事件が引き金となり、家族がばらばらになる危機だと聞かされた。

心が張り裂けそうである。なんとか修復できないものかと考えるが、大もとの原因を作った犯罪者の言になど耳を貸すことはないだろう。

ただ一点、幹人のことについて触れておきたい。


幹人は小学校時代に不祥事を起こした。ここに詳細は記さないが、取り返しのつかないほどの過ちではない。ふとしたはずみで誰でも足を滑らせる小さな沼のごときものだと思っている。

しかし、敏明はその一点の瑕疵をまさに玉についた瑕のように忌み、なにかにつけて幹人をそのような目で見た。あまつさえ、その感情を言葉のはしににじませたりもした。

しかし、教師ならば知っていると思うが「少年は可塑性に富む」という言葉がある。幼い子供はどのようにでも変わりうる、という意味だ。親であれば、まして教師であれば、そのような目で見てやってほしかったと思う。いや、敏明をそういう人間に育てられなかったことを悔いる。

ちなみに《手記1》では触れずにおいたが、わたしが西尾千代子の当初の誘いを断れなかったのは、やはりその小学生時代の一件を持ち出されたことも一因である。あのときの少年の祖母と聞いて、邪険にはできなかった。もっとも、その後のドライブ好きがぶり返したのは誰のせいでもない。

現在、幹人の最大の関心事はモトクロス競技である。わたしは寡聞にして知らなかったのだが、公道ではない河原や荒れ地のような場所（オフロードと呼ぶ）で行うバイクレースのことだ。公道ではないので免許は不要、それこそ五歳からでも乗れる。

幹人はこの『モトクロス』のレーサーになりたいらしいのだが、本人は「今からでは一流選手になるのはむずかしい」などと半ばあきらめている。「どうせ父親に相談しても頭から反対されるに決まっているし」というのが口癖だ。

その予想はともかく、相模原市に、ちょっとしたレースもできる練習場があり、ここへわたしが自首するまでは毎週のように通っていた。幹人に依頼されて連れていったのが最初だった。

最初は見学だけだったのが、半年ほど前から用具やバイクを借りて初心者コースで乗ったりもしていた。恩に着せるつもりはないが、費用もわたしが出していた。敏明がまた「金はどうした」と邪推するかと思い書いた。

邪推といえば、敏明に「車に細かい傷がついている」「泥で汚れている」などと何度か追及されたが、すべてではないが、このときについたものもいくつかはある。忘れてしまったこともあるが、言葉を濁したのは幹人に口止めされていたからである。また、ところどころドライブレコーダーの録画を消したのも、ほとんどは幹人である。「お父さんは、こういうのを調べる性格だから」と言っていた。

敏明には覚えがあると思うが「家族とはうまくいっているか」とわたしが何度も訊いたのはその

ような事情からだ。

レーサーになる、という夢についてはわたしももろ手を挙げて賛成はしかねるが、まずは趣味として認めてやってもよいのではないか。

今回の一件で幹人は心配してくれた。最初は、わたしと同じで何がなんだかわからなかったが、しだいに西尾たちの狙いがわかった。そして、敏明が乗り出してきたことがわかった。

そう、幹人は今回の一件の流れをほとんど知っていた。

幹人は、敏明のノートパソコンや両親のスマートフォンを開いてみた。ひっそりと廊下に立って盗み聞きもしたそうだ。責めないでやって欲しい。すべてはわたしを心配してやったことだ。わたしの「備忘録」ノートを読んでいることにも気づいたが、知らぬふりをしていた。

敏明に事情を打ち明けた翌日、『坂上自動車』へ敏明の車で様子を見に行った。現地に着いたとき、こちらに気づいてあわてて自転車で去ってゆく幹人の後ろ姿に気づいた。ちょうどそのとき停車したトラックの陰になって、敏明は気づかなかったようだ。

「この西尾っていう女が何か企んでる。ノートを破いたのも、何かまずいことが書いてあったからだ」

わたしのノートの肝心な部分が破り取られていることに気づいた幹人が、そう憤慨するので本当のことを教えた。ノートから西尾と同行した日のページを破いたのは、ほかならぬわたし自身だ。敏明も西尾がやったのだろうなどと言っていたが、さすがにほぼ常時携帯しているノートから特定のページだけ破り取ることは不可能だ。盗るなら丸ごとだ。

西尾が何か企んでいるのはわかっていた。いつノートを丸ごと盗まれてもいいように、肝心な部分は直後に破り取って別途保存しておいたのだ。これは後に裁判で役に立った。

ドライブレコーダーの記録を一部削除したのが幹人であることは既に書いた。カードが新品と交換されていることに気づいたのも、ついに抜き取られていることに気づいたのも幹人だ。交換したのが敏明であり、抜き取ったのが西尾であることは容易に想像がつく。

二人でそんな会話を重ね、念のため敏明の机の引き出しを調べたところ、案の定、交換したカードを見つけたと、幹人が報告してくれた。

いずれにせよ、敏明が思うよりもはるかに聡明な孫だ。

「お父さんが出てきたなら、たぶん白黒つけてくれる」と幹人が期待を込めて言った。わたしもそうかと思った。

最初に敏明と二人で秋川渓谷へようすを見に行ったとき、敏明が〝何か〟を発見したことには、うすうす感づいていた。あきらかに言動がおかしくなっていたからだ。大の大人がそこまで動揺する〝何か〟といえば、死体ぐらいしかない。

わたしから積極的には話さなかったが、幹人はそれをノートで読んで知っていた。

しかし、敏明が何も見なかったことにすると決めたと知り、幹人は落胆していた。

「ひとのことはあんなに言っておいて、自分はそれか」と腹を立てていた。逃げ道をなくそうと、脅迫めいたメールを送ったり、わたしの車から出した靴を父親の車に入れたりもした。そう、わたしの車のトランクに何者かの靴が入っているのに気づいたのも幹人だ。西尾たちの企みとしか考えられない。

ちなみに、幹人が使ったメールアドレス『nijiup-1』は、簡単な暗号だそうだ。この部分を説明してもらったとおりに記す。

「njiup」をマイナス1、すなわち一つ前のアルファベットに直すと『mikito』になる。ということらしい。中学生の遊びだ。

本件が大きく動くきっかけとなった、『坂上自動車』忍び込み事件だが、靴があったならもっとほかのものもあるのではないか。あるいは何か怪しいものでもあるのではないか。

子供心ながらにそんな動機から危険を冒したらしい。許してやってほしいと願うが、今の敏明では無理かもしれない。


最後に雑感を記す。

わたしの人生は、今まさに黄昏を迎え、冬に至ろうとしている。楽園とは呼びがたい境遇にある。しかし、家族とともに過ごした美しい記憶や思い出は色あせることなく、むしろよけいな情報は削ぎ落とされ、わたしの胸の中でその輝きを増している。

敏明の、香苗さんの、そして誰より幹人の人生に、これ以上の翳りがなきことを願うのみである。

初出

「小説すばる」２０２３年７月号〜２０２４年８月号
単行本化にあたり、加筆・修正を行いました。

装 幀
泉沢光雄

カバー写真
Dmitry Ageev / Getty Images

伊岡 瞬

（いおか・しゅん）

1960年東京都生まれ。2005年『いつか、虹の向こうへ』で横溝正史ミステリ大賞とテレビ東京賞をダブル受賞しデビュー。2016年に『代償』、2019年に『悪寒』が啓文堂書店文庫大賞を受賞。2020年に『痣』で徳間文庫大賞を受賞。『不審者』『朽ちゆく庭』『清算』『水脈』など著書多数。

翳(かげ)りゆく午後(ごご)

2024年12月20日　第1刷発行

著　者　伊岡(いおか) 瞬(しゅん)

発行者　樋口尚也
発行所　株式会社 集英社
〒101-8050 東京都千代田区一ツ橋 2-5-10
電　話【編集部】03-3230-6100
【読者係】03-3230-6080
【販売部】03-3230-6393（書店専用）

印刷所　TOPPAN株式会社
製本所　加藤製本株式会社

ISBN978-4-08-771888-1　C0093

悪寒

集英社文庫

大手製薬会社社員の藤井賢一は、不祥事の責任を取らされ、山形の系列会社に飛ばされる。鬱屈した日々を送る中、東京で娘と母と暮らす妻の倫子から届いたのは、一通の不可解なメール。〈家の中でトラブルがありました〉数時間後、倫子を傷害致死容疑で逮捕したと警察から知らせが入る。殺した相手は、本社の常務だった——。単身赴任中に一体何が？　絶望の果ての真相が胸に迫る、渾身の長編ミステリ。（解説／杉江松恋）

不審者

集英社文庫

家族4人で平穏に暮らす折尾里佳子の前に突然現れた1人の客。夫の秀嗣が招いたその人物は、20年以上音信不通だった秀嗣の兄・優平だと名乗る。しかし姑は「息子はこんな顔じゃない」と主張。不信感を抱く里佳子だったが、優平は居候することに。その日から奇妙な出来事が続き……。家庭を侵食する、この男は誰なのか。一つの悲劇をきっかけに、すべての景色が一転する。緊迫のサスペンス&ミステリ。（解説／千街晶之）

朽ちゆく庭

単行本

かつてのセレブタウンに引っ越してきた山岸家。中堅ゼネコン勤務の父・陽一は仕事でトラブルを抱え、母・裕実子は勤め先の上司と不倫関係に。そして、中学生の息子・真佐也は不登校を続けていた。ある時、真佐也が近所の「訳アリ」少女と言葉を交わすようになり……。それぞれが秘密を抱える「家族」の行く末とは。壊れゆく家庭を描く〝危険〟なサスペンス長編。

伊岡瞬の本
集英社